해국

박지영 장편소설

도서출판
청어

해국
海菊

박지영 장편소설

작가의 말

어느 늦가을 태풍이 한바탕 몰아치고 소멸하던 날, 나는 어떤 이끌림에 의해 해안가로 나섰다. 어쩌면 모든 것이 쓸려나가 버린 슬프고도 황망한 바다를 마주하고 싶었을지도 모른다.

지키고자 노력했던 것들이 내게서 조금씩 멀어져 가도 무기력하게 바라볼 수밖에 없는 그런 날들이 이어졌다. 그렇게 보내고 또 보내다 보니, 어느새 마음은 텅 비워져만 갔다. 마치 태풍에 쓸려내려 가버린 쓸쓸한 해안가처럼.

하지만 절망의 끝에 다다라서야 희망을 보았다는 말처럼, 나는 그곳에서 한 송이의 꽃을 만났다. 태풍을 뚫고 말갛게 얼굴을 드러낸 꽃. 그 누구보다 연약한 채로 태어났지만, 그 어떤 것에도 쉽게 굴하지 않았던 꽃. 척박한 해안가 바위 사이에 피어나 거친 파도를 이겨낸 꽃, 바로 '해국'이었다. 해국이 뿜어내는 보랏빛은 강렬하게 나의 심장을 관통했다.

『해국』은 그 어느 작품보다 내게는 의미가 깊다. 십여 년 전, 지키고자 했던 것들이 신기루처럼 한순간 사라졌다. 사라진 자리에는 어느덧 공허함으로 채워졌다. 그 공허함을 견디지 못해 숱한 방황을 했어야만 했다. 그 방황을 멈추게 한 것이 바로 『해국』이었다.

소설의 '소' 자도 모르던 내가 처음으로 끄적였던 글. 해국을 구성하고 써 내려가는 내내 살아있음을 느꼈다. 그때는 작업실이 없어 도서관과 카페를 다니며 글을 썼다. 되돌아보면 참 힘들었지만, 한편으로 행복했던 시절이었다. 그 당시 해국은 글 쓰는 이의 능력 미달로 그저 작은 단편소설에 불과했다.

하여 결심했다. 내 언젠가 장편을 쓸 수 있는 날이 온다면 반드시 너를 다시 찾겠다는 약속. 그렇게 십여 년이 지나 오늘에야 그 약속을 지킬 수 있었다. 오래된 기억 속에 머물러 있던 작품을 다시 꺼내 작업하는 동안 내 마음에도 숱한 해국이 피고 졌다. 이제야 내 마음속 피어있던 해국을 꺾어내어 함께 나누고자 한다.

늘 옆에서 응원해주시는 지인분들과 가족분들 그리고 독자분들께 고개 숙여 감사의 마음을 전합니다. 아울러 부족한 딸을 묵묵히 지켜봐 주시는 부모님께도 감사드

립니다. 책에 자신의 이름이 꼭 나오길 바라고 있는 조카 박서현, 사랑한다. 마지막으로 책을 출판할 기회를 주신 〈경북문화재단〉 관계자분들과 좋은 인연이 되어주신 〈청어출판사〉 이영철 대표님께도 감사의 마음을 보냅니다.

　『해국』이 누군가의 심장 속에 아름다운 한 송이 꽃으로 피어나길 간절히 바라봅니다. 내가 그리했듯이….

목차

해국

1. 악연

사사야끼의 오른쪽 관자놀이 위로 뜨겁게 달구어진 금
속이 부딪쳤다. 달구어진 금속은 그가 눈동자를 굴려 굳
이 엿보지 않아도 될 만큼 익숙한 〈마우저 C96〉 독일제
권총이다. 자신의 왼쪽 겨드랑에 꽂혀있는 권총이기도
했다. 최대사거리, 즉 총구멍에서 빠져나간 총알이 닿을
수 있는 거리가 대략 200m로 알려져 있다. 그 말인즉슨
권총을 쥐고 있는 사내가 손가락을 잘못 놀리기라도 한
다면 머리통이 그야말로 박살이 난다는 뜻이기도 했다.
푹 고아진 엿물과도 같은 찐득한 땀방울이 그의 이마를
타고 천천히 흘러내렸다. 흘러내린 땀방울은 곧 총구멍
을 휘감겼다. 총구멍을 휘어 감던 땀방울이 바닥으로 떨
어져 나가자 권총을 쥔 사내가 사사야끼의 눈을 가리고
있던 천을 걷어냈다. 그것은 죽기 전 마지막으로 자신에
게 권총을 겨누고 있는 자를 확인하라는 배려와도 같았
다. 몇 번이나 눈을 감고 뜨기를 반복한 후, 그는 그제야

권총을 겨눈 사내의 얼굴을 확인하기 위해 미간을 찡그렸다. 어둠 사이로 한 사람의 얼굴이 또렷이 들어왔다. 얼굴을 알아본 그의 두 눈동자에는 거센 바람이 일었다. 자신에게 권총을 겨누고 있는 사내를 죽일 듯이 노려보며 왼쪽 겨드랑이로 손을 가져다 댔다.

"상… 김상복? 이 개새끼 살아있을 줄 알…"

말이 채 끝나기도 전에 상복은 그의 뺨을 거칠게 후려쳤다. 한차례의 공격에도 겨드랑이 아래에 있는 권총을 빼려 하자 상복은 온 힘을 다해 옆구리를 걷어찼다. 그제야 앞으로 꼬꾸라지며 동시에 겨드랑이에 있던 권총은 튕겨 나갔다. 꼬꾸라진 그는 정신을 차리기 위해 고개를 내저었다. 고개를 흔들 때마다 바닥으로 피가 떨어졌다. 떨어져 나간 핏방울은 곧 퍽퍽했던 먼지를 일으켰다. 입속에 모인 핏덩어리를 거칠게 내뱉었다.

"에이 시발! 아프잖아."

비틀거리며 겨우 일어서는 사사야끼의 입에서는 거친 욕설이 튀어나왔다. 상복은 어이없는 눈빛으로 쏘아보았다. 그때였다. 저지할 틈도 없이 그가 총이 있는 곳으로 몸을 잽싸게 날렸다. 놀란 상복은 권총을 들어 방아쇠를 당겼다. 아주 짧은 찰나의 순간, 둔탁한 총탄의 마찰음과 함께 두 사람은 거의 동시에 바닥으로 나가떨어졌다. 쓰러진 상복은 곧 정신이 혼미해졌다. 점점 텅 비어 가는 두 눈동자에 그림자 하나가 옅게 맺혔다. 권총을 들고 있는 그림자. 그림자의 총구는 분명 두 사람 모두를 가리키고 있었다.

갓 스무 살이 된, 상복이 등짐장수인 최 씨를 만나 장터를 떠돌아다닌 것이 열여섯 무렵이었다. 등짐장수인 그는 미역과 소금 그리고 말린 어물을 떼어다 산간지역의 골짜기나 혹은 한양으로 향하는 길목에서 열리는 장에다 가져다 팔았다. 취급하는 물품은 하나같이 모두 바다에서 구할 수 있는 것들이었다. 하여 최 씨는 풍부한 어장과 어물이 좋기로 소문이 난 구룡포에 수시로 드나들었다. 하지만 그것도 오래가지 못했다. 일본인 수산업자인 '도가와 야사브로'라는 자가 총독부를 움직여 만든 축항으로 인해 조용했던 작은 어촌마을은 삽시간 일본인들에 의해 약탈 되기 시작했다. 그들은 큰 배가 정박할 수 있게 되자 수많은 어선을 이용하여 닥치는 대로 생선을 잡아들였다. 또한, 통조림 공장과 선박공장들이 생겨나면서부터 일본인들이 구룡포로 대거 몰려들었다.

사정이 이렇다 보니, 최 씨처럼 등짐장수들은 예전보

다 물품을 확보하는 것이 말처럼 여간 쉽지 않았다. 구룡포를 장악한 일본인들의 횡포는 날이 갈수록 심해졌다. 그 또한 물건을 사기 위해 들른 구룡포에서 되레 일본인에게 무자비한 몽둥이세례를 받았다. 자칫 목숨을 잃을 뻔한 절체절명인 순간, 위기에서 구해준 이가 바로 열여섯 무렵의 김상복이었다.

그 후, 상복은 순사의 눈을 피해 등짐장수인 그와 함께 조선 팔도의 장터란 장터는 죄다 떠돌아다녔다. 조선 팔도를 두루 다니며 견문을 넓히는 것도 좋았지만, 그래도 마음 한편에는 구룡포의 푸른 바다가 사무치게 그리웠다. 비록 자신의 뿌리가 어딘지도 모른 채, 그저 돈에 의해 어린 시절 팔려 간 곳이긴 하지만 상복에게는 고향과도 다름없었다. 그렇게 한때 전부였던 바다를 생각하며 걷다 보니, 어느새 아우내 장터가 저 멀리 모습을 드러냈다. 아우내 장터는 두 개의 내를 '아우른다'라는 뜻을 가졌을 만큼 큰 장터였다.

김상복, 그의 운명이 바뀌는 그 날. 그날도 여느 날과 마찬가지로 최 씨와 함께 한양으로 향하던 도중 아우내 장터에 들리게 되었다. 마침 장날이 열리는 날이라 시장은 일찌감치 그 명성에 걸맞게 사람들로 인산인해였다. 조선시대 때부터 팔도의 특산물, 어물, 그리고 가축까지 없는 것이 없을 정도로 실로 그 규모는 대단했다.

"행님! 아우내 장터는 매번 올 때마다 참말로 대단하니더."

장터 입구에 잠시 멈춰 선 상복의 시선은 붐비는 인파들의 사이를 비집고 더 깊은 곳으로 들어갔다. 그러고는 한참이나 정신이 팔려 움직이지 않았다.

"오메, 뭐시 그리 넋을 빼고 본당가? 갈 길이 먼께. 고마 가드라고."

최 씨의 다그침에 텅 비어 있던 상복의 눈동자에 차차 빛이 찾아 들었다. 그제야 흐트러졌던 봇짐을 다시 다잡아 메고 앞서 걷는 그의 뒤를 따랐다. 시끌벅적한 장터의 풍경은 익숙하면서도 또한 낯선 곳이기도 했다. 그렇게 인파들의 속에 스며들어 걷던 최 씨가 갑자기 멈춰 섰다.

"복아! 여거서 요기라도 허구 가잖께. 긍께 뱃가죽이 등짝에 철썩 붙어 버렸당께."

그의 미간 사이가 좁아졌다. 그렇지 않아도 상복 역시도 배가 고팠던 참이었다. 엊저녁부터 오늘 아침까지 두 끼나 굶었으니, 무엇보다 장이 열리는 시간에 맞춰 주야장천 걷고 걸었으니 그럴 법도 하였다.

"그리 하입시더!"

대답이 채 끝나기도 전에 최 씨는 주막으로 냅다 뛰어

들었다. 그런 뒷모습을 바라보는 상복의 입가에는 옅은 미소가 묻어났다. 정오가 한참이나 지난 시간이라 그런지 주막 안은 몇몇 사람들만 있을 뿐. 평상에 앉은 그가 목을 쭉 빼고는 주모를 불렀다. 그러자 곧 부엌문이 열렸다. 주모로 보이는 늙은 아낙이 더디게 문지방을 넘었다. 그녀의 손에서 미처 털어내지 못한 물방울이 툭툭 떨어졌다.

"뭘 드릴까나?"

늙은 주모는 손에 묻어 있던 물기를 앞치마에 대충 문지르며 두 사람을 지그시 바라보았다.

"아짐씨! 국밥 두 그릇에 막걸리 쪼까 줘보더랑께요."

음식 주문에 늙은 주모는 금세 부엌으로 들어갔다. 뒤이어 곧 젊은 여인이 작은 소반에 담아 내어온 술병과 젓갈 종지를 상 위에 내려놓았다. 짙은 화장을 했음에도 주모의 얼굴과 꽤 닮아 있는 것으로 보아 딸인 듯 보였다. 얼굴에는 관능미와 색기가 넘쳤다. 젊은 여인의 시선은 최 씨에게 잠시 머무는가 싶더니 곧 상복에게로 향했다.

"어머! 이 젊은 오라버니는 피부가 어쩜 나보다 이리도 더 좋단 말이야. 샘나게!"

젊은 여인은 한참이나 동생뻘 되는 상복에게 오라버니라 불렀다. 최 씨는 젊은 여인을 향해 어이없다는 듯 고개

18

를 절레절레 흔들었다. 하지만 그녀는 그런 것 따위는 상관치 않겠다는 듯, 오히려 조금 전보다 더욱 간드러지게 눈웃음을 치는가 싶더니 이내 가까이 다가갔다. 갑작스러운 일에 그가 몸을 뒤로 빼자 젊은 여인은 급기야 팔짱을 끼는 게 아닌가. 그러자 그녀의 젖가슴이 팔뚝에 물컹하며 닿자 얼굴에 열이 올랐다. 상복은 젊은 여인에게서 풍기는 농익은 살 냄새와 짙은 화장으로 인해 정신이 몽롱해졌다. 부끄러움에 얼굴을 돌리며 밀어냈다.

"이카지 마이소!"

상복은 버럭 하고 짜증을 냈다. 그런 그가 귀엽다는 듯 웃음을 흘렸다.

"어쩜 좋아. 오라버니 얼굴이 빨갛게 변했어. 부끄러운가 봐! 호호호."

젊은 여인의 말 한마디에 그는 저도 모르게 손을 볼에다 가져다 댔다.

"새악시 우째 고거만 앉아 있당가? 요기로다 고마 넘어 오더랑께. 나가 참말로 잘 혀 줄랑께. 참말이여."

최 씨는 음흉한 눈빛으로 자신의 옆자리를 손바닥으로 탁탁 쳤다. 깔깔대며 좀체 실소를 멈추지 않던 젊은 여인의 웃음은 그의 눈빛과 마주치자 매섭게 돌변했다.

"왜 이러시나. 나도 보는 눈이 있소? 도적놈같이 무식

하게 생겨서 어디다 그 상판대기를 들이밀려고 그러시
나. 참말로 어처구니가 없어서. 흥!"

팔짱을 낀 그녀가 최 씨를 쏘아보며 핀잔 아닌 핀잔을
늘어놓았다. 그러자 검푸르죽죽하던 낮빛이 점점 붉어
졌다.

"뭐… 뭐시라고라? 시방 나를 도적놈이라 혔당가? 요
로코롬 잘 생긴 도적놈을 새악시는 봤당가? 으하하하하."

화를 내긴커녕 턱을 괴어 젊은 여인에게 얼굴을 바짝
들이밀었다. 그의 능청스러운 행동에 주막 안에 있던 손
님들도 한바탕 웃어댔다. 기분 좋은 술잔이 서로 오가는
동안 늙은 주모가 뜨끈한 국밥을 내어왔다. 그제야 앞에
앉아 있던 젊은 여인도 자리를 털고 일어섰다.

"행님은 우스개 소리도 참말로 잘도 허니더."

막걸리를 들이켜던 최 씨가 상복의 말에 잔을 내려놓
으며 손바닥으로 입술을 쓸어내렸다. 제멋대로 뻗어 난
수염이 가지런히 한쪽으로 쏠렸다. 그는 사람 좋은 웃음
을 내비치며 부드러운 눈빛으로 앞을 보았다.

"인생 뭐시 있당가? 좋은 것이 좋은 것이여. 안그냐?
어여, 따실 때 묵으랑께."

그는 숟가락을 들어 한 숟가락 푹 떠먹었다. 상복 역시
도 국밥을 한 숟갈 떠서 입속으로 쑤셔 넣었다. 국물이 적

당히 배어든 밥알이 찰지게 입안을 휘어 감았다. 두 사람은 한동안 배를 채우느라 말을 하지 않았다. 그렇게 한참을 퍼먹던 상복은 옆에 놓여 있던 막걸릿잔을 들어 올렸다. 그때였다.

"저, 저… 저 일을 우째! 저러다 사람 잡겄슈?"

밖으로 나서려는 사람들이 쉬이 발걸음을 떼지 못하고, 발만 동동거릴 뿐. 최 씨와 상복은 평상에서 일어서서 사립문 쪽으로 다가섰다. 그곳에는 이미 많은 사람으로 북적였다. 밖으로 나간 그는 예기치 못한 광경에 두 주먹을 불끈 말아쥐었다.

"저 미친 새끼가…."

눈동자에 거센 바람이 일었다. 그곳에는 순사가 자신의 바짓가랑이를 잡은 상인의 얼굴을 구둣발로 사정없이 짓밟았다. 상인은 물론 조선인이었다. 얼굴은 터진 홍시처럼 한눈에 봐도 참혹했다. 하지만 둘레에 선 사람들은 하나같이 그저 웅성거리기만 뿐, 그 누구도 선뜻 나서는 이가 없었다. 상복이 막 걸음을 하려는 찰나, 최 씨가 손목을 낚아챘다.

"이거 놓소! 내 저 쪽바리 새끼 죽여 뿔란다."

그의 눈에는 이미 살기가 가득 들어차 있었다. 최 씨는 분노하는 상복을 향해 고개를 내저었다. 그것은 걱정과 안쓰러움 또한 두려움의 눈빛이었다. 도망자로 사는 그가 붙잡히기라도 한다면 바로 처형과 직결되었다. 그 사실을 잘 알기에 더더욱 잡은 손목을 놓을 수가 없었다. 그런 마음을 잘 알지만, 위험에 처한 동족을 그저 보고만 있을 수는 없는 터.

"행님. 혹 여서 일 터지믄 멀리 도망가소. 절대로 잡히지 마소. 내 말 꼭 명심 하이소. 죽지 않고 살아있음 언제든동 만난다 아인교? 그간 참말로 고마웠는더."

상복은 최 씨를 향해 옅은 미소를 보이며, 꼭 잡고 있던 손을 슬며시 내렸다. 눈시울이 벌겋게 물든 그에게 고개를 끄덕이고는 뒤돌아섰다.

"야! 쪽바리 새끼야."

한차례의 강한 기합과 함께 순사를 향해 돌진했다. 놀란 순사는 권총을 꺼내 들었으나 곧 전광석화와 같은 일격에 맥없이 뒤로 나자빠졌다. 모여 있던 사람들은 놀라 뒷걸음질 치기 바빴다. 상복은 쓰러진 순사를 향해 거세게 발길질을 하였다. 순사의 얼굴은 이미 피범벅이 되어 있었다. 그는 곁에 있던 상인을 일으켜 세웠다.

"아재! 괜찮은교? 퍼득 몸부터 피하이소."

겨우 자리에서 일어선 상인은 상복을 향해 고마움을 전했다. 그때였다. 모여 있던 상인들의 입에서 작은 탄성이 터져 나왔다. 그 순간 고개를 뒤로 돌렸다. 순사가 서슬 퍼렇게 날이 선 군도를 들고 그를 향해 달려들었다. 하지만 몸을 잽싸게 돌려 순사의 검을 피했다. 그리고는 허리춤에 깊게 꽂혀있던 단검을 빼내 들었다.

"윽!"

날카로운 비명과 함께 들고 있던 군도가 바닥에 떨어졌다. 순사는 맥없이 주저앉으며 천천히 아래로 시선을 옮겼다. 피가 새어 나와 제복을 적셨다. 그는 온 힘을 다해 상복의 손목을 움켜쥐었다. 하지만 그럴수록 칼날은 더욱 깊게 박혔다. 순사는 마지막까지 뭔가를 움켜잡기 위해 손을 뻗었으나 결국 제자리에 꼬꾸라졌다.

"왜놈이 죽었다! 왜놈이 죽었어!"

그제야 자신의 주변으로 흐르는 소리가 봇물 터지듯 귓속으로 한꺼번에 들이닥쳤다. 누군가의 고함과 함께 모여 있던 사람들이 제각기 흩어졌다. 그때까지도 그는 제자리에 그냥 서 있을 뿐. 멀리서 이를 지켜보던 최 씨가 한달음에 달려왔다.

"상복아! 어째 이러고 있는 것이 당가? 어여 몸부텀 피하랑께. 퍼득 도망 가드랑께. 저 짝에서 순사들이 몰려오고 있당께."

그는 상복의 어깨를 떠밀었다.

"어여 가보더라고. 잽히지 말어야 혀!"

다그침에 그는 몇 발자국 뒷걸음질 친 후에 몸을 돌려 앞으로 내달렸다. 최 씨는 달아나는 상복의 등을 걱정스러운 눈길로 바라보고는 반대 방향으로 뛰었다. 그는 자신의 뒤를 쫓는 순사와 좀체 간격이 벌어지지 않았다. 멀어지는 듯싶다가도 가까워지기를 몇 차례.

달려온 순사들은 앞을 가로막는 자가 있으면 가차 없이 군도(刀)로 베어버렸다. 아무런 죄 없는 선량한 이들이 쓰러지자 아우내 장터는 순식간에 아수라장으로 바뀌었다. 그렇게 얼마를 뛰었을까? 장터를 거의 빠져나오자 사거리가 나왔다. 상복은 잠시 멈춰 거칠어진 호흡을 고르기 위해 숨을 길게 내뺐었다. 사정없이 날뛰는 심장 때문에 흉부가 뻐근했다. 기운이 점점 바닥이 되어가는 이 상황에서 수십이나 되는 순사들을 피해 도망친다는 것은 거의 불가능했다. 이제 잡히는 일밖에는 남지 않았다는 것을 직감적으로 깨달았다. 아주 짧은 순간이었지만, 돈에 팔려가 처음 바다를 마주했을 때가 떠올랐다. 구룡포의 가을은 눈이 부실만큼 아름다웠다. 바위틈에서 강인하게 핀 보랏빛의 해국이 미치도록 그립고 그리웠다. 어쩌면 두 번 다시 볼 수 없는 그 꽃이, 그의 두 눈동자에 아련히 피어났다.

"인자 내 목심도 참말로 여서 끝인갑네."

상복은 어금니를 꽉 깨물었다. 어차피 잡혀서 개죽음을 당할 바에 자결하리라 마음을 먹었다. 비상용으로 챙겨둔 독약을 옷섶 사이에서 꺼내어 병뚜껑을 열었다. 막 입속으로 털어 넣으려는 때, 누군가가 그의 손을 쳤다. 그 바람에 독약이 든 병은 바닥으로 떨어졌다. 놀라 눈으로 옆을 쳐다보았다. 처음 보는 젊은 사내가 서 있었다.

"저기 보이는 골목 안으로 들어가시오. 어서!"

젊은 사내는 상복을 향해 다급히 말을 전하고는 뛰어오는 순사를 향해 고함을 질렀다. 그는 동시에 함께 뛰자는 신호도 보냈다.

"하나, 둘, 셋!"

구령에 그는 골목으로 사내는 골목 반대 방향으로 냅다 달렸다. 그 순간 총성이 들렸으나 다행히 두 사람 모두 그곳에서 벗어난 후였다. 상복은 정신없이 골목 안으로 들어섰다.

"여기! 이리로 오세요. 어서."

애타는 누군가의 부름이 들렸다. 그가 고개를 돌리기도 전에 손목이 잡혀 안으로 들어섰다. 그곳에는 기모노를 입은 여인이 서 있었다.

"누, 누⋯."

기모노를 입은 여인이 상복의 입을 틀어막고, 조용히 하라는 신호를 보냈다. 마른 침을 꿀꺽 삼켰다. 곧 골목 안은 웅성거림으로 시끄러웠다. 그것은 골목의 입구와 끝에서 동시에 나는 소리였다. 더군다나 골목 안에 있는 모든 가택이란 가택은 죄다 뒤지는 모양이었다. 밖을 유심히 살피던 여인이 상복을 뒷마당에 있는 별실로 이끌었다. 두 사람이 별실로 막 들어서자, 대문을 거칠게 두드리는 소리가 들렸다.

"아, 아씨! 어찌할까요?"

일꾼으로 보이는 늙은 사내가 여인의 앞에 달려와 허리를 조아렸다.

"아범 말고 우리를 본 사람이 있습니까?"

여인이 묻자 일꾼은 고개를 가로저었다. 마침 안뜰 밖에서 다른 여인네들의 웅성거림이 들렸다. 그제야 상복은 이곳이 기방이라는 것을 알아챌 수 있었다.

"평소와 다름없이 하세요. 나머지는 제가 알아서 합니다. 아시었지요?"

여인의 말에 일꾼은 고개를 주억이고는 곧장 대문이 있는 곳으로 걸음을 옮겼다. 그사이 기겁한 기생들은 토끼 눈을 뜨고 대문을 내다볼 뿐이었다. 보다 못한 일꾼이 굳게 닫혀 있던 빗장을 열어젖혔다. 빗장이 채 열리기도 전에 순사들이 안으로 휘몰아치듯 들이닥쳤다. 갑작스러운 순사들의 기습에 놀란 기생들은 앞다투어 비명을 질러댔다. 얼마의 시간이 흘렀을까? 제법 나이가 있어 보이는 여인 하나가 그녀들의 앞에 나섰다. 모양새를 보아하니 이곳의 행수로 보였다.

"어찌 이러시옵니까? 〈향월각〉이 아직 문을 열지….."

말이 끝나기도 전에 순사 중 하나가 앞으로 나서며 행수의 턱을 꽉 틀어쥐었다. 그는 눈알을 희번덕대며 노려보았다. 노려보는 눈동자는 사람의 것이 아니었다. 그것은 굶주린 들개와도 같았다. 행수는 잡혀 있는 턱을 빼내기 위해 안간힘을 썼다.

"네년이 정녕 죽고 싶은 것이로구나."

그의 입에서 생각지도 못한 조선말이 튀어나오자 행수의 눈동자가 점점 커졌다. 그제야 그는 잡고 있던 그녀의 턱을 놓아주었다. 그리고는 뒤로 돌아 부하들을 향해 샅샅이 뒤지라는 명령을 내렸다. 명령이 떨어지기 무섭게 부하들은 사방으로 흩어져 방이란 방은 모두 휘저었다. 밖의 뜰이 대충 끝나자 상복이 숨어있는 별실로 향했다.

"사사야끼 순사부장님께오서 어찌 이리도 누추한 곳까지 걸음을 하셨는지요?"

기모노를 입은 여인이 대청마루를 가로질러 뜰 아래로

내려왔다. 그녀는 다름 아닌 조금 전, 상복을 피신시킨 여인이었다. 대청마루에 올라서려던 순사들이 잠시 멈추어서 사사야끼의 눈치를 살폈다. 한 걸음 뒤에 서 있던 그는 대청마루 위 여인을 쏘아보며 미간을 찌푸렸다.

"화련… 아, 아니지. 이제 미츠키 상이라고 불러야 하나? 그건 그렇고 귀하신 몸이 이런 촌구석에는 어쩐 일로다?"

조금 전까지만 해도 거칠었던 말투가 한결 누그러져 있었다. 그의 물음에 화련은 입꼬리를 살짝 올렸다.

"제가 이곳에 온 연유를 그 누구보다 잘 아실 분이 그리 말씀하시니, 이년 조금 섭섭해지려 하옵니다. 아니 그렇습니까?"

화련의 대답에 사사야끼는 콧방귀를 뀌었다. 그도 그럴 것이 이곳 〈향월각〉은 얼마 전까지 그녀가 머물렀던 곳이다. 두 사람의 악연은 몇 년 전으로 거슬러 올라간다.

한창 사사야끼가 독립운동가들의 뒤를 쫓고 있던 때였다. 말단 순사였던 그의 머릿속에는 오직 승진하여 총독부에 들어가는 것밖에는. 그런데 그렇게 열망하던 기회가 찾아온 것이었다. 총독부에서 열을 올려 쫓고 있던 인물이 있었다. '귀신'이라는 별칭 가진 인물로서 전국 방방 곡곡을 염탐, 중요시설을 기록하여 독립운동가들에게 넘기는 자였다. 자신의 별명인 귀신처럼 흔적이나 자취를 남기지 않는 것으로 알려져 검거하기가 쉽지 않았다. 특히나 같은 독립운동가들조차도 귀신의 얼굴을 본 이가 없었다. 귀신으로 인해 습격당한 주재소와 중요시설이 꽤 많았다. 총독부에서는 많은 병력을 투입해서라도 꼭 잡고 싶은 존재였다. 그런 귀신이 아우내 장터 〈향월각〉에서 독립운동가와 접선한다는 첩보가 사사야끼의 귀에 흘러들어왔다.

이 사실을 전해 들은 그는 심장이 뛰어 숨조차 쉬기 어려웠다. 잘만하면 주재소의 부장이 아닌 경시청 현장 수사의 최고 책임자인 '경부' 자리까지 바라볼 수도 있는 일이 아니던가. 그는 단 한 번밖에 없을지도 모를 절호의 기회를 놓치지 않기 위해 만사 조심하고 또 조심히 준비했다. 접선 날짜가 나오자 사사야끼는 소수의 인원만을 데리고 〈향월각〉에 잠입. 모든 것들은 자신의 계획대로 순조롭게 이루어지고 있었다. 기방의 대문이 닫히고 주변에 어둠이 짙게 내려앉자 골목 어귀에서 누군가가 모습을 드러냈다. 그리고는 곧 〈향월각〉의 쪽문이 천천히 열렸다. 안에서 기녀로 보이는 여인 하나가 나와 고개를 숙여 예를 취했다. 그는 귀신의 얼굴을 보려고 했으나 어둠에 가려져 확인이 어려웠다. 그렇게 귀신이 어서어서 안으로 들어가길 기다렸다. 자칫 일이 틀어지기라도 한다면 사방이 뚫려 있으니, 더욱 신중을 기했다. 귀신이 드디어 기방 안으로 들어섰다. 어둠 속에서 주의 깊게 지켜보던 그가 조용히 뒤를 돌아보았다.

"너희들은 대문 그리고 골목 입구에 대기하고 있도록. 그리고 다나까 너는 나와 함께 안으로 들어간다!"

사사야끼는 담벼락에 몸을 최대한 붙였다. 그사이 다나까는 가볍게 담을 뛰어넘어 쪽문을 땄다. 문이 열렸고 그가 최대한 소리를 죽여 안으로 들어섰다. 뜰 안은 달빛만이 고요히 내려앉아 있을 뿐. 간간이 때 이른 귀뚜라미 울음소리가 간헐적으로 들려왔다. 그는 손가락 서너 개를 들어 정면에 보이는 대청마루를 가리켰다. 부하들은 마루로 조심스레 다가섰다. 그러자 구석진 방에서 옅은 불빛이 새어 나오는 것이 보였다.

"한 방에 가자! 곧 도착할 헌병들을 모두 이곳으로 집결시켜라! 그사이 나는 치고 들어간다. 기방에 들어 온 자는 있어도, 나간 자는 결코 없어야 한다. 알겠느냐?"

그의 명령에 다나까는 거수경례로 대답을 대신했다. 연통을 받은 헌병 기동대들이 〈향월각〉으로 속속들이 모여들었다. 이번에야말로 공을 제대로 세워 꼭 원하는 바를 얻을 것이라 다짐하고 또 다짐했다. 그는 옆구리에 차고 있던 권총을 꺼내 들었다. 한 발자국 또 한 발자국 불빛이 새어 나오는 방으로 다가가 방문을 걷어찼다.

"꼼짝하지 마라! 만에 하나 조금이라도 움직인다면 머리통에 총알을 박아 줄 테니."

그제야 이마에 맺혀있던 땀방울이 볼을 타고 주르륵 흘러내렸다. 안에 있던 두 사람은 그런 사사야끼를 한심한 표정으로 올려다보았다.

"총을 치우는 것이 자네 신상에도 좋을 듯한데."

사내는 들고 있던 찻잔을 들어 음미했다. 기녀는 그의 권총 따위는 아랑곳하지 않은 채, 비어 있던 잔을 채웠다.

"분명 내가 움직이지 말라고 했을 터인데."

사사야끼는 안으로 들어서서 중절모 사내의 관자놀이에 총구멍을 가져다 댔다. 겁을 먹으리라는 기대감과 다르게 눈썹 하나 움직이지 않았다.

"이 새끼가! 돌았나?"

분노가 치밀어 오른 그는 중절모 사내의 머리통을 내려치기 위해 권총을 높이 추켜들었다. 이제는 사내가 귀신이든 아니든 그리 중요한 일이 아니었다.

"멈춰! 멈추란 말이다. 사사야끼."

안으로 들어서던 켄토모히리 경부가 고함을 버럭 내질렀다. 그리고는 곧 자세를 바로잡아 중절모 사내를 향해 거수경례를 올렸다. 경부는 곁에 있던 사사야끼에게 눈짓을 보냈다. 그러자 조금 전과는 다르게 사내는 날카로운 눈빛으로 뒤로 돌아 두 사람을 매섭게 노려보았다. 그는 다름 아닌 야마모토 센카이 경시정이었다.

'야마모토 센카이…'

오래전 어디에선가 전해 들은 이야기가 하나가 뇌리를 스쳤다. 그의 어미가 조선인이라는 소문. 그 소문에 걸맞게 조선말을 잘 구사했다. 하지만 그가 반쪽짜리 일본인이었다면 결단코 경시청 보안담당 지휘관이 될 수 없음이었다. 생각이 이곳까지 이르자 머리가 복잡했다. 그나저나 대단한 사람을 잘못 건드려 놓았으니 낭패도 이런 낭패가 없었다. 떨리는 마음을 진정이라도 시킬 요량으로 담배를 꺼내 한 모금 빨았다. 타들어 가는 소리와 함께 담뱃불이 일었다.

사사야끼는 본디 천 씨 성에 오수라는 이름을 가진 조선인이었다. 그의 집안은 대대로 이곳 아우내 장터 인근 양반가의 머슴으로 입에 풀칠하며 살았다. 그 또한 아비의 뒤를 이어 머슴이 되어야 하는 팔자였다. 일제가 조선을 강제로 수탈하자 그에 맞서 치열한 독립운동이 들불처럼 조선 팔도 곳곳에서 일어났다. 물론 그가 머슴으로 지냈던 양반가에서도 전답을 팔아 마련한 돈을 비밀리에 독립운동가들에게 건넸다. 천오수는 평생 머슴으로 사느니 차라리 일제에 충성키로 마음을 고쳐먹었다. 그러고나서 그가 처음으로 행동에 옮긴 일은 대대로 모셔 오던 주인을 조선총독부에 밀고. 그 공을 인정받아 사사야끼라는 새로운 일본 이름과 아우내 장터 소관인 주재소에 말단순사로 배치되었다. 그 후, 그는 많은 독립운동가를 잡아들였다. 무엇보다 자신을 머슴이라 멸시했던 이들에게는 없는 죄까지 만들어 형무소로 보내버렸다. 그렇게 얼마의 시간이 흘렀을까? 안에서 들어오라는 말과 함께 그는 피고 있던 담배를 바닥에 떨어뜨려 구둣발로 비볐다.

"들어가겠습니다."

방문 앞에 선 그는 앞머리를 쓸어 넘겼다. 죽으라면 무조건 죽을 것이라 마음을 굳게 먹었다. 일제의 앞잡이가 되기 위해 수단과 방법을 가리지 않고 이 자리까지 올라왔다. 두 번 다시는 구질구질했던 예전의 삶으로 돌아가고 싶지 않았다.

"사사야끼라고 했는가?"

방 안으로 들어서자마자 사사야끼는 바닥에 납작 엎

드렸다.

"몰라뵈어 송구합니다. 불찰을 너그러이 용서해 주십시오."

그는 아랫입술을 지그시 깨물었다. 화련은 그들이 나누는 대화가 모두 일어임에도 불구하고 대부분 알아들었다. 훈계 아닌 훈계가 끝이 나자 벌떡 일어서서 센카이를 향해 예를 갖추고는 밖으로 나갔다. 이때부터였다. 그녀와 사사야끼의 악연이 시작된 것이.

"순사부장님께오서 이년에게 더하실 말씀이라도 있는 것인지요?"

옛 생각에 잠시 잠겨있던 그가 화련의 목소리에 고개를 들고는 주먹을 꽉 말아 쥐었다. 그 사이 그녀는 방을 얼마든지 수색하라는 듯, 옆으로 비켜났다. 한참을 노려보던 사사야끼가 소리를 쳤다.

"철수!"

지난번 야마모토 센카이의 머리에 총을 겨눈 사건으로 인해 혁혁한 공을 세웠음에도 불구하고 진급에 불이익을 당했다. 물론 조선인이라는 것도 한몫했지만, 그의 생각에는 거물급인 센카이에게 실수한 탓도 있을 것이라 여겼다. 화련은 바로 그 자의 여자였다. 그들이 모두 돌아가자 밖에서 망을 보던 일꾼이 뒤뜰로 들어왔다.

"확실히 다들 돌아갔나요? 다시 한번 더 골목 안과 밖을 살펴주세요."

일꾼은 화련의 말에 고개를 조아리고는 급히 문지방을 나섰다. 그 사이 행수가 그녀의 곁으로 다가섰다.

"이곳에는 제 허락 없이 아무도 들이지 말아주세요. 그리고…."

화련은 더욱 목소리를 낮춰 남은 말을 이어갔다.

"그리고… 혹여 모를 일이니 장소를 좀 옮겨야겠습니다. 이곳이 마무리되는 대로 조속히 넘어갈 터이니 그리 전해주세요!"

행수는 화련의 말에 고개를 가볍게 끄덕이며 걸음을 옮겼다. 그녀가 나감과 동시에 나갔던 일꾼의 모습을 다시 보이자, 그제야 안으로 들어섰다.

"잠시 안으로 들어가겠사옵니다."

그녀는 두려움에 떨고 있을 낯선 이가 놀라지 않게 최대한 조심히 방문을 열었다. 안으로 들어서자 상복은 자리에서 벌떡 일어섰다. 얼굴에는 크고 작은 상처들로 인해 성한 곳이 없었다.

"조선의 여인인교?"

그는 위기에서 구해준 고마움보다 화련의 기모노가 더 신경에 거슬렸다. 말 한마디에 찬찬히 자신의 옷을 내다보던 그녀는 저도 모르게 쓸쓸한 미소를 지었다.

"조선의 여인이오나, 나라를 잃은 여인이기도 하지요."

애잔한 목소리에 상복은 한숨이 절로 올라왔다. 조선의 여인이나 어쩔 수 없이 기모노를 입어야 하는 여인. 어쩌면 그녀가 입고 있는 기모노로 인해 목숨을 구한 이도 있을 터. 그는 자세를 바로잡고 늦은 감사의 마음을 전했다.

"인사가 늦었심더. 지는 김상복이라카니더."

잠시 흐려있던 그녀의 눈동자가 상복의 말에 빛을 찾았다. 그의 얼굴에서 오래전, 죽은 남동생의 얼굴이 문득 떠올랐다. 빤히 쳐다보는 시선이 부담스러운 상복은 넙죽 고개를 숙였다.

"인자, 지는 고만 가볼랍니더!"

막 밖으로 나서기 위해 문고리를 잡는 순간, 곁에 있던 그녀가 상복의 팔목을 잡았다. 부드러운 여인의 손결에 당황하여 귓불까지 벌겋게 달아올랐다. 화련은 그를 다시 자리에 앉혔다. 그 사이 약 상자를 가져온 그녀가 터진 입술에 약을 곱게 펴 발랐다.

"개, 개… 개않심니…."

그는 말을 마저 하지도 못한 채, 옅은 신음을 내뱉었다. 하지만 그녀는 그저 약 바르기에만 몰두했다. 간헐적으로 느껴지는 여인의 숨결에 심장이 꿈틀거렸다. 누군가를 향해 단 한 번도 뛰지 않았던 심장이었기에 순간 당황했다. 고통이 점점 사그라들자 그제야 그녀의 얼굴을 자세히 들여다볼 수 있었다. 한 올의 흐트러짐도 없는 가지런한 눈썹, 오뚝하게 솟은 콧날 하며 별을 빼다 놓은 눈동자와 탐스럽게 잘 익은 자두 같은 입술. 정말 어느 한 곳이라도 흠잡을 곳이 없는 아름다운 미모였다.

화련은 고개를 들어 앞을 지그시 바라보았다. 본의 아니게 서로의 눈동자가 마주쳤다. 부끄러움에 상복은 헛기침이 터져 나왔다.

"신세 많았심더. 그카문 지는 이만 가볼랍니더!"

말릴 틈도 없이 상복은 밖으로 뛰쳐나갔다. 화련은 갑작스러움에 뒤늦게 일어났지만, 미처 그를 잡지 못했다.

'아직 위험할 터인데….'

그녀는 어두운 골목을 걱정스레 바라보며 무사함을 간절히 기원했다. 그는 기방을 나서기는 했으나 어디로 가야 할지 막막하기만 했다. 지금쯤이면 자신을 잡기 위해 더 많은 수의 순사들이 길목마다 진을 치고 있을 터인데. 그들의 삼엄한 경계를 피해 도망을 친다는 것은 거의 불가능에 가까워 보였다.

더욱이 어찌어찌 도망은 쳐도 그다음은 어떻게 할 것

인가? 그나마 다행인 것은 주변이 어둡다는 사실이었다. 하지만, 걱정할 틈도 없이 우선 몸을 피할 곳부터 찾았다. 그는 장터에서 얼마 멀지 않는 곳에 야트막한 산이 있다는 것을 알고 있었다. 매달 장이 열리는 곳으로 가기 위해 자주 다니는 길목이라 캄캄한 밤에도 산을 찾는 것은 그리 어렵지 않았다. 그러나 문제는 매봉산으로 가기 위해서는 장터와 민가를 반드시 지나쳐야 했다.

'이 일을 우짜노? 참말로 다른 방법이 없단 말이가. 이대로 가믄 잡힐게 뻔 할 낀데.'

상복은 망설였다. 한 발자국 앞으로 떼려다 다시 되돌리기를 여러 번. 계속 머뭇거리다 결국 한 걸음도 못 가고 잡힌다면 괜스레 억울할 것만 같았다. 생각이 여기까지 미치자 어금니를 꽉 깨물었다. 잡힐 때, 잡히더라도 일단은 행동을 먼저 취하는 것이 지금껏 살아온 방식이었다. 조금 전보다 짙어진 어둠 속으로 용기를 내어 한 걸음 내디뎠다. 좁은 골목 그리고 집과 집 사이에 있는 틈새로 재빠르게 움직였다. 민가가 밀집된 곳이 가까워질수록 순사들의 검문검색이 더욱 삼엄해지고 있다는 것이 느껴졌다. 그들은 거리에 있는 사람은 노인 어린아이 할 것 없이 심지어 아녀자들의 치마 속까지 들춰보았다. 그는 하는 수 없이 근처 민가들을 휙 하고 둘러보았다. 피가 묻은 겉

옷을 입고 돌아다닌다면 눈에 띄는 건 시간문제였다. 때마침 옷가지들이 널려 있는 마당이 보였다.

'뒤지기밖에 더 허겄냐!'

입에 모여 있던 가래를 바닥에 내뱉었다. 그리고는 빨랫줄 끝에 널려 있던 옷가지와 빵모자를 낚아챘다. 그렇게 민가들 사이로 요리조리 몸을 움직였다. 이마에서는 굵은 땀이 흘러내렸다. 발아래에 쓸리는 작은 소리에도 심장이 예민하게 반응하였다. 그때였다. 투박한 군화 소리가 점점 가까이 들려왔다. 그러자 그는 담벼락에 최대한 납작하게 붙었다.

"저쪽이다!"

순사 하나가 때마침 도망치는 그림자를 향해 고함을 내질렀다. 뒤이어 총을 든 사수들이 우르르 내달렸다. 상복은 군화 소리가 까마득히 멀어질 때까지, 숨조차 내쉬지 않았다. 군화 소리가 아예 들리지 않자 그때야 참았던 숨을 한꺼번에 몰아쉬었다.

무슨 수를 써서든 오늘 밤 안으로 이곳을 빠져나가야 했다. 조급한 마음이 들자 걸음은 자연스레 빨라졌다. 보통 이른 저녁 시간인 이때가 분주한 시간이기도 했다. 물론 해가 지기 전에 시장이 파하기는 하나, 멀리서 온 장사꾼 중에는 미처 팔지 못한 물건을 늦은 시간까지 팔기도 했기에.

낮에 있었던 불미스러운 일로 시장 바닥에는 순사들이 쫙 깔려있었다. 하여 모든 점포가 문을 일찍 닫아건 것이었다. 그들은 조금이라도 의심이 간다면 아이, 노인 할 것 없이 일단은 매질부터 하는 야만인들이었다. 상복은 최대한 빵모자를 푹 눌러쓰고 어깨를 움츠린 채, 잰걸음으로 장터를 질러갔다. 그때였다. 누군가가 그를 향해 일본말로 멈출 것을 명령했다.

"한 발자국만 더 움직이면 가차 없이 네 놈의 대갈통을 아작 낼 것이다. 그러니 두 손을 머리에 올리고 천천히 돌아서라!"

뒤이어 들려오는 것은 분명 조선말이었다. 더는 앞으로 나갈 수가 없었다. 뒤에 있던 그림자는 옆구리에 꽂혀있던 〈마우저 C96〉 독일제 권총을 꺼내 들었다. 방아쇠를 당기는 소리에 그는 마른침을 삼키며 천천히 뒤돌아섰다.

"와? 이카시는교."

그림자를 향해 애써 웃음을 보였다. 그림자는 바로 사사야끼였다. 불행 중 다행히도 상복의 뒤만 쫓았을 뿐, 얼굴은 모르는 상태였다. 가로등을 등진 채, 서 있는 얼굴은 반쯤 어둠에 가려져 있었다. 하여 그런 그의 얼굴을 좀 더 자세히 볼 요량으로 걸음을 앞으로 옮겼다. 점점 가까이 다가옴을 느끼자 상복은 저도 모르게 두 팔에 힘이 들어갔다. 가려졌던 얼굴이 차츰 드러나자 사사야끼는 권총을 다시 치켜들었다.

"이 새끼가…."

얼굴에 나 있는 심상치 않은 상처들과 손을 감싸고 있는 피 묻은 붕대. 그는 직감적으로 자신이 쫓고 있는 자라는 것을 알아챘다. 절체절명의 순간, 불안정하기만 하던 가로등이 요란스러운 소리와 함께 꺼졌다. 갑작스러운 정전에 당황하는 사이, 상복은 어둠 속으로 냅다 달렸다.

"거기 서! 서라!"

고함과 총성이 동시에 울렸다. 상복은 허리를 숙여 지그재그로 달리며 가판대를 방패 삼아 몸을 피했다. 잠시 총 쏘는 것을 멈춘 그가 앞으로 내달렸다. 뒤이어 총성을 듣고 달려온 순사들 또한 뒤를 따라 달렸다. 한참을 달리던 사사야끼가 멈춰 섰다. 그리고는 뒤따르던 이들을 향해 손짓으로 흩어질 것을 전했다. 그 사이, 상복의 두 눈에 매봉산의 봉우리가 보였다.

'조금만, 조금만 더….'

거의 매봉산 초입에 가까이 다다랐을 무렵, 꺼졌던 가로등에 불이 다시 들어왔다. 가로등에 하나, 둘 불이 들어오자 그의 모습이 드러났다. 그러자 사사야끼는 옆에 있던 사수의 장총을 빼앗아 들었다. 꽤 먼 거리임에도 정신을 집중해서 방아쇠를 당겼다. 곧 총구멍에서 불똥과 연기가 피어올랐다. 매봉산을 향해 뛰던 상복의 어깨가 휘청거렸다.

"잡아라! 놓치지 마라."

명령에 순사들은 앞다투어 뛰었다. 그는 총탄을 맞은 왼쪽 어깻죽지를 꾹 눌렀다. 하지만 총탄에 맞은 왼팔은 이미 제멋대로 놀아났다. 온 힘을 다해 벌떡 일어섰다. 다친 몸을 움직이자 엄청난 고통이 밀려왔다. 숨이 턱턱 멎으며 오장육부가 쥐어틀렸다. 상복은 숨을 크게 들이마셨다. 폐부가 어느 정도 빵빵하게 오르자 앞을 향해 한걸음 뗐다. 그러자 손끝에서 핏방울이 뚝뚝 떨어져 나갔다.

뒤이어 순사들의 쏘아대는 총소리가 들렸으나 사정거리가 확보되지 않는 어두운 밤에 목표물을 정확히 맞힐 수는 없는 법. 하여 순사들은 무작정 도망치는 그의 뒤를 따라 달릴 수밖에 없었다. 그렇게 매봉산 초입에 다다르자 곧장 능선 위로 올랐다. 장돌뱅이를 하며 자주 넘어 다녔던 산이었지만, 비구름으로 인해 빛조차 없는 산길은 더욱 어두웠다. 이마에서 흘러내리는 식은땀이 계속해서 눈동자 속으로 스며들었다. 시야를 확보하기 위해 눈을 비벴으나 눈앞은 더욱 뿌옇게 흐려져만 가고 다리는 자꾸만 꼬꾸라졌다. 숨이 가쁘면 가쁠수록 느껴지는 고통은 이로 말할 수가 없었다. 차라리 총탄을 맞은 왼팔을 잘라내는 편이 나을 것만 같았다. 때마침 사사야끼의 목소리가 어둠을 뒤흔들었다.

"발견 즉시 사살한다!"

그의 지시를 받은 순사들은 쏜살같이 상복이 앞서 올랐을 산길을 따라 뛰었다. 군화 발걸음 소리가 밤의 적막을 깨며 점점 가까이 들리자 심장 또한 숨 가쁘게 뛰었다. 다시금 상처 부위를 꽉 누르고 힘겹게 걸었다. 어느새 순사들은 정수리가 보일만큼이나 가까이 와 있었다. 총을 쏘면 맞힐 수 있을 만큼의 거리였다.

"저기 있다!"

뒤따르던 순사 중 누군가가 앞을 향해 소리를 내질렀다. 앞에 있던 사수들이 장총을 들어 그의 등을 조준했다. 뒤이어 올라온 사사야끼가 서둘러 장총을 넘겨받았다. 그리고는 내면에 잠들어있던 모든 감각을 깨웠다.

'한 발이다. 한 발이면 된다! 그래, 지금이다!'

어둠 속을 노려보던 사사야끼의 두 눈동자가 번뜩였다. 그것은 사냥감을 목전에 앞둔 들개의 눈빛이었다. 방아쇠 위에 가볍게 걸쳐 있던 검지에 묵직함이 느껴졌다.

그 묵직함과 함께 총알은 상복의 등을 향해 곧장 날아갔다. 불똥과 거의 동시에 낙엽 흐트러지는 소리가 숲속을 뒤흔들었다. 그 소리는 분명 비탈길 아래로 뭔가가 굴러떨어지는 소리였다. 그제야 들고 있던 장총을 부하에게 건네고는 길을 따라 내려갔다. 곧이어 횃불을 든 순사들은 일제히 주변으로 흩어졌다. 분명 제대로 맞았다면 살아있을 가망성이 단 일도 없지만, 만에 하나 빗나갔다면 다 잡은 사냥감을 놓친 격이었다. 지난번 야마모토 센카이의 일로 불이익을 받은 것을 이번 공으로 조금이라도 만회할 생각이었다.

생각이 이쯤에 미치자 마음은 그 어느 때보다 급해졌다. 급한 마음과는 달리 몇 걸음 내딛기 무섭게 나무뿌리와 돌부리에 발이 걸렸다. 극도의 긴장감과 짜증이 밀려온 그는 곁에 있던 부하에게 욕설을 퍼부어댔다.

2. 조선의 백성

몇 날 며칠 비가 내렸다. 그간 늦가을 가뭄이니 뭐니 말들이 많았는데, 보상이라도 하려는 듯 비가 쉼 없이 내렸다. 지붕 위에 얹힌 마른 볏짚들이 축 처져 물길을 열었다. 볏짚 끝에 모인 빗방울이 아래로 떨어져 움푹 팬 골에 차올랐다. 세상 모든 잡음은 거칠게 퍼부어대는 빗소리에 함께 묻혔다. 때마침 방문을 열고 나온 어린 소녀 하나가 마루에 걸터앉아 비 내리는 마당을 내다보았다. 소녀의 키가 작고 왜소한 것으로 보아 열댓 살 정도로 되어 보였다. 소녀는 팔을 쭉 뻗어 떨어지는 빗방울을 손바닥 안에 담았다.

"개똥아! 뒷간 방에는 가본 것이여?"

때마침 누군가가 헛간 문을 열고 나왔다. 화들짝 놀란 개똥이는 자리에서 벌떡 일어서서 물 묻은 손을 앞치마에 닦아냈다.

"아즉이구먼유!"

개똥이의 말에 아비는 들고 있던 큰 칼을 앞으로 내밀었다. 서슬 퍼런 칼에서 붉은 피가 뚝뚝 떨어져 나갔다. 쏟아지는 빗물에 칼을 대자 핏물이 씻겨 내려갔다. 씻겨 내려간 핏물이 마당에 스며들어 더욱 을씨년스러웠다. 깨끗하게 씻긴 칼을 들어 이리저리 보다, 자신의 앞치마에 쓱쓱 닦아냈다. 뒤이어 개똥이의 앙칼진 목소리가 터져 나왔다.

"아부지!"

"우째 그러는 것이여?"

단단히 화가 난 개똥이는 아랫입술을 질근 깨물었다.

"아부지! 우리가 암만 소, 돼야지 잡는 백정이라 혀도 깨끗혀야 허구먼유. 더럽게 고것이 뭐단 말이유. 앞치마 빨아 드릴 터이니, 싸게 싸게 벗어 봐유!"

그는 머쓱한 웃음을 내비치는가 싶더니, 앞치마를 순순히 벗어 개똥이에게 건넸다.

"저러다 송장 치르는 것은 아니겄지? 내 목심 구혀준 선상님께서 허도 부탁혀서 허는 수 없이 여거로 데리고… 여하튼 개똥이, 니는 죽었는지 살아있는지 고것만 확인허고 그 워떤 말도 건네지 말어. 아부지 말 명심하고 또 명심혀!"

평소와는 다르게 목에 힘을 주어 말했다. 비는 그 후로도 이틀이나 더 내리다 삼 일째 되던 날에야 그쳤다. 그 사이 개똥이는 뒷간 방에 누워있는 청년을 간호했다. 멀 겋게 끓인 미음을 입속으로 흘려보내는가 하면, 혹시 생 길지도 모를 욕창을 방지하기 위해 몸을 이리저리 뒤척 여 주었다.

"물… 물, 물 좀 주시….”

곁에서 잠시 졸고 있는 개똥이를 향해 청년이 팔을 뻗 었다. 그러나 그의 부름을 듣지 못한 채, 개똥이는 깊은 잠에 빠져있었다. 청년은 손을 이리저리 휘젓다가 결국 옆에 있던 물바가지를 엎었다.

"어, 어… 아, 아부지!”

잠에서 깨어 청년과 눈이 마주친 개똥이는 밖으로 뛰 쳐나갔다.

"아부지!”

개똥이는 헛간 문을 벌컥 열어젖혔다. 한참 돼지의 내 장을 꺼내 손질하던 아비가 놀란 눈으로 쳐다보았다. 하 지만 이내 못마땅한 표정으로 쏘아보며 들고 있던 내장 을 통에 집어 던졌다.

"이것아! 뭔 일이 있어도 여거는 함부로 들랑거리지 말 라고 혔냐? 안혔냐?”

제아무리 소, 돼지를 잡는 백정이라 하여도 어린 딸에

게만은 험한 꼴을 보이기 싫었다. 하여 작업을 하는 헛간에는 얼씬 못하게 한 것이었다. 개똥이는 아비 말에 헛간의 문턱을 넘으려다 멈추었다.

"아부지, 드뎌 정신이 돌아왔구먼유."

그제야 일그러진 그의 표정이 제자리로 돌아왔다. 그리고는 곧 들고 있던 연장을 도마 위에 놓고, 피 묻은 두 손을 앞치마에 쓱쓱 비벼 닦았다. 그렇지 않아도 쉬이 정신을 차리지 못하는 청년 때문에 걱정이 이만저만이 아니었다.

그도 그럴 것이 어제 아침 일찍 손질한 고기를 납품하기 위해 장터로 내려갔다가 순사들의 움직임이 심상치 않음을 느꼈다. 아무래도 비가 그친 후, 본격적으로 수색에 나선 모양이었다. 민가 하나하나까지 이 잡듯 뒤질 것이 마음이 찝찝하던 참이었다. 그나마 외딴곳에 있긴 하지만 언제 순사들이 들이닥칠지 모를 일이었다. 자신이야 험한 일을 당해도 별 상관이 없지만, 어린 딸자식이 혹여 좋지 않은 일을 겪게 될까 봐 걱정이 앞섰다.

"어여, 앞장서지 않고 뭣 하는겨!"

헛간 밖으로 나선 그는 개똥이를 재촉하였다. 방문을 열자 청년은 물을 달게 마시고 있었다. 한참을 바가지에 얼굴을 파묻고 있던 청년이 비로소 고개를 들어 두 사람을 바라보았다.

"음, 음. 개똥이 니는 퍼득 미음이라도 내오지 않고 멀뚱히 서서 뭐하는 것이여?"

넋을 놓고 있는 개똥이를 향해 그가 조용히 말을 건넸다. 그제야 청년은 자세를 고쳐 앉았다.

"인사는 무신… 좀 어뗘? 참말로 송장 치루는 줄 알었어야. 이름이 워떻게 돼야? 아! 내 이름부터 말혀야 되는 감? 난 말이여, 만덕이여. 만덕."

만덕이가 자리에 앉으며 청년을 물끄러미 쳐다보았다.

"지는 김상복이라 카니더. 이리 목심 살려 줘가 고맙심더. 우예 감사 인사를 드려야 할란동. 여튼 고맙심더. 참말로 감사합니더."

상복은 만덕에게 몇 번이나 고개를 숙였다. 그사이 비집고 들어오는 햇살에 붉게 물든 그의 눈가가 반짝였다. 그의 눈물에 만덕은 사람 좋아 보이는 웃음으로 답을 대신했다. 고작해야 아들뻘 되는 청년이 어디서 그런 배짱과 대담함이 나왔는지 문득 궁금해졌다. 무엇보다 독립운동가인 남봉 이창섭이 부탁했다면 독립운동을 하는 사람이 아닐까 하는 생각이 들었다.

"헌데 지가 여거까지 우예 왔는교? 총알을 맞은 것까지는 기억이 나긴 헌데…"

그의 물음에 만덕의 눈빛이 예리하게 반짝였다.

　만덕은 어느새 그날 밤으로 되돌아가 있었다. 그날은 하늘이 깜깜하다 못해 컴컴했다. 일찍 작업을 끝내고 쉴 요량으로 헛간을 나섰다. 하지만 때마침 〈향월각〉에서 돼지를 급히 잡아달라는 기별을 받았다. 본디 해가 떨어지고는 짐승을 잡지 않는 법. 왜냐하면 짐승의 피비린내를 맡은 맹수들이 모여들기에 십상이었기에. 그는 기방 일꾼의 청을 단숨에 거절했다. 그러나 일꾼의 거듭되는 간절한 부탁과 엄청 난 웃돈에 하는 수 없이 승낙하였다. 일꾼이 기방으로 돌아가고 난 다음, 이웃에 있던 품앗이 백정을 불렀다. 품앗이 백정이 오자 더디기만 했던 작업의 속도가 점차 빨라졌다. 두 사람이 제아무리 바삐 움직인다 하여도 잡은 돼지를 해체하고 또 장만하는 것까지, 적어도 서너 시간은 족히 걸리는 고된 작업이었다.

　그렇게 얼마의 시간이 흘렀을까? 밤은 깊을 만큼 깊었고, 흐렸던 하늘은 곧 비가 한차례 쏟아질 모양새로 바뀌어있었다. 밤하늘을 한 차례 올려다본, 그는 손질한 고기를 서둘러 수레에 실었다. 혹여 내려가다 만날지도 모를

50

비에 애써 장만한 고기가 젖지 않도록 몇 번이고 기름종이에 단단히 싸맸다. 싸맨 고기 위로, 두텁게 엮은 짚을 깔고 마지막으로 내장과 간 그리고 허파 등이 담긴 단지를 올렸다. 만덕은 잠들어있던 개똥이를 깨워 옆집으로 보내고, 품앗이 백정과 함께 수레를 끌고 사립문을 나섰다. 가다가 만나게 될 비도 걱정이 되었다. 무엇보다 고기 냄새를 맡은 짐승들이 따라붙을지도 모른다는 생각에 걸음은 자연스레 빨라질 수밖에 없었다. 횃불을 들고 어둠을 헤쳐나가고 있지만, 어두컴컴한 길을 걷기란 여간 버거운 일이 아니었다. 두 사람은 균형을 잃지 않기 위해 평소보다 몇 배나 더 힘을 써야만 했다. 자칫 균형이라도 잃어 수레바퀴가 부서진다면 큰일이기에.

"성님, 괜찮겠서유?"

뒤에서 수레를 잡고 있던 그의 한마디에 만덕은 배에 힘을 주었다.

"괜찮애!"

그들은 무거운 수레를 끌고 밀며 비탈진 산길을 천천히 내려갔다. 그렇게 산 중턱에 다다랐을 무렵, 흐렸던 하늘은 끝끝내 굵은 빗방울을 떨구었다. 비가 내리자 마음은 더욱 조급해졌다. 산 중턱까지 내려왔으니, 되돌아가기에는 너무 멀었다. 만덕은 웃돈에 잠시나마 혹했던 자신을 탓했다. 걸음이 빨라지자 자연스레 수레바퀴 소리는 더욱더 요란했다. 정신없이 내려가던 수레가 갑자기 멈춰 섰다. 뒤에서 열심히 균형을 잡던 품앗이 백정이 앓는 소리를 내뱉었다.

"어째 요로코롬 움직이지 않는데유. 참말로 힘든데 말이어유."

품앗이 백정이 수그리고 있던 허리를 곧추세워 앞에 있는 그의 등을 째려보았다.

"성님! 우째 그런데유?"

움직이지 않는 모양새에 이상함을 느낀 품앗이 백정이 몸을 옆으로 내밀어 앞을 내다보았다. 누군가가 수레 앞을 떡하니 막아서고 있는 게 아닌가. 심지어 죽은 듯 보이는 사람까지 둘러메고 있었다. 그는 두 사람을 좀 더 자세히 보기 위해 만덕의 곁으로 다가갔다.

"총… 총, 총… 총상…."

너무 놀란 나머지 더는 말을 잇지 못했다. 그때까지도 잠자코 있던 만덕이 돌아서서 그를 향해 꾸짖었다.

"그 입 좀 다물어야!"

만덕은 앞에 서 있던 중년 사내를 향해 예를 갖추었다.

"남봉 선상님이 아니시데유. 이 야밤에 어쩐 일이시데유? 그나저나 요것이 다 뭔 일이데유?"

두 눈을 동그랗게 치켜떴다. 이창섭은 얼마 전까지 아우내 장터 인근에 있던 약방의 의원이었다. 의원이 환자를 데리고 있는 것이야 이상한 일은 아니지만, 지금 앞에 있는 총상을 입은 청년은 그의 눈에도 심상치 않아 보였다.

"만덕이 미안하이. 부탁할 때가 자네밖에 없구먼. 단도직입적으로 말하겠네. 순사들에게 쫓기고 있다네. 이 청년을 살려야 하는데… 살려주게! 내 이리 부탁함세."

이창섭의 부탁에 만덕뿐만 아니라 곁에 있던 품앗이 백정도 놀라 입을 다물지 못했다. 갑작스러운 부탁에 어안이 벙벙하여 멍하니 서 있을 뿐.

오래전 만덕은 일본인이 운영하는 주점에 고기를 배달을 갔다가, 물건값은커녕 죽도록 맞았던 적이 있었다. 숨만 겨우 붙은 채로 길거리에 아무렇게나 버려져 있던 그를 데려다 살려준 이가 바로 이창섭이다. 만에 하나 제때 치료를 받지 못했더라면, 아마 삼도천을 건넜을 터. 한마디로 생명의 은인이었다.

"성, 성, 성님!"

뒤에서 잠자코 있던 품앗이 백정이 한 발 앞으로 나서며 그를 조심스레 불렀다. 그때까지도 생각에 골똘히 잠겨있던 만덕이가 정신을 차렸다. 그리고는 뭔가 결심이

서기라도 한 듯, 두 눈동자를 반짝였다. 그사이 산 아래에서 횃불 서너 개가 어둠 사이로 언뜻언뜻 보이자 그들의 시선은 곧 아래로 향했다.

"어여! 저 청년을 수레에 싣지 않고 뭐 하는 것이여?"

만덕의 말에 품앗이 백정이 두 눈을 치켜떴다. 그는 뒤로 돌아 가볍게 고개를 끄덕이고는 수레에 있던 고기를 꺼냈다. 그리고는 꺼낸 고기를 산 아래로 내던졌다. 버린 고깃덩이야 어차피 맹수들에 의해 없어질 것이니 크게 걱정하지 않아도 될 일이었다. 어느 정도 수레가 텅 비자 만덕은 이창섭의 곁으로 다가섰다.

"만덕이! 고맙네, 고마워. 이 은혜를 어찌 갚아야 할지…."

뜨거운 불덩어리 하나가 그의 목구멍에 착하고 달라붙어 끝끝내 말을 잇지 못했다.

"선상님께 목심 빚진 것을 인자서야 갚네유. 그카고 저 청년을 낮에 시장통서 봤구먼유. 지도 그 자리에 있었지만, 창피시럽게도 용기 있게 나서지 못 혔구먼유."

만덕은 그에게서 청년을 넘겨받아 부축했다. 그제야 뒤에 있던 품앗이 백정도 다가와 함께 붙들었다. 그들은 곧장 수레 안에 청년을 조심스레 눕히고, 기름종이로 덮었다. 그리고는 기름종이 위로 돼지고기와 비계 덩이를 꺼내 일일이 펴서 청년의 몸 위로 수북이 쌓아 올렸다.

"성님! 단지를 가지고 왔구먼유."

품앗이 백정은 돼지의 내장과 간, 허파 등 잡다한 것들이 담긴 단지를 가져왔다. 그는 단지 안에 있던 것을 이리저리 뿌렸다. 아직 핏기가 제대로 가시지 않는 것을 들이부으니 핏물이 군데군데 고였다.

"여거는 우리덜이 알어서 할 것이구먼유. 허니 선상님께서는 얼릉 몸부텀 피허서유. 그렇지 않어도 쪽바리 새끼들이 선상님의 뒤를 캐고 있는데, 잽히기라도 허시믄 큰일이니께유."

점차 가까워지는 횃불을 예의주시하던 만덕의 눈길이 이창섭을 향했다. 그 또한 수배된 상태였기에.

"미안하지만. 염치불구하고 좀 부탁함세. 이 청년이 깨어나는 대로…."

그는 곁으로 다가서서 조용히 귓속말을 건넸다. 만덕은 대답 대신 가볍게 고개를 끄덕였다.

"성님! 대충 다 되었구먼유. 인자 어찌혀야 되유? 다시 올라가유. 아니믄 내려간데유?"

만덕은 뭔가 결심을 내린 듯 품앗이 백정을 빤히 바라보았다.

"동상, 내 걱정은 붙들어 매고 어여 몸부터 피해! 나머지는 알아서 할 텐께."

"뭔, 그리 섭한 소리를 한데유! 아무리 천것이라 혀도 내도 조선의 백성이구먼유. 성님, 이럴 시간이 없다니께유."

품앗이 백정은 산 아래로 고개를 돌렸다. 그곳은 조금 전보다 더 많은 횃불이 모여들었다. 두 사람은 서둘러 수레를 끌고 위쪽으로 발걸음을 옮겼다. 횃불이 있는 아래로 내려간다면 많은 수의 순사들을 지나쳐야 하는 부담이 있을 터, 차라리 되돌아 왔던 길로 올라간다면 이곳 지리에 더 밝은 그들이 유리했다.

조금 전까지 부슬부슬 내리던 빗방울은 어느새 갓난아이 손가락처럼 굵어져 있었다. 이미 내려올 때, 있는 힘을 다 써버린 두 사람의 걸음은 자연히 더딜 수밖에 없었다. 마치 물에 빠진 솜이불을 몸에 얹고 걷는 기분이었다. 견딜 수 없을 만큼의 힘듦은 결국 그들의 말문까지 막아버렸다. 비가 점차 거세지려는 그때 어디선가 일본어가 터져 나왔다. 그는 수레를 멈추었다. 제자리에 멈춰서자, 곧 두 명의 순사들이 빗속을 뚫고 뛰어왔다. 순사 중 하나는 권총을 꺼내 들고 또 하나는 횃불을 들어 만덕과 품앗이 백정의 얼굴을 이리저리 비추었다. 횃불이 얼굴 근처로 지나갈 때마다 뜨거운 기운이 스쳤다. 순사

중 하나가 그를 향해 수레를 덮고 있는 거적을 걷어 보라고 했다. 심장이 터질 듯이 요동쳤다. 어금니를 꽉 깨문 만덕이 천천히 거적을 걷어냈다. 순사는 횃불로 안을 비췄다.

"읍!"

수레 안을 살피던 순사는 올라오는 피비린내에 팔을 들어 코를 막았다. 만덕은 이때다 싶어 수레에 손을 넣어 돼지 내장을 꺼내 들어 보였다. 알아들을 수 없는 심한 욕설이 순사들의 입에서 터져 나왔다. 총을 들고 있던 또 다른 순사가 흩뿌려 놓았던 내장을 걷어냈다. 돌발행동에 그와 품앗이 백정은 마른침을 삼켰다. 그야말로 일촉즉발의 상황이었다.

"성, 성님…."

품앗이 백정이 조용히 만덕을 불렀다. 약간 찢긴 기름종이 사이로 청년의 손등이 보였다. 그 순간, 사방이 어두워졌다. 그때까지도 툭툭 떨어져 나가던 빗방울이 드디어 시원스레 비를 쏟아냈다. 갑작스레 쏟아져 내리는 비로 인해 순사가 들고 있던 횃불이 삽시간 꺼졌다. 불이 꺼지자 보이지 않았던 것들이 피비린내를 맡고 어둠 속에서 슬슬 움직였다. 그것들은 으르렁거리며 천천히 수레로 다가섰다. 번뜩이는 맹수들의 섬광에 놀란 순사들이 뒷걸음질 치더니 급기야 죽기 살기로 산 아래로 도망쳤다. 그리고는 얼마 있지 않아 중간쯤 머물러 있던 횃불들 모두 산 아래쪽으로 방향을 틀었다. 횃불들이 차츰 멀어지자 맹수들이 허연 이빨을 드러내며 그들이 있는 곳으로 움직였다. 하지만 만덕은 그 어느 때보다 자신들을 향해 다가오는 맹수들이 더없이 반가웠다. 두 사람은 수레 안에 있던 고깃덩어리를 마저 꺼내어 맹수들을 향해 던졌다.

"어여, 가자고!"

그때까지도 넋 놓고 있던 품앗이 백정의 어깨를 툭 쳤다. 수레바퀴 소리는 억수같이 쏟아져 내리는 빗소리에 스며들듯 묻혔다. 무섭고도 두려웠던, 그날 밤의 빗소리는 아주 오랫동안 만덕의 귓가에 맴돌았다. 아마 죽을 때까지 들릴 환청일 것이다.

"아부지! 뭐 하신데유? 이거 퍼득 받지 않구유!"

그는 개똥이의 부름에 그제야 망각의 강에서 빠져나왔다.

"어여, 마셔!"

상복은 목숨을 살려 준 것만으로도 고마울 지경인데 한약까지 내미니 미안한 마음에 선뜻 받지 못했다. 머뭇거리는 그에게 만덕은 사발을 쥐여 주었다.

"고맙심니더."

약사발을 내다보던 그의 목소리에 물기가 촉촉하게 배어났다. 그 사이 만덕은 중요하게 나눌 이야기가 있다며 개똥이를 밖으로 내보냈다. 개똥이는 밖으로 나서기 전에 호롱에 불을 붙였다. 호롱에 불씨가 옮겨붙자 어두웠던 방 안에 빛이 돌았다.

머릿속은 온통 앞에 있는 위험한 불청객을 내보낼 생각밖에는 없었다. 아침 일찍 장터에 내려갔다 온 뒤로 마음이 더욱 불안했다. 장터를 샅샅이 뒤지던 순사들이 지금이라도 당장 이곳에 들이닥칠 것만 같아 무서웠다.

"내 말을 오해 없이 들어야 혀."

그는 무거웠던 입술을 겨우 뗐다. 굳이 말하지 않아도 어떤 말인지 짐작이 되었다.

"진즉에 여거서 떠나야 되는 긴데… 참말로 죄송하니더. 날이 밝는 대로 떠날 깁니더. 이리 목심 살려 줘가 고맙심더. 이 은혜는 죽을 때 꺼즉 잊자뿌지 않을 깁니더."

상복은 만덕을 향해 깊이 고개를 숙여 감사의 마음을 전했다. 그는 몸을 제대로 추슬러 떠나라는 말을 하고 싶었지만, 웬일인지 목구멍에 착하고 달라붙어 나오지 않았다. 그저 헛기침만이 나올 뿐. 그렇게 호롱불의 빛이 점점 희미해지자 만덕은 그제야 방을 나갔다. 깨어나면 건네라는 이창섭의 말도 모조리 다 전했으니, 그로써 자신이 해야 할 일을 모두 다 마친 셈이었다. 마당으로 나선 만덕은 씁쓸한 마음에 밝게 빛나고 있는 보름달을 아주 오랫동안 쳐다보았다.

푸른빛이 돌자 밝게 빛나던 보름달도 서서히 제빛을 잃어갔다. 사방에는 날짐승들의 날렵한 움직임과 새들의 지저귐으로 분주했다. 멀리서 들려오는 수탉의 우렁찬 울음소리는 어제와 다른 날이 왔음을 알렸다. 예전 같으면 벌써 일어나도 일어났을 만덕은 이부자리에서 뭉그적댔다. 괜히 떠나는 이와 마주치기 싫었다. 혹여 마주치기라도 한다면 마음이 약해질지도 모를 일이었다. 이런 마음이 아마도 그를 이불 속으로 더욱 깊이 파고들게끔 한 모양이었다.

만덕은 살짝 고개를 들어 건너편 이부자리를 보았다. 개똥이는 이미 자리를 털고 일어나 없었다. 열세 살밖에 안 된 어린 딸은 아비의 아침 밥상을 차린다고, 일찍 일어나는 것을 보면 대견할 때가 한두 번이 아녔다. 한참 부모에게 어리광을 부려도 모자란 나이인데, 어미를 일찍 여의고 고생을 하는 것 같아 안쓰러웠다. 그렇게 멍하니 천장을 바라보며 누워있으려니 별의별 불안한 생각이 다 찾아왔다.

"아무나 못 할 짓이구먼."

그는 이불을 박차고 벌떡 일어나 앉았다.

"아부지! 아부지!"

방 안으로 뛰어드는 개똥이의 호들갑에도 만덕은 이부자리를 반듯하게 개켰다.

"댓바람부텀 다 큰 가시내가 우째 요리 호들갑이란 말이여?"

이부자리를 탁탁 털어내며 그는 개똥이를 나무랐다. 그러나 잔소리에도 아랑곳하지 않고 뒷간 방에 있던 청년이 사라졌다며 종알종알 댔다. 그저 상복이 순사의 검문을 피해 무사히 빠져나가길 기원했다. 별다른 반응이 없자 개똥이는 이내 입술을 삐죽 내밀고는 부엌으로 달려갔다. 그리고는 곧 아침상을 방안으로 들이밀었다. 개다리소반에 시커먼 보리죽과 간장이 전부였다.

"아부지, 그게 말이어유…."

만덕이 숟가락을 듦과 동시에 방문이 뒤로 나자빠졌다.

"저것들을 당장 끌어내라!"

"천, 천… 천오수? 이 호로잡놈…."

말이 끝나기도 전에 사사야끼는 그의 턱을 걷어찼다. 얼굴이 퍼렇게 질린 개똥이가 만덕의 곁으로 다가가려

했으나, 순사가 앞을 막아섰다.

"이 백정 놈의 새끼가 뒈지고 싶어서 아주 발악을 하구만!"

거친 욕설과 함께 그는 쓰러진 만덕의 곁으로 다가서서 손등을 밟아 비볐다. 고통스러운 비명에 개똥이가 울음을 터트렸다. 그 사이 순사가 누군가를 끌고 들어왔다.

"성, 성, 성님! 지송허구먼유."

품앗이 백정이었다. 만덕을 바라보는 그의 얼굴에도 성한 곳이 없었다. 그때까지도 사사야끼는 '천오수'라는 이름에 화가 난 듯, 다시 만덕의 얼굴을 거칠게 걷어찼다.

"아부지!"

개똥이는 울부짖었다.

"에이 시발! 쯧."

그는 혀를 내차며 구두를 내려다보았다. 구두 위로 핏방울 서너 개가 튀어있는 것이 눈에 들어왔다. 또다시 짜증이 밀려온 사사야끼는 뻗어있던 만덕의 가슴팍에 구두를 올렸다. 그러자 뒤에 있던 순사 중 하나가 흰 천을 꺼내 건넸다. 건네받은 흰 천으로 허리를 굽혀 구두에 묻어 있던 핏방울 닦아냈다.

만덕과 개똥이 그리고 품앗이 백정 모두 순사들에게 결박당했다. 그는 개똥이 만큼은 안 된다며 온 힘을 다해

소리를 내질렀지만, 그 외침은 끝끝내 입 밖으로 나오지
는 못했다.

3. 운명적 재회

퍼부어대는 빗속을 상복은 뛰다시피 걸었다. 겨울에
내리는 비는 더욱 시리고 춥게만 느껴졌다. 조금 전부터
그림자 하나가 그의 뒤를 밟고 있었다. 그 빈도수가 부쩍
늘어난 것은 뭔가 눈치를 챘다는 말과 일맥상통했다. 그
는 그림자들을 따돌리기 위해 같은 곳을 몇 번이나 돌고
있었다. 그러던 중 평소 눈여겨 봐두었던 좁은 샛길이 보
였다. 그 샛길은 양의 창자처럼 구불구불한 데다, 여러 갈
래로 길이 나 있다 보니 도망치기가 용이했다. 그는 샛길
로 들어서기에 앞서 숨을 크게 들이마셨다. 그리고는 조
용히 숫자를 헤아리다가 곧 앞을 향해 전속력으로 뛰었
다. 조용히 뒤를 밟던 그림자들이 갑작스러운 행동에 놀
라 덩달아 앞으로 달렸다. 숨 막히는 추격에 조용했던 골
목은 때아닌 호각 소리로 요란했다. 좁아진 듯하면 또 멀
어지고, 멀어진 듯하면 또 좁아지기를 여러 차례. 그렇게
얼마나 뛰었을까? 여러 갈래의 길이 나오자 그림자들은

뿔뿔이 흩어졌다.

'조금만 더 가믄 광장이다 카이!'

골목만 나간다면 인파가 붐비는 역 광장이 나온다. 사람들 사이로 숨어들면 그림자를 따돌릴 수 있었다. 골목의 끝에 거의 다다를 무렵, 비명과 함께 바닥으로 쓰러졌다. 곧 그림자 하나가 그의 몸 위로 올라타 거칠게 주먹질을 해댔다. 상복 역시도 온 힘을 다해 그림자의 명치를 가격했다. 급소 공격에 그림자는 한동안 움직이지 못했다. 그사이 재빨리 일어나 오른쪽 다리를 들어 그림자의 머리를 내리찍었다.

"잡아라! 놓치지 마라!"

또 다른 이들의 고함에 광장을 순찰하던 순사들이 모여들기 시작했다. 상복은 바닥에 떨어진 것을 주워 품속에 집어넣고는 인파들 사이를 헤치고 광장 쪽으로 내달렸다. 그리고 때마침 그곳을 지나던 전차에 냅다 뛰어올랐다. 뒤쫓던 이들이 바로 권총을 꺼냈으나 이미 전차는 멀어지고 난 후였다.

전차 위에 탄 그는 그제야 미처 쉬지 못했던 숨을 일시에 몰아쉬었다. 입김이 몽글몽글 피어올랐다. 양 볼이 찢어지는 바람에 입안에도 온통 피범벅이었다. 피와 가래가 뒤섞인 침을 전차 밖으로 내뱉었다. 어느 정도 진정되자 품속에 넣어두었던 서류봉투를 꺼냈다. 조금 구겨지고 더러워졌지만, 봉투는 안전했다. 봉투가 무사한 것을 확인하고 다시 옷섶 사이로 집어넣었다.

'어제 일만 같은데… 벌써….'

몇 해 전 총상을 입은 어깨 위로 손을 가져다 댔다. 그는 손끝으로 천천히 상처를 매만졌다. 삶이 이처럼 달라진 것은 아마도 총상을 입고 사경을 헤매던 그때부터였을지도. 남봉 이창섭을 만났던, 그날의 일은 몇 해가 지나도 방금 일어난 일처럼 또렷하기만 했다.

별빛만이 가득했던 이른 시간, 상복은 치명적인 상처를 감싸고 만덕이 일러준 길을 따라나섰다. 온전치 않은 몸을 이끌고 어둡고 좁은 산길을 걷는다는 것은 일종의 자살행위였다. 하지만 그 어떤 선택의 여지도 없었다. 살고자 하는 마음 또한 그리 크지 않았다. 밀려오는 고통에 까무러치기를 몇 차례나 거듭하며 걷고 또 걸었다. 그러다 어느 순간 기절을 했다. 다시 정신을 차린 것은 어둠이 자욱하게 내려앉은 밤이었다. 그는 일어나기 위해 몸을 이리저리 뒤척였다.

"일어날 생각은 아예 하지 말고 누워있게나! 출혈이 심하네. 자칫 팔 하나를 잃을 수도 있으니."

묵직한 음성에 놀라 고개를 돌렸다. 짙은 어둠 속에서

누군가가 분주히 움직였다. 곧 그의 손 위로 타들어 가는 소리와 함께 불꽃이 일었다. 불꽃은 손에서 양초 위로 옮겨졌다. 그러자 주변이 금세 밝아지며 보이지 않았던 것이 보이기 시작했다. 여러 가지의 색깔로 묶여있는 나무관들이 맨 처음 눈에 들어왔다. 천장에 길게 매달려 있는 색색의 천들이 바람에 날릴 때마다 벽면을 기어 다니는 것처럼 괴기스럽기까지 했다. 이 모든 것들이 그저 비현실적으로 느껴졌다. 곧 자신을 치료해 준 이의 얼굴이 드러났다. 그는 상복의 곁으로 다가와 두 손을 덥석 쥐었다. 희끗희끗한 머리하며 얼굴에 새겨진 세월의 흔적이 보였다. 만약 자신에게도 아비가 있다면 이런 모습이 아닐까, 하는 착각마저 들었다.

"살아주어 고맙네."

그의 따뜻한 말에 금세 안정을 되찾았다.

"아이고, 내 정신 좀 보게나! 늙으니, 눈물만 많아지고… 나는 이창섭이라고 하네."

상복은 서둘러 일어나 앉기 위해서 애를 썼다. 그도 그럴 것이 죽을힘을 다해 이곳까지 온 이유가 바로 이창섭을 만나기 위함이었다.

"누워있으래도!"

그는 가볍게 손을 들어 일어나려는 상복을 말렸다.

"말씸 전해 들었심더. 고맙심더, 참말로 고맙심더."

다시금 자리에 누운 그는 연신 감사의 말을 전했다. 자리에서 일어나 큰절을 올려도 시원치 않을 판에, 이렇게 누워있어 그 어느 때보다 마음이 불편했다.

"헌데… 대체 왜, 그날 향월각에서 도망치듯 나가 버린 건가? 화련이 그러더군, 붙잡기도 전에 연기처럼 사라져 버렸다고… 그곳이 안전하다는 판단하에 내가 부하에게 일러 자네를 골목으로 도망치라고 한 것인데. 조금만 더 그곳에 머물렀더라면 이리도 크게 다치지 않았을 진데. 안타깝네. 안타까워!"

이창섭은 안타까운 마음을 내비치며, 곪아 터진 상처에 으깬 약초를 올렸다. 약초의 약기운이 퍼지자 밀려오는 고통에 그의 미간 사이가 좁아졌다. 기방으로 들어간 것도 화련이라는 여인을 만난 것도 자신이 이곳까지 살아서 온 것까지. 어떠한 일련의 일들 모두 우연이 아니라 운명이었다. 아니 운명이라는 말밖에는 달리 설명할 길이 없었다. 사람으로 태어나 사람답게 살다 사람으로 죽을 수 있는 마지막 기회가 찾아온 것이라 여겼다. 빼앗긴 나라를 위해 기꺼이 목숨을 내놓으리라! 그는 두 주먹을 불끈 쥐었다.

퍼부어대던 비는 어느새 맑게 개어 붉은 노을이 하늘을 차츰 물들였다. 그간의 일들을 떠올리는 상복의 두 눈동자에도 어느새 붉은 기운이 감돌았다. 전차는 보신각 근처에 멈춰 섰다. 사람들이 앞다투어 전차에서 내렸다. 전차에서 내린 그는 바지춤을 들추어 회중시계를 꺼냈다. 노을이 물러난 자리는 금세 어둠이 찾아들었다. 그렇게 쉬지 않고 걸어 경성에서의 가장 번화가인 본정(本町)에 도착했다.

　이곳은 부를 축적한 일본 상가들이 밀집해 있는 곳이며, 일명 혼마찌라고 불리는 번화가였다. 대형 철공소인 양화 금물상, 해시상회 무엇보다 그의 화를 돋우는 건물인 경성우편국이 보였다. 그야말로 식민통치 체제를 더욱 강화하기 위해 만든 대표 건물 중의 하나였다. 우편국(우체국)의 화려한 붉은 벽돌은 마치 나라를 빼앗긴 대한제국 백성들의 피눈물처럼 보였다.

　요즘 들어 뒤를 밟는 그림자들이 있어 혹시나 하는 마음에 첫 번째 접선 장소와 두 번째 접선 장소를 달리 만들어 놓았다. 첫 번째 장소인 경성역 광장 그리고 만에 하나 예기치 못한 일이 생기게 되면 시차를 두고 두 번째 장소에서 접선키로 되어있었다. 접선하기로 한 밀정이 광장에서 쫓기는 자신을 봤다면, 분명 두 번째 장소에 먼저 가 있으리라.

혼마찌에 밤이 찾아오자 조금 전보다 더 많은 인파로 거리가 북적였다. 숨어들기에는 조용한 곳보다 오히려 시끄럽고 요란스러운 곳이 제격이었다. 이리저리 사람들 틈새를 빠져나와 파고다 쪽으로 길을 잡았다.

걸음을 한지 반 시간도 채 되지 않을 무렵, 멀리서 팔 각정의 지붕과 십 층 석탑이 보였다. 지친 보름달이 마치 잠시 쉬기라도 하려는 듯 석탑 꼭대기에 걸려 있는 모습 은 신비롭기까지 했다. 파고다(탑골) 공원의 팔각정은 그 야말로 조선이 그 누구의 속국이 아닌 자주국임을 알리 는 아주 중요한 상징 중의 하나였다. 그런 팔각정을 마주 하니 상복의 가슴은 쉴 새 없이 뛰었다. 그는 잠시 두 눈 을 감고 굳게 다짐을 했다. 아무리 힘든 일이 찾아온다고 해도 설사 목숨을 잃는다 하여도 나라를 되찾겠다는 이 마음은 변치 않으리라.

'뒤지기밖에 더 하겠나? 뒤지라카믄 기꺼이 내 뒤져 주마!'

다시 두 눈을 뜬 그는 하늘을 한차례 올려다보고는, 밀정과 만나기로 한 장소로 향했다. 얼마 뒤, 묘하게 생 긴 건물 앞에 섰다. 예전에 두어 번, 와본 적이 있지만 올

때마다 그 모양이 낯설었다. 대문 옆에 나무로 만든 간판에는 〈명월관〉이라는 글씨가 또렷하게 새겨져 있었다. 밤에도 건물이 잘 보이도록 수십 개의 전등으로 불을 밝혔다. 제아무리 경성이라 하여도 거리에 있는 가로등도 전기 공급이 제대로 이루어지지 않아 서너 번 꺼지다, 켜지기를 반복했다. 한데 이곳만큼은 전기 공급이 잘 된다는 사실에 씁쓸함마저 밀려왔다. 하기야 조선 팔도에서도 미모면 미모, 노래면 노래, 춤이면 춤, 학식이면 학식, 성품이면 성품 어느 것 하나 빠지지 않는 기녀들이 죄다 모여 있는 곳으로 유명했다. 사정이 이러니, 조선인이든 일본인이든 경성에서 내놓으라는 갑부와 권력자들이 한데 모이는 것은 어쩌면 당연한 일이었다. 명월관은 서양식과 동양식이 한데 어울린 이 층으로 된 회색 건물이었다. 멀리서 보아도 건물 자체가 화려하고 웅장해 보였다.

"우리 오라버니, 누구를 찾아오시었수?"

여인 하나가 다가왔다. 기녀로 보이는 여인은 취기가 도는지 한차례 머리를 쓸어 넘겼다.

"그, 그… 그, 그카니깐… 그게 누…."

말을 더듬는 그의 곁으로 기녀는 한 발자국 더 가깝게 다가섰다.

"비키거라! 나를 찾아온 손님이시다."

강단 있는 목소리에 술에 취한 기녀가 비틀거리며 뒤로 돌아섰다. 노란 한복을 입은 여인이 인사를 건넸다.

"월향이라고 하옵니다."

월향은 술에 취한 기녀를 향해 눈짓을 보냈다. 그러자 그녀는 월향에게 가볍게 고개를 까닥이고는 대문 밖으로 나갔다.

"기다리고 계시옵니다. 저를 따르시지요."

월향은 치맛단을 살짝 들어 올리고는 앞장섰다. 상복은 그런 그녀의 뒤를 조심스레 따랐다. 그녀는 정문에서 조금 벗어난 쪽문으로 발걸음을 하였다. 눈여겨보지 않으면 보이지 않을 만큼 작은 문이었다. 쪽문으로 들어서니 화려하고 시끄러운 밖의 풍경과는 다른 풍경이 펼쳐졌다. 본채는 서양 건물로 지어졌다면 별채는 기와집이었다.

"어서 걸음을 하시지요."

그녀의 다그침에 그는 뒤통수를 긁적이며 걸음을 옮겼다. 그렇게 조금 더 깊이 들어가자 작은 초가집이 서너 채가 보였다. 요릿집에 오는 객들을 맞이하는 방이기보다는 직원들이 머무는 숙소쯤으로 보였다.

"월향이옵니다."

월향의 말소리와 동시에 가장 끝쪽 방에서 불똥이

두어 차례 튀었다. 그녀는 불똥이 튄 방으로 상복을 안 내했다.

"드시지요!"

옷고름에 손을 얹은 그녀가 그를 향해 인사를 건네고 는 왔던 길로 되돌아갔다.

"신은 들고 들어오십시오."

여인의 발소리 뒤로 묵직한 음성이 들렸다. 상복은 신 발을 벗어들고는 방 안으로 들어갔다. 안으로 들어선 그 는 어둠이 익숙해질 때까지 잠시 우두커니 서 있었다. 어 둠이 조금씩 익숙해지자 방 안의 이곳저곳이 보였다.

"무사히 와주셔서 참으로 다행입니다. 그렇지 않아도 걱정을 많이 했습니다."

밀정의 진심 어린 한마디에 고단했던 마음이 잠시나마 편안해졌다.

"무엇보다 사안이 사안인 만큼 이렇게 어둠 속에서 접 선하게 되어 매우 송구스럽게 생각합니다."

밀정이 건네는 말에 상복은 고개를 내저었다. 작은 빛 조차도 낼 수 없는 조선의 상황이 그저 비통하고 애통할 뿐. 그는 밀정의 곁으로 다가가 앉았다. 그리고는 옷섶 사 이에 넣어두었던 서류봉투를 꺼내 들었다.

"여기 있더. 조선 팔도에서 독립자금을 대겠다는 상

인들의 이름캉 그들이 보낸 독립자금이니더."

밀정은 그에게서 봉투를 건네받았다.

"고생 많으셨습니다!"

그는 받아 든 서류봉투를 열어 확인했다. 그사이 상복은 조심스레 물음을 던졌다.

"남봉 어르신께서는 우예 무탈 허십니꺼? 이래 쫓기다 보이 한 번을 지대로 찾아뵙지도 모하고. 참말로 면목이 없심니더."

밀정의 눈길은 곧 앞을 향했다. 하지만 그의 입술은 쉽사리 열리지 않았다. 그 이유인즉, 이창섭은 얼마 전에 상복과 관련된 일로 체포되어 모진 고문을 당한 끝에 풀려났던 터였다. 소식은 이미 전해 들었지만, 처지가 이렇다 보니 찾아갈 엄두조차 내지 못했다.

"어르신께오서는… 모진 고문으로 몸이 많이 상한 탓에 가벼운 거동도 쉬이 하시지 못하고 계십니다."

그의 말에 상복의 두 눈동자에 바람이 일었다. 지금이라도 당장 이창섭을 만나러 가려는 기세로 자리를 박차고 일어섰다. 밀정은 그런 것까지 다 예상이라도 한 듯, 조용하게 말을 마저 이었다.

"아무래도 사사야끼 측에서 동지를 잡기 위해 약을 친 것 같다며, 절대로 걸음을 하지 말라고 남봉 어르신께서

누누이 당부하셨습니다. 설사 부고 소식을 전해 듣게 되
더라도….”

말이 채 끝나기도 전에 상복은 방문을 벌컥 열고 나갔
다. 자신을 보호하기 위한 말이라는 것을 알기에 더욱 가
슴이 미어졌다. 이창섭은 누가 뭐라 해도 그에게 있어 생
명의 은인이며 동시에 아버지였다. 아버지가 죽음을 앞
두고 있는데, 자식 된 도리로 아무것도 할 수 없다는 사실
에 화가 났다. 그 사이 밖으로 나온 밀정이 그의 옆으로
다가섰다.

“상복 동지! 어르신께서 당분간 숨어 지내라 하셨습니
다. 그리고….”

그는 상복에게 쪽지 하나를 내밀었다.

“여기에 적힌 곳으로 가십시오. 잠시 숨어 지낼만한 곳
을 마련해 줄 겁니다. 조선이 독립되는 그 순간까지 부디
몸조심하십시오! 그럼 저는 이만.”

할 일을 모두 마친 밀정은 상복을 향해 중절모를 가볍
게 들어 올리고는 자리를 떴다. 밀정이 떠나자 그는 쪽지
를 폈다. 쪽지에 적힌 단어들을 잊지 않기 위해 몇 번이나
되뇌고는 입속으로 집어넣어 삼켰다. 그리고는 막 쪽문
을 넘으려는 그때,

“조, 조… 조심….”

상복은 얼떨결에 휘청거리는 상대방의 허리를 휘어 감아 안아 올렸다. 순식간에 벌어진 일에 두 사람 모두 놀랐다. 더욱이 상대방이 여인이라는 사실에 더욱 당황했다.

"아, 아! 그, 그게… 괜찮으신교?"

"초면에 죄송하지만, 이제는 그만 놔주셔도 되옵니다."

그를 빤히 바라보는 여인은 열이 오르는지, 두 볼을 손등으로 살포시 짚었다. 그제야 자신이 아직 여인을 껴안고 있다는 것을 알아차렸다. 상복은 급히 두 팔을 풀고는 뒤로 한 걸음 물러섰다. 여인은 옥빛이 은은하게 도는 도톰한 외투에 솜털이 박힌 흰 모자 그리고 가죽으로 된 작은 손가방을 쥐고 있었다. 비록 주변이 어둡기는 하지만, 한눈에 봐도 여느 평범한 조선 여인들과는 달랐다.

"도와주셔서 감사합니다."

시선을 떨구고 있던 그를 향해 여인이 고개를 숙여 감사의 인사를 전했다.

"그럼, 지는 이만!"

상복은 잰걸음으로 대문을 나섰다. 뒤늦게 그의 얼굴을 알아본 여인의 눈동자가 반짝였다.

"저, 저기, 혹, 혹…시?"

여인은 서둘러 뒤로 돌아섰다. 하지만 그곳에는 미처 따라가지 못한 바람만이 머물러 있을 뿐, 그 어디에도 보이지 않았다. 그녀는 꽤 오랫동안 쪽문을 바라보았다.

"예전이나 지금이나 당신은 바람처럼 사라지는군요. 그래도 다행입니다, 살아있어 주어 고맙습니다."

어두웠던 여인의 얼굴에 어느새 희미한 미소가 번졌다. 오래전, 그 사내가 무심결에 내뱉었던 말 한마디. 그 한마디가 자신의 삶이 흔들릴 때마다 잡아주는 무게 중심이 되었다.

"아씨! 무슨 생각을 그리도 하신데유?"

한곳으로 쏠려 있던 여인의 시선이 누군가의 부름에 스르르 풀렸다.

"막순이구나! 그간 잘 있었던 게야?"

여인은 자신의 곁으로 한달음에 뛰어오는 막순을 가볍게 껴안았다. 여인에게 안긴 막순의 눈동자가 촉촉하게 젖어 들었다.

"막순이가 뭐데유? 예전처럼 개똥이라 편허게 불러 주셔유. 그나저나 언제 오셨데유? 화련 아씨께서 오신다는 소식을 전해 듣고 지가 얼매나 눈 빠지게 기둘린 줄 아신데유?"

막순은 화련을 향해 환하게 웃었다.

"아씨! 어여 안으로 드셔유. 이리 계셨다간 고뿔 걸리셔유."

그녀는 막순에게 이끌려 방으로 들어갔다. 먼저 안으로 들어선 막순은 어지럽게 널려져 있던 옷가지들을 재빨리 옆으로 치웠다.

"누추하지만 어여 앉으셔유. 아씨 덕분에 지는 이리도 편히 잘 지내고 있구면유. 감사허구먼유."

막순의 두 눈동자가 촉촉하게 젖어 들었다. 아무 보잘 것없는 자신이 경성 최고의 요릿집인 명월관에 일할 수 있었던 것도, 무사히 살아남은 것도, 모두 그녀 덕분이었다. 비록 기녀들의 뒷수발과 잡일을 하는 일이긴 하지만, 더는 도망치지 않아도 된다는 사실 하나만으로 행복했다.

"아니다. 내가 오히려 네 아비까지 살려내지 못해 미안하구나!"

그녀는 되레 막순에게 미안함을 내비쳤다. 막순은 고개를 내저었다. 몇 해 전, 사사야끼가 무작정 집으로 쳐들어와 아비인 만덕을 일급 살인자를 숨겨준 죄명으로 체포했다. 아비와 함께 주재소로 끌려가던 막순이를 극적으로 구한 이가 바로 화련이었다. 그녀는 막순이가 자신의 몸종이며 기방에 속한 재물이라고 그에게 말했다. 그리고는 기방 재물에 티끌 하나라도 흠을 낸다면 용서치 않겠다는 엄포를 놓았다. 그녀와 얽히기 싫은 사사야끼는 그렇게 막순을 풀어주었다.

"그날 개똥이, 너를 구할 수 있었던 것은 내가 아니라 남봉 어르신이다. 남봉 어르신이 아니었더라면…."

말끝이 흐려지는 화련의 목소리에 물기가 찬찬히 스며들었다. 그것은 누군가를 향한 그리움이며 안타까움이었다. 이창섭은 향월각으로 그녀를 찾아와 상복으로 인해 만덕 부녀가 처한 위험을 알렸다. 조금만 더 일찍 그들의 소식을 전해 들었더라면, 만덕의 목숨을 구했을 터. 생각이 이쯤에 이르자 그녀의 마음은 그 어느 때보다 아렸다. 그때였다. 묵직하고 걸걸한 목소리가 방문을 비집고 들어왔다.

"흠! 들어가겠습니다요."

방문을 열고 들어온 이는 갑이였다. 그가 안으로 들어서자 막순은 밖으로 나갔다.

"오시었습니까!"

갑이는 화련을 향해 예를 갖추었다.

"아가씨! 그간 무탈하게 지내셨는갑요?"

그의 말에 그녀의 입가에는 어느새 옅은 미소가 서렸다.

"행랑아범께서 걱정해주신 덕분에 잘 지냈습니다. 어서 이리로 앉으시지요. 어서요!"

두 사람 사이에는 아주 간단한 안부가 오갔다. 그 틈에 화련은 종이로 꽁꽁 싸맨 뭉치 하나를 그에게 내밀었다.

"도련님께 전해주십시오. 그리고 이거…."

그녀는 품속에서 필첩 하나를 꺼내 갑이에게 건넸다. 그는 건네받은 필첩을 이리저리 뒤적였다. 필첩에는 여인들의 이름과 소속 그리고 활동내용이 간략하게 적혀있었다.

"요것이 뭐던갑요?"

그의 물음에 화련은 대답했다.

"나라를 되찾는데 뜻을 함께하겠다는 기녀들의 명단입니다. 작은 힘이라도 보태고자 몇 년간 꾸준히 만든 조합원들이에요."

갑이는 저도 모르게 어금니를 꽉 깨물었다. 기녀는 백정과 더불어 조선에서 천한 신분이었다. 그렇다고 되고 싶다고 하여 아무나 될 수 없는 것 또한 기녀였다.

그녀는 스스로 기녀의 삶을 선택했다. '화련' 또한 기명이었다. 자신의 진짜 이름을 아는 이는 갑이를 포함한 몇 안 되었다. 또한 화련은 일본 이름인 '미츠끼'로도 활동했다. 즉, 일본의 고위 관료들과 연줄을 맺어 정보를 빼내는 일이 그녀의 주임무였다. 가련한 여인의 몸으로 목숨을 건 위험한 임무를 수행하는 화련이 갑이는 그저 대단해 보였다.

"걱정허덜 마시어요. 요건 지가 무사히 전해드리겠습니다요. 헌데 언제 떠나실 예정이신갑요? 지명 도련님께서 걱정이 많으십다요. 만나 뵈올 수 있는 날짜를 받아 오라고 허셨구만요…."

그녀의 얼굴이 어두워지자 갑이의 말끝도 흐려졌다. 곧 일본으로 건너가 와세다 대학에서 독립운동을 하는 조선인 유학생들과 접선 할 예정이었다. 유학생들은 그들만의 조직을 만들어 일본 내에서 다양한 첩보를 수집하고 있었다. 그들이 수집한 정보를 가져오는 것이 새로 부여받은 밀명이었다. 화련은 그의 물음에 한동안 아무런 대답을 하지 않았다. 갑이의 입에서 거론되는 〈지명〉이라는 사내와의 인연은 애초부터 끝났다고 믿었었다. 기명인 '화련'과 '미츠끼'라는 일본 이름으로 사는 순간부터, 그 전의 삶은 현생이 아닌 전생이라 여겼다. 하지만 전혀 뜻하지 않았던 곳에서 옛 약혼자인 지명을 운명처럼 다시 만나게 되었다. 위험한 일은 자신 하나로 충분하다며 더는 밀정 노릇을 그만하라는 부탁이 떠올랐다.

"떠나기 전에 꼭 기별하겠습니다! 또한, 도련님을 의심하는 자들이 있으니 특히 주의하시라! 그리 전해주십시오."

그녀의 말에 갑이는 들고 있던 돈뭉치와 필첩을 옷섶

사이로 넣었다.

"어서 가보세요! 여기 또한 지켜보는 눈들이 많습니다."

은밀한 일일수록 한 곳에 너무 오래 머물러 있으면 안 되는 법. 그는 급히 자리를 박차고 일어섰다.

"아가씨께오서도 항시 몸조심 허셔야 허구만요. 그럼 지는 이만."

갑이는 두 손을 모아 화련을 향해 예를 갖춘 후에야 밖으로 나갔다. 그녀는 반대편 담장에서 들려오는 흥겨운 음악 소리에 괜스레 서글퍼졌다. 나라를 잃은 이들의 한 맺힌 울부짖음처럼 들렸기에. 화련은 마당을 나섰다.

"아씨! 밤이 짚었는디, 어데로 가신데유? 비록 누추허지만 오늘은 이년의 방에서…."

막순은 그녀의 앞을 막아섰다.

"잠시 가볼 곳이 있어. 늦지 않게 돌아올게. 걱정하지 말고. 알았지?"

손을 뻗어 막순의 어깨를 쓸어내렸다. 그러자 막순은 화련의 손을 덥석 잡았다.

"기둘릴 것이구먼유. 허니 꼭 오셔야혀유. 약조 혀주셔유."

그녀가 활짝 웃자 그제야 잡고 있던 손을 내려놓았다.

4. 인연의 시작

　밤거리로 나선 상복은 서너 시간을 걸어 성문 밖에 있는 칠패시장으로 향했다. 밀정이 건네준 쪽지에는 '칠패시장, 〈경성 어물전〉이라고 적혀있었다. 칠패시장은 보부상이었던 그에게도 익숙한 곳이었다. 그곳은 다른 시전과 다르게 주로 늦은 밤부터 새벽녘까지 장이 열렸다. 밤은 이미 깊어가건만, 사람들은 장으로 속속들이 모여들었다.

　'경성 어물전이라….'

　쪽지에 적혀있던 어물전을 찾기 위해 눈에 힘을 주었다. 워낙 큰 시장이라 생각보다 찾기 어려웠다. 몇몇 상인들에게 물어보았지만, 그들 또한 잘 모르는 눈치였다. 지칠 때로 지친 그가 멈춰 서서 앞을 내다보았다. 그제야 상복의 눈에 〈경성 어물전〉이라고 적힌 작은 간판이 눈에 들어왔다. 그러고 보니, 몇 번이나 앞을 지나쳐갔음에도 찾지 못했던 우둔함에 피식 웃음이 새어 나왔다.

"계시는교? 거기 누구 안 계시는교?"

그는 어물전 안으로 들어서며 목청을 높였다. 그사이 겹겹이 쌓여 있던 건어물에서 오래된 짠 내가 풍겨 나왔다. 어린 시절 수십 번도 더 맡아보던 바다의 향이었다. 비릿함과 짠 내가 코끝에 닿자 구룡포 바다가 못내 그리웠다. 그렇게 얼마의 시간이 흘렀을까? 안쪽에서 누군가의 움직임이 보였다.

"아따! 거시기 뭐를 쪼가 드릴까….."

그를 바라보는 사내의 눈동자에는 눈물 바람이 거세게 일었다.

"행, 행… 행님?"

바로 아우내 장터에서 헤어진 등짐장수 최 씨였다. 그는 상복의 말이 떨어지게 무섭게 한달음에 달려가 꽉 껴안았다. 실로 몇 년 만에 이루어지는 상봉이란 말인가. 상복의 눈가도 어느새 벌겋게 달아올랐다.

"행님! 퍼뜩 절부터 받으시소."

"오메! 우째 이런당가? 우리 사이에 뭔 놈의 절을 다 한당가?"

말릴 틈도 없이 그는 바닥에 넙죽 엎드렸다. 피를 나눈 형제가 있다고 한들 어느 형제가 이처럼 자신을 반겨준단 말인가. 그날 이후로 내내 노심초사하며 지냈을 그 마음이 그저 고마울 따름이었다.

"요로코롬 살아있어 주어서 나가 참말로 고맙당께. 순사 놈의 총에 맞았다고… 우라질! 이상한 풍문이 나는 통에 나가 간장을 올매나 졸였는지 안당가? 여튼 이리도 건강허게 살아있응께, 그것만으로 됐당께!"

그는 또 눈물이 왈칵 올라오는지 눈시울이 다시 붉어졌다. 두 사람은 밤이 깊어가는 줄도 모르고 그간의 일들을 이야기했다. 이야기하는 내내 때로는 울기도 하고 또 웃기도 했다. 상복은 조직에 들어간 후, 단 한시도 편히 지내본 적도, 웃어 본 일도 없었다. 자면서도 늘 긴장해야만 했다.

"나가 구룡포서 동상을 처음 만난 날 결심혔당께. 저 왜노무 시끼들을 이 땅에서 모조리 몰아낼 것이라고 말이여."

최 씨의 넋두리에 그를 처음 만났을 때를 떠올렸다. 인연이라는 것이 참으로 얄궂은 운명이라는 생각마저 들었다. 최 씨는 이후 독립운동을 하는 이들과 어렵사리 연이되어 그들의 일을 도왔다고 했다. 하지만 이와 같은 사실을 눈치챈, 순사들의 감시와 탄압으로 인해 그 당시 많은 보부상이 죽거나 다쳤다. 그 또한 그 언저리에 서대문 형무소로 끌려가 모진 고문을 받았다고 했다. 그때 형무소서 만난 이가 바로 남봉 이창섭이었다. 〈경성 어물전〉은 이창섭이 전 재산을 모아 만든 어물전이었다. 한마디로 독립군들의 군자금을 세탁하기 위해 만들어진 비밀 장소였다. 일제의 감시를 피해 독립자금을 만주로 보내기에는 안성맞춤이었다.

"아따! 나가 요로코롬 동상 앉혀놓고 대가리 뽀개지는 말만 한당가. 미안허당께. 긍께 오늘은 다 잊자뿌고 간만에 회포나 풀어 보잖께! 어여 한 잔 쭉 들이키더라고."

최 씨는 들고 있던 막걸릿잔을 들어 쭉 들이켰다. 시큼한 냄새가 어물전 구석구석으로 흩어졌다. 상복이 막걸리를 마시는 사이 옆 화로에서 잘 구워진 명태를 먹기 좋게 쭉쭉 찢었다. 그렇게 두 사람의 회포는 밤이 깊어지는 줄 모르고 끝없이 이어졌다. 술이 어느 정도 오르자 그는 앉은 채로 꾸벅꾸벅 졸았다. 상복은 어물전 한 귀퉁이에 마련된 잠자리에 최 씨를 눕혔다. 그리고는 한동안 여러 가지 생각에 잠겼다. 술을 좀 마셔 취기가 돌면 잠이 올 줄 알았다. 그러나 한번 찾아든 생각은 꼬리에 꼬리를 물어대는 통에 되레 머리만 복잡해졌다. 마음이 뒤숭숭해 오자 어물전 밖으로 나가 이리저리 서성였다. 대설이 막 지난 터라 그런지, 아니면 내리던 비가 그쳐서인지 날씨가 유별나게 을씨년스러웠다.

같은 시각, 명월관을 나온 화련은 잰걸음으로 남대문을 빠져나갔다. 오늘 중으로 꼭 만나야 할 사람이 있었다. 그렇다고 따로 만나자며 약속을 정해놓은 것도 아니었다. 그저 아우내 장날이 끝나는 대로 〈경성 어물전〉에 들를 것이라는 기별이 왔을 뿐. 그 기별은 다름 아닌 만주에 있는 아버지 소식이었다. 가문이 풍비박산이 난 후에 아버지와는 연락이 끊겼다. 그저 만주에 있다는 소식만 가끔 전해 들었다. 그렇게 연락이 끊긴 아버지의 소식을 전해 들을 생각에 그녀의 마음은 그 어느때보다 설레었다. 멀리서 어물전의 간판이 희미하게 보이자 조금 전보다 심장이 더 빠르게 뛰었다.

"저기⋯."

어물전 안으로 들어서려던 화련은 상복을 보고 멈춰 섰다. 그는 서둘러 안으로 들어가 잠들어있던 최 씨를 깨웠다.

"행님! 손님 오셨니더. 퍼득 일나보소!"

그녀는 저도 모르게 웃음이 새어 나왔다. 벌써 여러 차례 만났음에도 불구하고 그는 여전히 자신이 누군지 모르는 듯했다. 그 사이 최 씨가 부스럭대며 일어나 기지개를 켰다.

"아씨꺼서 우짠 일로다 여까지 오셨당가요? 경성에는

또 은제 오셨당가요?"

화련을 알아본 최 씨가 자리에서 급히 일어나 인사를
건넸다. 그 후 두 사람은 자리를 밖으로 옮겨 몇 마디 주
거니 받거니 했다. 그는 상복을 향해 손짓을 보내는가 싶
더니, 곧 어디론가 사라졌다. 그 사이 그녀는 어물전 안으
로 들어갔다.

"실례 좀 할게요."

화로 옆에 있던 상복은 옆으로 비켜나 앉았다. 그녀가
자리에 앉자 그는 잘 마른 솔방울을 몇 개를 화로 안으로
던져 넣었다. 타닥타닥 소리를 내며 솔방울이 타들어 갔
다. 타들어 가는 솔방울에서 나는 맑은 냄새가 어물전의
이곳저곳으로 스며들었다. 두 사람은 그렇게 벌겋게 달
아오른 화로만 내다볼 뿐이었다.

"아직도 저를 기억하지 못하십니까?"

갑작스러운 질문에 화로를 뒤적이던 그의 손이 멈
췄다.

"지보고 하신 말씀인교?"

상복은 화련을 물끄러미 바라보았다. 그녀는 환한 미
소를 보였다.

"아… 조금 전… 그 명월관!"

몇 시간 전에 명월관 쪽문에서 마주친 아름다운 여인

의 얼굴이 떠올랐다. 어둠 속에서도 빛이 났던 그 여인이 분명 맞았다. 그는 어려운 문제라도 맞춘 것처럼 한껏 의기양양해져 있었다. 그 모습에 그녀는 그만 피식 웃음을 터트렸다.

"상복씨의 말이 맞긴 맞습니다만, 제가 원하는 답은 아닙니다."

처음 보는 여인에게서 자신의 이름이 나오자 놀란 표정으로 화련을 뚫어지게 쳐다보았다.

"지를 아시는교?"

그녀는 시선을 화로로 돌려 천천히 입술을 열었다.

"조선의 여인이오나, 나라를 잃은 여인이기도 하지요."

잠자코 가만히 듣던 상복의 두 눈동자가 점점 커졌다. 뒤통수에 뭔가가 쿵 하고 내리치는 것 같았다.

"혹, 혹…시 그때 그 아우내 장터? 기, 기방…."

당혹감에 그는 말을 더듬었다. 화련은 고개를 끄덕였다. 비로소 기모노를 입고 있었던 여인의 모습이 떠올랐다.

"그때는 경황이 없어가 감사의 인사도 지대로 모했심니더. 마이 늦었지만도 참말로 감사하니더."

갑작스러운 인사에 놀란 화련 또한 무심결에 고개를 숙였다. 그 순간 두 사람의 이마가 살짝 부딪쳤다. 민망함과 부끄러움에 누가 먼저랄 것 없이 웃음을 터트렸다.

"허허허. 뭔 일이당가? 뭔 이야기가 그처리 재미진
당가?"

그가 안으로 들어서며 상복과 화련을 번갈아 보았다.
그러자 그녀가 자리에서 일어섰다.

"애쓰셨습니다. 어찌 되었습니까?"

화련의 물음에 그는 자리를 피해 밖으로 나갔다.

"상복아!"

최 씨의 부름에 다시 어물전 안으로 들어섰다.

"찾으셨는교?"

"아씨를 좀 모셔다드려야 쓰겠는디."

그녀는 괜찮다며 고개를 내저었다.

"그러지 않으셔도 돼요. 저 혼자 갈 수 있습니다."

"무신 그런 당치도 않는 말씸을 다 허신당가요. 올매나
무서분 시상인디."

손사래를 치던 최 씨가 그를 향해 한쪽 눈을 찡그렸다.

"가입시더. 지가 모시겠심니더."

그는 먼저 어물전 밖으로 나섰다.

"아씨! 조심혀서 가시랑께요. 곧 좋은 소식이 온께, 너
무 상심허덜 말랑께요. 소식이 오는대로 이놈이 쩀싸게
연통을 헌당께요. 아즉 떠나실 날짜가 좀 남아 있응께. 조

금만 더 기둘려 보드랑께요."

그의 말에 화련은 옅은 미소를 보였다.

"여러모로 감사해요. 그럼 다음에 또 뵙겠습니다."

인사를 건넨 그녀가 한걸음 앞서간 상복의 뒤를 따라 걸었다. 걷는 내내 많은 생각이 화련의 머릿속에 교차되었다. 일본으로 가야 하는 날짜는 대략 달포. 그때까지 만주에서 소식이 오지 않는다면, 뿔뿔이 흩어진 가족의 생사에 대해 전해 들을 길이 없었다. 무엇보다 암울한 시대에 태어난 팔자라 앞날을 장담할 수 없는 처지였다.

"괘안심니꺼?"

그는 화련의 곁으로 다가섰다. 시끌시끌한 시장통을 벗어나자 한층 어두워진 어둠이 걱정되어 앞서 걷던 상복이 보폭을 좁혔다.

"상복씨!"

화련을 바라보았다. 달빛마저 없는 어둠 속에서도 그녀의 얼굴은 빛이 났다.

"화련이라 불러주세요! 생각해보니, 제 이름을 말해주지 않은 것 같아서…."

빤히 바라보는 눈길이 부담스러운 그녀는 저도 모르게 말끝을 흐렸다.

"화련… 화련이라…."

그녀의 이름을 몇 번이고 되뇌었다. 이름을 되뇌면 되뇔수록 입속에는 수십 송이의 꽃이 활짝 피어나는 것만 같았다. 그렇게 화련은 상복의 심장 속으로 찬찬히 스며들었다.

어느새 흐렸던 하늘에 구름이 걷히고 살포시 보름달이 얼굴을 들이밀었다. 보름달에 비친 그녀의 옆모습은 지상에 존재하는 사람의 것이 아니었다. 혹 선녀가 아닐까 하는 착각마저 들었다.

"저… 저, 저기 이제 그만…."

화련이 멈추자 그도 걸음을 멈췄다. 뒤로 명월관이라 적힌 간판이 반짝였다. 분명 공원도 팔각정도 모두 지나쳤을 터인데, 그 어떤 것도 보지 못했다. 마치 시공을 뛰어넘은 것 같은 기분이었다.

"아! 그카믄 지는 이만 가보겠심니더. 조심해가 들어가이소."

두 사람이 인사를 나누는 그때 어둠 속에서 누군가가 불쑥 튀어나왔다.

"아씨!"

두 사람은 동시에 같은 곳을 바라보았다. 막순이었다.

"지금껏 나를 기다린 것이냐? 먼저 쉬래도."

막순의 시선은 어느새 그녀의 뒤에 서 있는 상복에게

로 향했다. 그의 얼굴이 어딘가 낯이 익다는 생각이 들었
다. 명월관에는 워낙 손님들이 많다 보니, 그중 하나일 것
이라 여겼다.

"그카믄 지는 이만 가보겠심더!"

그는 다시금 인사를 건네고 재빨리 몸을 돌렸다. 그제
야 그녀도 명월관 쪽으로 길을 잡았다. 앞으로 한 발 내딛
던 막순이 무슨 이유에서인지 걸음을 멈췄다.

"어찌, 그러는 것이냐?"

"혹시 말이어유. 저, 저기 저 사람… 울 아부지가 구혀
준, 그 사내가 아닌갑유? 아씨!"

그녀의 말에 화련은 되돌아서서 상복을 불러세웠다.

"저기 상복씨! 상복씨!"

다급하게 부르는 목소리에 그는 걸음을 멈추었다.

"지한데 무슨 허실 말씀일도 있으신교?"

상복은 뛰어오는 그녀를 뚫어지게 바라보았다. 화련은
차오르는 숨을 겨우 진정시키고 말을 이었다.

"다름이 아니오라. 내일 저녁쯤에 명월관으로 와주시
겠어요? 꼭 소개할 사람이 있어서요."

상복은 의아한 표정으로 되물었다.

"누구를… 지한테 말입니꺼? 뭐, 일단은 알았심더."

그는 더 따지고 묻지 않았다, 아니 묻고 싶지 않았다.

실은 화련을 다시 한번 더 보고 싶었던 참이었다. 아름다운 여인이 만나자는데 마다할 사내가 어디 있겠는가? 점점 멀어져 가는 두 여인의 그림자를 상복은 오랫동안 바라보았다.

5. 운명의 소용돌이

마지막 기차가 요란스레 기적 소리를 토해내며 역 안으로 천천히 들어섰다. 곧이어 쇳소리와 함께 허연 수증기가 몽글몽글 피어올랐다. 그러는 사이 사람들이 다투어 기차에서 내렸다. 오가는 사람들 사이로 검은 가죽 재킷을 입은 사내가 기차에서 내렸다. 바로 사사야끼였다.

"공기부터가 다르군."

그는 담배를 한 개비를 입에 물고 재킷 주머니를 이리저리 뒤적였다. 그리고는 찌그러진 성냥갑을 꺼내 들었다. 성냥에 불을 댕기기 위해 몇 번이나 그었다. 하지만 불이 쉽게 붙지 않자 분노가 치밀어 올랐다.

"에이! 초장부터…."

치받아 올라오는 욕설과 함께 성냥갑을 바닥에 내던졌다. 그래도 화가 풀리지 않았다. 물고 있던 담배마저도 던지려는 그때, 금속 부딪치는 소리와 함께 불꽃이 스며들었다. 그는 무의식적으로 불꽃을 몸속 깊이 빨아들였다.

"제가 좀 늦었습니다. 죄송합니다!"

폐부 깊숙이 밀어 넣었던 담배 연기를 천천히 내뱉었다.

"다나까!"

다나까는 그제야 자세를 급히 고쳐 거수경례를 올렸다. 사사야끼는 한 걸음 앞으로 나아가 바짝 다가섰다. 그는 저도 모르게 움찔했다. 별명처럼 사사야끼의 얼굴은 어느새 미친 들개로 변해있었다.

"경성으로 오기 전에 네가 보내온 전보를 읽어 보았다. 그놈을 놓쳤다고?"

그는 눈알을 돌려 죽일 듯이 노려보았다.

"죄, 죄송합니다."

"내 밑에 있고 싶으면 정신을 차려라. 똑같은 실수를 할 시에는 두 번 다시 용서치 않을 것이다. 내가 경성으로 온 이상, 대 일본 제국에 반기를 드는 자가 있다면 반드시 찾아내어 갈기갈기 찢어 죽일 것이다. 알겠나!"

다나까는 마른침을 삼켰다. 그 사이 그는 입에 물고 있던 담배를 바닥에 떨어뜨리고는 구둣발로 사정없이 뭉갰다. 전과는 다른 그 어떤 권력과 힘이 느껴졌다.

사사야끼는 이제 순사보가 아닌 경부보로 승진하여 경성으로 온 터였다. 얼마나 그토록 고대하고 기다렸던 승진이란 말인가. 그의 승진 뒤에는 죄 없는 수많은 조선인의 피가 뿌려졌기에 가능했다. 독립자금을 은밀히 모으고 있던 이창섭과 그 일당들을 일망타진함과 조금이라도 관계가 있는 자들이라면, 죄가 있든 없든 무차별적으로 잡아들였다. 잡아들인 이들에게 없는 죄까지 뒤집어씌워 자신의 공으로 둔갑시킨 결과 경성으로 올 수 있었다. 그는 이동하는 동안 앞으로 더 많은 공을 세울 것이라 마음을 다잡았다. 차창에 비친 모습은 사람이 아닌 피비린내에 굶주린 한 마리 미친 들개였다.

　　새벽에 잠을 설친 탓에 점심때가 지났음에도 상복은 멍한 상태였다. 온종일 떠오르는 거라곤 화련의 고운 얼굴뿐이었다. 단 한 번도 누군가를 마음에 품어 본 적이 없었다. 여인이라면 더욱 그리했다. 턱을 괴고 생각에 잠겨 있던 그의 곁으로 최 씨가 다가와 앉았다.

　　"뭔 놈의 생각을 그리 골똘히 한당가?"

　　걸걸한 목소리에 놀란 상복이 멋쩍게 씩 웃어 보였다.

　　"움마마! 참말로 실실 쪼개는 것을 보니, 여인네라도 생각했나벼."

　　그의 농담에 상복은 저도 모르게 얼굴이 붉어졌다. 속

마음을 들킨 것 같은 마음에 자리에서 벌떡 일어서서는 괜스레 목소리를 높였다.

"행님은 무신 그리 실없는 소리를 다 하는교! 잠깐 나 갔다 올 테니 기둘리지 말고 저녁 챙겨드소!"

몇 번의 잔기침을 내뱉고는 그는 어물전 밖으로 나 갔다.

"아따! 좋은 때란께."

그는 상복의 뒤통수를 바라보며 흐뭇하게 웃었다. 화 련과의 약속이 없었다면 천안으로 내려갈 생각이었다. 아무리 위험하다고 한들, 목숨의 은인이며 삶을 바꾸어 준 이창섭을 보러 가리라 생각했다. 그러나 갑작스러운 약속으로 인해 출발일을 미룰 수밖에 없었다. 무엇보다 수배가 된 몸이라, 천안으로 가는 기차표를 직접 끊을 수 가 없었다. 최 씨에게 부탁한다면 안 된다고 반대할 것이 분명했다. 하여 친분이 있는 사람에게 기차표를 부탁해 놓은 터였다. 경성역 근처에서 기차표를 받아 명월관으 로 가야 했기에 걸음은 자꾸만 빨라졌다. 초겨울의 밤은 낮보다 긴 법. 밤이 더 빨리 찾아왔다. 마치 등 뒤에 어둠 이 바짝 붙어 따라오는 것 같은 느낌마저 들었다.

약속한 장소에 도착한 상복은 기차표를 건네받았다. 받은 기차표를 두루마기 안으로 깊숙이 밀어 넣고는 명월관으로 향했다. 명월관으로 향하는 내내 심장이 빠르게 뛰었다. 몇 번이나 가슴에 손을 얹어 날뛰는 심장을 진정시키느라 애를 먹었다.

"미치겠네. 심장이 돌아 뿌랬나! 미친놈 맨지로 와이카노."

주먹을 말아 쥐고는 가슴을 세차게 내리쳤다. 공기를 깊게 들이마시고 참았다가 내뱉기를 여러 차례. 어느 정도 시간이 지나자 마음에 안정이 찾아왔다. 그러자 그때까지도 들리지 않았던 음악 소리와 사람들의 웅성거림이 들렸다. 수백 개의 전구가 명월관을 더욱 화려하게 밝히고 있었다. 무엇보다 명월관 앞에는 수십 대의 인력거들이 바삐 움직여 손님들을 실어 날랐다.

"혹… 화련 아씨를 찾아오신 분이 맞으시지유?"

그의 앞을 막아선 이는 다름 아닌 막순이었다. 어제 마주한 터라, 별다른 의심 없이 고개를 끄덕였다. 그녀는 서양식으로 지어진 건물을 지나 우리네 기와집 양식으로 지어진 고각(高閣)으로 안내했다. 유흥과 술을 마시는 본채와 다르게 별채의 주 고객은 대부분 은밀한 인사들이었다.

"여기구먼유!"

막순은 복도 맨 끝 방 앞에 멈춰 서서 방문을 열었다.

"어서 오시지요. 오시느라 고생하셨습니다."

안으로 들어서는 상복을 보며 화련은 자리에서 일어섰다. 서양 복장으로 입은 어제와는 다르게 선홍빛이 은은한 한복을 곱게 차려입고 있었다. 기억 저편 어디에선가 기모노를 입고 있던 그녀의 모습이 잠깐 스쳐 지났다. 그어떤 옷을 입어도 아름답지만, 한복을 입은 지금의 모습이 가장 눈부시게 아름다웠다.

"아, 아, 안녕하십니꺼."

그를 지그시 바라보던 그녀의 입가에 옅은 미소가 걸렸다. 인사를 건네는 사이 격자무늬의 방석을 슬그머니 내밀었다. 그가 방석 위에 앉자 그제야 뒤를 돌아 막순에게 손짓을 보냈다.

"너도 들어오느라!"

그녀의 말에 막순은 안으로 들어섰다. 정갈한 다과상 앞에 둘러앉자 각자의 찻잔에 잘 우러난 녹차를 따랐다. 그로 인해 방 안의 공기가 금세 따뜻해졌다. 상복은 어색한 분위기가 내심 불편했다. 막순이 또한 어색한지 찻잔에 시선을 두었다.

"지를 찾으신 연유가 뭡니꺼?"

화련의 눈길이 그를 향했다.

"다름이 아니오라… 여기 앞에 앉아 있는 이를 알아보

시겠습니까?"

그의 시선은 곧 막순에게로 향했다.

"혹, 만덕이라는 존함은 기억하고 계시는지요?"

상복은 화련의 말을 냉큼 낚아채어 읊조렸다.

"만덕? 만덕이라 함은⋯."

두 눈동자에 잔잔한 바람이 일었다. 기억이 난 것이다. 어찌 만덕이라는 이름을 잊을 수 있단 말인가? 무엇보다 몇 차례나 그를 찾아 나섰으나 집터가 있었던 곳은 이미 흉가로 변해있었다. 후에 이창섭에게 그의 소식을 전해 들었다. 상복은 다시금 앞에 앉아 있는 막순을 뚫어지게 바라보았다. 그러고 보니, 낯이 많이 익었다고 생각했었 는데 그녀의 얼굴에서 아비인 만덕의 얼굴이 보였다.

"그카믄, 저 여인이 바로 그때 그⋯ 그 어린 딸이란 말 입니꺼?"

그녀는 그의 물음에 말없이 고개만 끄덕였다. 막순은 괜스레 눈물이 터져 나올 것 같은 기분에 아랫입술을 꼭 깨물었다. 자리에서 일어난 상복이 허리를 굽혔다.

"워, 워, 워째 이러신데유!"

"미안하니더. 지 때문에⋯."

그는 미안함과 고마움이 한꺼번에 밀려와 끝끝내 말을 잇지 못했다. 그녀 또한 눈물이 주르륵 흘러내렸다. 그 누구의 잘못도 아닌데, 그저 나라를 빼앗긴 것이 죄라면 죄였다. 아무런 말 없이 두 사람을 바라보던 화련의 눈시울도 어느새 붉어졌다.

그 시각, 서양식으로 지어진 명월관 본채 안은 헌병대 사령부로 발령받은 사사야끼의 환영식이 한창이었다. 앞으로 그가 경성에서 맡은 임무는 식민통치 체제에 반기를 드는 걸림돌은 무조건 짓밟아 없애는 것이었다. 여기까지 오기 위해 얼마나 많은 노력을 했던가. 대대로 이어져 내려온 천한 노비 집안이라는 굴레를 벗어나기 위해 발악을 하며 버티고 견딘 세월이었다.

'나, 천오수 아니 사사야끼의 앞길을 막는 자가 있다면 그것이 누구든 모조리 죽일 것이다.'

술잔을 꽉 움켜잡았다. 취기가 오른 눈동자에는 미친 들개가 울부짖으며 날뛰었다. 그는 날뛰는 들개를 잠시라도 잠재울 요량으로 들고 있던 술을 들이부었다. 목구멍을 타고 내리는 정종의 깔끔한 향에 정신을 되레 맑아졌다.

"괜찮으십니까?"

사사야끼는 다나까를 올려다보았다. 그리고는 담배 한 개비를 꺼내 입에 물었다. 다나까가 윗주머니에서 지포 라이터를 꺼내 담배에 불을 붙였다. 그리고는 곧 지포 라이터를 내밀었다. 그는 건네받은 라이터의 뚜껑을 젖었다, 닫기를 반복했다. 그때마다 맞부딪치는 쇠붙이 소리가 연회장 구석까지 깊숙이 스며들었다. 사사야끼는 허리를 최대한 젖혀 의자에 몸을 기댔다. 때마침 특설무대에서는 기녀들의 공연이 한창이었다. 그는 천천히 자리에서 일어나 남은 술을 입속으로 마저 털어 넣었다.

"벌써 가십니까?"

다나까의 말에 그는 빈 술잔을 테이블 위에 던지듯 내려놓고는 곧장 밖으로 나갔다. 문을 열고 밖으로 나서니 밤공기가 제법 차가워져 숨을 내쉴 때마다 입김이 피어올랐다. 마당으로 내려선 사사야끼는 담배 한 개비를 꺼내 입에 물고는 지포 라이터의 뚜껑을 열어젖혔다. 불을 댕기자 묵직한 화학 냄새와 함께 불꽃이 피어올랐다. 성냥의 황 냄새와는 전혀 다른 그 어떤 세련됨이었다.

"참 좋은 세상이군."

지포 라이터를 이리저리 뜯어보며 읊조렸다. 천하디천한 노비 자식이 관료 밥을 먹고 사는 세상으로 바뀌었다. 멸시와 모멸감을 주던 양반들이 짐승같이 부리던 노비의 발아래에서 목숨을 구걸하니, 그것보다 더 큰 쾌감이 어디 있겠는가. 잡스러운 생각과 적당히 오른 취기가 섞여 기분이 최고조에 올랐다. 그렇게 목에 가시처럼 걸려 있던 잡생각들을 끌어모아 거칠게 내뱉었다.

"이것이 무슨….."

여인의 목소리에 고개를 치켜들었다. 달빛에 비친 여인의 얼굴을 알아본, 그의 표정에 비웃음이 돌았다. 뒤에서 있던 막순은 저도 모르게 온몸이 사시나무 떨리듯 와들와들 떨렸다. 사사야끼는 몸을 조금 빼내어 뒤를 잠시 쏘아보았다.

"비켜나시지요."

그녀는 옆으로 걸음을 옮겼다. 그는 그런 화련의 앞을 가로막았다. 그리고는 입에 모여 있던 담배 연기를 천천히 뿜어냈다.

"옛친구를 만났는데 반가워 해줘야지. 안 그래? 우리 미츠끼상은 더 예뻐졌네. 경성 물이 좋긴 좋은가 보군."

담배 연기로 인해 그녀는 잠깐 숨을 참았다.

"비켜나지 않는다면, 소리를 지를 것이오! 허니 나와주시오."

차분한 화련의 음성에 사사야끼는 큰 소리로 웃었다. 한꺼번에 터져 나오는 그의 입김에서 삭은 술 냄새와 담배 냄새가 뒤섞여 역했다. 그녀는 막순의 손을 잡고 옆으로 비켜났다. 그 순간, 그가 손을 뻗어 화련의 손목을 낚아챘다.

"이것이 대체 뭐 하는 짓입니까? 놓으시지요! 놓으란 말입니다."

"내가 여기 오기 전에 재미있는 이야기를 하나 들었는데 말이야. 야마모토인가? 센카이인가? 아무튼 말이야. 네년이 기둥서방에게 버림을 받았다고 소문이 쫙… 참! 그리고 말이야, 센카이는 곧 일본으로 소환될 예정이라고 하던데 말이야. 지금껏 잡고 있던 줄이 썩은 동아줄이라니, 네년의 팔자도 참으로 더럽구먼. 으하하하. 이참에 나와 놀아보는 건 어떤지?"

보다 못한 그녀가 화련의 앞으로 나섰다.

"울 아씨께 이 무신 무례한 짓이 되유! 어서 이 손 놔란 말이어유."

막순은 그의 팔목을 잡아당겼다.

"이 쌍년이 돌았나?"

사사야끼는 그녀의 뺨을 거칠게 후려갈겼다.

"막순아! 막순아!"

막순의 볼에는 핏빛이 돌았다. 그 사이 사사야끼는 자신의 옷에 피가 튄 것을 보고는 거칠게 욕설을 퍼부었다.

"이런 젠장맞을! 피가 묻었잖아."

쉬이 분노가 가라앉지 않자 그는 막순을 향해 발을 치켜들었다. 화련은 자리에서 벌떡 일어나 다시 앞을 막아섰다.

"여기서 더 나간다면, 나도 가만히 있지 않을 것이다."

어느새 그녀의 말투가 단호하게 바뀌어 있었다.

"가만히 있지 않겠다? 아주 죽으려고 작정을 했구나. 죽는 것이 그리 소원이라는데, 내 죽여주지. 암! 기집년들 죽이는 것이 뭐 그리 큰 대수라고."

때마침 사사야끼의 등 뒤로 단검을 꺼내 드는 상복의 모습이 보였다. 화련은 천천히 고개를 내저었다. 그 모습에 이상한 낌새 느낀 그가 뒤돌아서기 위해 몸을 돌렸다.

"대대로 노비 주제에… 이제는 쪽바리 앞잡이가 되니, 조선의 모든 백성이 그리도 우습게 보이는 것이냐? 천박한 것은 어쩔 수가 없구나!"

앙칼진 목소리에 되돌아서던 사사야끼가 다시 그녀를 노려보았다. 번뜩이는 살기가 눈동자에 스치자, 그는 천천히 권총을 꺼내 들어 화련의 이마에 가져다 댔다. 한 걸음 다가서던 상복도 자리에 멈췄다. 섣불리 움직였다가 자칫 그녀의 목숨이 위험할 수 있었다.

"이 무슨 일입니까? 그만하십시오! 높은 분들이 계십니다. 허니 제발 참으십시오. 오늘 경성에 오신지 첫날입니다."

그사이, 그를 찾아 밖으로 나온 다나까가 서둘러 권총

위로 손을 올려 아래로 내렸다. 그제야 자리에서 일어난 막순은 그녀를 뒤쪽으로 끌어냈다.

"오늘은 운이 좋은 줄 알아라! 다음에는 반드시 네년을 갈기갈기 찢어 저잣거리에 내걸 것이다. 명심해라!"

사사야끼는 곁에 있던 다나까를 거칠게 밀치고는 대문을 빠져나갔다. 설사 센카이에게 버림받았다 버렸다손 쳐도, 그녀의 뒤에는 쟁쟁한 거물급들이 수십이 있다는 것을 잘 알고 있었다. 시간이 흘러 주변이 어느 정도 잠잠해지자, 그녀가 바닥에 털썩 주저앉았다.

"아씨!"

막순의 부르짖음이 이명처럼 아득하게만 들렸다. 숨어 있던 상복도 모습을 드러냈다. 그녀가 자신을 보호하기 위해 목숨을 걸고 사사야끼를 막아섰다는 것을.

"괜찮은교? 참말로 미안심더. 지 때문에 이런 변을 당허게 혀서, 면목이 없심니더."

"괜찮습니다. 보는 눈이 많으니, 오늘은 이만 돌아가시는 것이 좋을 듯싶습니다."

겨우 일어선 화련은 그를 향해 가볍게 인사를 건넸다. 상복은 사라져 가는 두 여인의 모습을 지켜보며 어금니를 꽉 깨물었다. 언젠가는 제 손으로 반드시 사사야끼를 죽일 것이라 굳게 결심했다.

6. 다른 생각

거처로 돌아온 화련은 막순에게서 물 대접을 건네받아 한 모금 들이켰다. 너무 긴장한 탓에 물은 목구멍에서 턱하고 걸려 내려가지 않았다.

"지송혀유. 지 때문에 아씨꺼즉…."

그녀의 눈가가 촉촉해졌다. 이 모든 사단이 자신으로 인해 일어난 것 같아, 미안할 따름이었다.

"괜찮다. 너 때문이 아니다. 신경 쓰지 말거라! 그나저나 고운 얼굴이 이리도 상하여 어찌 한단 말이냐."

터진 입술을 바라보던 그녀는 안타까움에 얼굴을 찌푸렸다. 곧 약 상자를 꺼내어 막순의 입술에 조심스레 약을 펴 발랐다.

"안에 있는가?"

굵고 묵직한 목소리가 방문을 비집고 들어왔다. 어두운 밤, 낯선 사내의 목소리에 긴장한 탓에 절로 어깨가 움츠려졌다. 막순은 그녀에게 눈짓을 보내고 밖으로 나갔다.

"뉘신데유? 누굴 찾아오셨데유?"

"지명이라고 전하면 알 것⋯."

사내의 말이 채 끝나기도 전에 화련이 한달음에 달려 나와 예를 갖추었다. 그리고는 몇 번이나 더 막순이에게 주변을 철저히 살피라는 말을 건네고는 방으로 들어갔다.

"보는 눈을 조심해야 하실 분이 어찌 이리도 위험한 걸음을 하시었습니까? 행랑아범을 통해 저의 뜻을 전하지 않았습니까. 명월관, 이곳은 왜놈들의⋯."

뒤돌아서 있던 사내가 그녀를 꽉 껴안았다. 화련은 사내를 밀어냈다. 하지만 밀어내면 낼수록 사내는 더욱 힘을 주어 그녀를 품었다.

"수옥아! 보고 싶었다. 네가 그리웠다."

'수옥'이라는 이름에 화련은 힘이 스르륵 빠져나갔다. 전생을 건너온 숱한 기억들이 몸을 조여왔다. 결국은 참았던 눈물이 터졌다. '수옥'은 아비가 지어준 그녀의 진짜 이름이었다. 어느 순간부터 수옥이 아닌 미츠끼와 화련으로 살았다, 아니 살아야만 했다. 사내는 바로 자신의 과거를 아는 몇 안 되는 사람 중 하나였다. 한때 정혼자였던 사내이자 시대가 바뀌지 않았다면, 지금쯤 지아비가 되었을 사내. 그는 바로 야마모토 센카이라 불리며, 어린 시절 〈지명〉이라는 아명을 가졌던 윤주혁이었다.

일제가 국권 강탈의 목적으로 통감부로 설치할 즈음, 주혁의 아비는 의병으로 활동을 하며 무력투쟁을 펼쳤다. 이 일로 인해 가문은 한순간 풍비박산이 되었고, 부모는 사지가 찢겨 저잣거리에 내걸렸다. 그는 다행히도 목숨을 부지할 수 있었으나, 부모의 죽음을 목격한 탓에 한동안은 정신을 내려놓고 살았다. 마음에는 오직 부모의 복수밖에는 없었다. 하늘도 그런 그를 도운 것일까. 마침 조선에 사업차 들린 대부호인 야마모토의 눈에 띈 것이었다. 준수한 외모에 명석한 두뇌를 가진 그를 눈여겨 보아온 야마모토 고이찌가 다음 해에 주혁을 양자로 삼고 야마모토 센카이라는 이름을 지어 준 것이었다.

"내 편이라고는 아무도 없는 동경에서… 아니 그 지옥 같은 곳에서 나를 버티게 해 준 것이 무엇인 줄 아느냐? 너였다. 수옥이 바로 너였어."

그녀는 그나마 남아 있던 손끝의 힘마저도 모조리 빠져나갔다. 그가 그렇게 떠나고 난 다음 화련의 가문 역시도 풍비박산이 났다. 대부분 가족은 목숨을 잃거나 멀리 만주로 떠났다. 그 후로 기억 속에서 주혁을 까맣게 잊어버리고 살았다.

한데 그가 야마모토 센카이라는 이름으로 경시청 관리로 와 있을 줄은 상상조차 못 한 일이었다. 무엇보다 비밀 독립조직인 〈선명단〉 소속의 이중첩자라니. 우연인지 운명인지는 몰라도 그녀가 소속된 독립조직의 상부가 바로 〈선명단〉이었다.

"내가 널 찾아 얼마나 헤맨 줄 알고 있긴 한 것이냐? 다시는 숨지 마라!"

그는 품에서 화련을 떼어내어 얼굴을 빤히 내려다보았다. 눈동자에 거센 바람이 일었다. 그녀는 자신으로 인해 신분이 탄로 날 뻔한 그를 되도록 멀리했다. 신분이 발각되는 날이면, 조직 전체를 위험에 빠뜨리게 할 수도 있음이었다.

"오라버니! 저와의 인연은 여기까지이옵니다. 곧 일본으로 소환되어 조사를 받는다는 이야기를 전해 들었습니다. 이럴 때일수록 더욱 자중하셔야 하셔야 합니다. 자중하셔야 후일을 도모하실 수가 있사옵…."

더는 말을 이을 수가 없었다. 주혁의 입술이 화련의 입술을 덮었다. 시간이 멈춘 듯 천천히 흘렀다. 그녀는 그를 밀어냈다.

"제발! 여기까지가 인연이라는 말 따위는 하지 말거라. 널 처음 만났던 그때부터 지금까지 너는 나에게 있어 하나뿐인 정인이니라."

그는 거의 애원조로 간곡히 말을 했다. 그녀는 아랫입술을 살포시 깨물었다. 별다른 말이 없자 주혁은 주머니에서 작은 봉투 하나를 꺼냈다.

"참! 내 알아본 바에 의하면 어르신께서는 경성으로 오는 도중 순사들의 추격을 피해 측근들과 소요산 인근 암자에 몸을 숨겼다고 전해왔다."

아버지의 소식에 화련의 눈동자가 점점 커졌다. 서찰이 아닌 직접 경성에 와 있다는 사실만으로도 심장은 쉴 새 없이 뛰었다. 그렇지 않아도 오지 않는 소식에 애만 태우고 있던 터였다.

"그리고 이거!"

그는 조금 전 꺼내 두었던 봉투를 내밀었다.

"종이 적힌 곳으로 가면 시간에 맞춰 인력거가 기다리고 있을 것이다. 그자에게 이것을 전하면 어르신께서 계시는 곳에 데려다줄 것이야. 마음 같아서는 가고 싶지만… 그럴 수 없어 미안하구나."

주혁의 말에 화련은 고개를 저었다. 아버지를 만나게 되면 묻고 싶었던 말이 많았다. 그렇게 마음은 설렘으로 가득 들어찼다.

상복은 어젯밤 명월관에서 일어난 불미스러운 일로 인

해 긴 밤을 하얗게 보냈다. 멍하니 앉아 있는 그를 향해 최 씨가 한 마디 건넸다.

"워째, 그러는 것이당가? 똥 매른 강생이 새끼 맨지로 안절부절못하는 것이여?"

그의 물음에 상복은 들고 있던 숟가락을 내렸다.

"행님! 후딱 댕겨오겠심더."

벽에 걸려 있던 웃옷을 낚아채고는 그는 급히 밖으로 뛰쳐나갔다. 아무래도 마음을 졸이는 것보단 차라리 직접 그녀를 만나고 오는 편이 나을 것 같았다. 명월관의 아침은 밤과는 또 다른 모습으로 그를 맞이했다. 밤의 명월관은 대낮처럼 아니 그 이상으로 화려했는데, 식전에 마주하는 서양식 건물은 낯설어도 너무 낯설었다.

"어떻게 오셨습니까?"

대문 앞을 서성이는 상복을 수상히 여기든 젊은 종업원이 말을 걸어왔다.

"그, 그, 그게 말…."

그는 딱히 말이 떠오르지 않았다. 그때였다.

"어쩐 일로다 오셨데유?"

막순이 대문으로 뛰어왔다. 그러자 종업원은 가벼운 눈인사를 하고는 돌아갔다.

"이리 일찍 찾아와가 미안심더. 괘안으신가 싶어가."

상복의 물음에도 그녀의 입술은 좀체 열리지 않았다.

"괜안으시든 됐니더. 그카믄 지는 이만 가보겠심더."

그녀를 향해 목례를 보내고 돌아서던 그때,

"아씨께오서는 여거 안 계시구먼유. 며칠 어디 댕겨 오신다고 일찍 떠나셨구먼유."

막순은 그를 향해 허리를 굽히는가 싶더니, 냉큼 명월관 안으로 쏙 들어가 버렸다. 화련이 이곳에 없다는 말에 마음에 차가운 바람 한 줄기가 지나갔다. 처음 느껴보는 묘한 감정이었다.

어물전으로 돌아오는 내내 깊은 생각에 잠겼다. 실은 천안으로 갈 기차표를 끊어 놓은 상태였다. 하여 어쩌면 마지막이 될지도 모를 그녀를 한 번이라도 더 보고 싶었을지도. 사람의 인연이라는 것이 맺어지고 싶다고 맺어지는 것도 아니고, 끊어내고 싶다고 끊어낼 수 있는 것도 아닌 법. 신발 아래에 쓸리는 모래알 소리에도 괜스레 가슴이 아려왔다.

"오메! 인자 온당가?"

헐떡거리는 뛰어오는 최 씨의 숨결에 왠지 모를 긴박감이 함께 묻어났다.

"와? 뭔 일 있는교?"

숨을 고른 그는 이마의 땀을 닦아내며 대답했다.

"급자기 동상이 좀 혀줘야 헐 일이 생겼당께."

최 씨의 말에 그는 주머니에 들어있던 기차표를 만지작거렸다.

"거시기 저 위짝에서 내려보낸 것이여. 헌디 요걸 수행혀야 할 놈이 팔이 부러져 버렸당께. 딴 놈들을 수소문을 혀봤지만… 글타꼬 나가 어물전을 비울 수도 없는 일이고…."

미안한 마음에 말끝을 흐렸다. 상복은 인력거 쪽으로 눈길을 돌렸다. 그리고는 그가 건넨 쪽지를 폈다. 거기에는 인력거가 가야 할 시간과 장소가 간결하게 적혀있었다. 다른 일도 아니고 상부에서 내려온 밀명이라면 만사 제쳐 놓고서라도 반드시 수행해야만 했다.

"알았심더!"

시원한 상복의 대답에 그제야 최 씨가 호탕하게 웃었다. 점심이 지날 무렵, 일찌감치 인력거를 끌고 출발 준비를 마쳤다. 약속 장소가 대략 어디쯤인지는 알고 있었으나, 해가 짧은 겨울철은 한시라도 빨리 서둘러야 했다.

붉게 타오르던 태양도 제빛을 잃어 갈 무렵, 그는 때맞춰 약속 장소에 도착했다. 주변이 어두워지자 그나마 드물게 지나가던 사람들마저 자취를 감추었다. 사람이 없는 거리는 한산하다 못해 음산하기까지 했다. 약속 시각이 꽤 흘렀음에도 사람은커녕 개미 새끼 한 마리도 보이지 않았다. 불현듯 불안한 생각이 들자 습관적으로 담배 한 개비를 꺼냈다. 막 담배에 불을 댕기려는 그때, 누군가의 발걸음 소리가 밤공기를 갈랐다.

"제가 많이 늦었습니다. 죄송합니다."

여인의 목소리였다. 약속 시각과 장소만 알뿐, 인력거에 타는 이에 대한 정보가 없던 터. 그는 돌아서서 대충 인사를 건네고는 옆으로 비켜났다. 인력거를 타려던 여인 잠시 멈춰섰다.

"상복씨?"

화련이었다.

"여, 여⋯ 여는 우짠 일로다가⋯."

그는 그녀를 뚫어지게 바라보았다. 뜻하지 않는 장소에서 예기치 않게 만날 것이라 상상도 못 했다.

"상복씨가 인력꾼으로 나와 있을지는 몰랐습니다."

화련의 말에 그는 손을 내밀었다.

"우째 되었든 동, 퍼득 타이소! 시간이 마이 지체 되었심더."

그녀는 상복이 내민 손을 잡았다. 지금 출발하여 쉬지 않고 가도 족히 이틀 반나절이나 걸리는 먼 길이었다. 그들은 가는 내내 별다른 말이 없었다. 묻고 싶은 말들은 아

116

주 많은데, 어떤 말부터 건네야 할지 또 꺼내야 할지. 밤
길은 그의 마음만큼이나 어둡고 굴곡져 있었다. 굽이굽
이 치는 길을 따라 얼마나 달렸을까? 사대문이 있는 혜화
문 근처에 다다르니, 옹기종기 모여 있는 민가들이 보였
다. 쭉 길게 늘여져 있는 민가들을 따라 인력거는 쉼 없이
달렸다.

"꽉! 잡으이소. 대문이 닫히기 전에 퍼득 나서야 되
니더."

그는 인력거의 손잡이를 단단히 쥐어틀고는 쏜살같이
내달렸다. 이마에서는 어느새 굵은 땀방울이 맺혔다. 화
련은 괜스레 미안했다. 자신이 좀 더 일찍 서둘렀더라면
이런 수고로움은 없을 텐데 하는 마음이 들었다. 그녀의
생각이 깊어지는 무렵, 인력거는 아슬아슬하게 혜화문을
빠져나갔다. 그들이 밖으로 나서자마자 대문 지기들이
문은 닫아걸었다. 상복은 그제야 잠시 멈춰 서서 숨을 골
랐다.

"저… 이거라도…"

그녀가 뭔가를 내밀었다. 화련이 건넨 것은 다름 아닌
손수건이었다. 뭔가에 끌리듯이 손수건을 받아들었다. 새
하얀 손수건 분홍빛의 수련 꽃, 한 송이가 곱게 수놓아져
있었다. 너무나 고와서 도저히 땀을 닦을 수 없었다. 상복

은 손수건을 사용치 않은 채, 주머니 안쪽에 고이 집어넣
고 인력거를 다시 끌었다. 달빛에 비친 얼굴에는 어느새
미소가 서렸다. 안주머니에 넣어 둔, 손수건이 그저 따뜻
하기만 했다.

7. 만나자마자 이별

다나까가 헌병대 사령부 건물로 급히 뛰어들었다. 쭉 뻗은 복도를 지나 맨 마지막 〈정보〉라고 적힌 사무실 앞에 멈춰 섰다. 사무실 안쪽에서는 옅은 불빛이 새어 나왔다. 그는 노크하기에 앞서 흐트러진 제복을 매만졌다.

"들어와!"

조심스레 문을 열고 안으로 들어섰다. 사사야끼는 보고 있던 서류를 덮었다.

"뻐꾸기에게서 연통이 왔습니다."

뻐꾸기는 그가 심어놓은 첩자 중의 하나였다. 다나까는 앞으로 한 걸음 더 다가서서 편지를 건넸다. 그것은 바로 뻐꾸기가 보내온 밀서였다. 찬찬히 읽어 내려가던 사사야끼의 얼굴에 웃음이 묻어났다.

"생각지도 못한 놈의 이름을 여기서 보게 될 줄이야."

그는 다 읽은 편지에 불을 붙여 쓰레기통에 집어 던졌다.

"지금이라도 당장 그놈을 잡아 들여야 하는 거 아닙니까?"

다나까의 눈빛이 반짝였다. 그는 잠시 의자에 기대여 두 눈을 감았다. 그렇게 얼마의 시간이 흘렀을까?

"그 피라미 같은 놈 하나 잡기 위해 나… 사사야끼가 때를 기다린 줄 아는 것이냐? 다나까! 그래서 너는 아직 멀었다는 것이다. 그깟 피라미는 언제든 죽여 버리면 그만이다. 하지만 계집은 대어(大魚) 낚기 위한 미끼임을 명심해라! 하여 큰 것을 잡기 전에 미끼가 다치는 일이 있어서는 절대 안 된다는 말이다. 알았나?"

핀잔 아닌 핀잔에 다나까의 얼굴이 붉어졌다. 편지에 쓰여 있는 피라미는 바로 김상복을 가리켰다. 그간 자신이 추측했던 바가 사실로 드러나고 있자 묘한 쾌감마저 느꼈다. 그는 화련을 처음 만난 날부터, 그녀의 뒤를 은밀히 캐기 시작했다. 그러나 그만큼 위험부담이 컸다. 그녀는 누가 뭐라 해도 야마모토 센카이 경시정의 애첩이었다. 행여 일이 잘못되기라도 한다면 좌천이 아니라 쫓겨날지도 몰랐다.

하지만 생각과는 달리 화련을 캐면 캘수록 이상하리만큼 아무것도 나오지 않았다. 그저 그렇고 그런 가난한 집안의 맏딸로 산전수전 겪은 것이 모두였다. 아비라는 자

120

는 돈 때문에 딸을 기방에 팔아버린 술주정뱅이였다. 괜스레 헛다리를 짚은 것 같은 마음이 들 무렵, 우연히 사사야끼는 풍문 하나를 주워들었다. 오래전 술주정뱅이 아비가 죽기 전에 자신의 딸을 '아씨'라고 불렀다고. 더욱이 그들 부녀에 대해 아는 이가 하나도 없다는 것이 더욱 수상했다. 꽤 오랜 시간 동안 수소문을 한 결과 엄청난 사실을 알아내게 되었다.

역시 미친 들개라는 별명에 걸맞게 직감이 적중했다. 물론 경성으로 올 수 있었던 것은 이창섭의 일당들을 잡아 들인 공도 있지만, 어쩌면 야마모토 센카이 경시정 덕분인지도 몰랐다. 사사야끼는 발 빠르게 경시청 내에게서 센카이를 눈엣가시처럼 여기는 자를 물색했다. 그가 바로 자신의 직속 상관인 경시정 후지노 히로시였다. 히로시는 센카이와 함께 경시감 자리를 두고 경쟁을 하던 사이였다. 모든 것이 센카이 보다 우수해도 히로시는 언제나 이인자에 머물러야만 했다. 사정이 이렇다 보니, 센카이를 바라보는 히로시의 눈빛이 그리 좋을 리가 없었다. 야망이 목구멍까지 찬 위인이라면 그런 센카이를 자신의 눈앞에서 치워버리고 싶었을 것이다.

"소요산 인근이라 했지. 뻐꾸기에게 그들의 뒤를 놓치지 말라고 전해라! 나 또한 곧 뒤를 따를 것이다. 이상!"

명령을 받은 다나까는 자세를 바로 고쳐 묵례를 하고 사무실을 나갔다.

"이번에야말로 네년의 목을 제대로 움켜쥘 것이다!"

그는 책상을 있는 힘껏 내리쳤다. 얼굴은 금세 광기가 차올랐다.

화련을 태운 인력거는 쉬지 않고 밤낮을 달리고 또 달렸다. 그렇게 이틀하고 반나절을 꼬박 달려 소요산 인근에 도착했다. 인력거의 바퀴는 해질 때로 해져, 거의 망가지기 일보 직전이었다. 이틀 반나절이나 잘 버티어 준 것만 해도 신기했다.

"상복씨! 고생하셨어요. 이 은혜를 어찌 다 갚아야 하는지…."

그녀의 말에 상복은 부끄러웠다. 워낙 무뚝뚝한 성격이라 표현하는 게 서툴렀다.

"여거서부터 암자꺼지는 걸어가 가야 되니더. 허니 조심해가 따라오시소!"

그는 앞장서서 한 걸음 내디뎠다. 워낙 작은 암자라 불리는 이름이 따로 없다 보니, 아는 사람이 아닌 이상 찾기도 어려운 곳이었다. 쉬지 않고 산을 오르던 그가 멈췄다. 험준한 산길이다 보니 여인인 그녀에게는 힘든 길이었다.

"여서 쪼매만 쉬었다 가입시더."

아래를 내다보던 상복은 그녀를 향해 소리쳤다. 그리고는 메고 있던 봇짐에서 물병을 꺼내어 화련에게 건넸다. 추운 날씨에도 그녀의 이마는 땀으로 번들거렸다.

"어서 목이라도 축이소. 쪼매만 더 올라가면 되니더."

그녀는 건네받은 물로 마른 입술을 살짝 축였다. 사방에서 불어대는 찬바람에 어깨가 가냘프게 떨렸다. 자꾸만 움츠러드는 어깨 위로 묵직함이 전해졌다.

"괜, 괜찮….."

"내가 안 괜안니더."

그는 먼 산을 내다보았다. 무뚝뚝한 말투 뒤에 감춰진 여린 마음. 그 여린 마음이 그녀의 모성애를 자극했다.

"이제는 되었습니다. 그만 출발하시지요!"

화련은 일어서며 외투를 다시금 건네고 앞서 걸었다. 조금 전과는 다르게 그는 뒤를 천천히 따랐다. 암자가 가까워질수록 그녀의 심장은 빨라졌다. 꿈에서 마저 그립던 아비를 만날 생각에 걸음은 점점 조급해졌다.

"쪼매만 더 힘을 내이소. 인자 지붕이 살짝 보입니더."

상복의 시선을 따라 화련 역시 앞을 내다보았다.

"천천이 가이소!"

그는 뛰다시피 걷는 화련이 걱정이 되었다. 무슨 일인
지? 누구를 만나러 가는 길인지? 저리도 마냥 행복해하
는 것인지, 괜스레 궁금했다. 한참을 앞서 걷던 그녀가 갑
자기 걸음을 멈췄다.

"아, 아… 아버… 지?"

눈물이 차오르자 말이 제대로 나오질 않았다. 팔각 석
탑 앞, 지긋한 나이의 노신사가 뒷짐을 쥐고 서 있었다.
단정하게 빗어 넘긴 머리하며, 구김 없는 흰 두루마기에
서 노신사의 올곧은 성품이 잘 드러나 보였다. 인기척을
느낀 노신사가 천천히 뒤돌아섰다. 태양을 등진 그의 얼
굴이 유별나게 어두워 표정을 제대로 볼 수는 없었다. 하
지만 상복은 알고 있었다. 그녀를 알아보는 노신사의 얼
굴에는 환한 웃음이 감돌고 있다는 것을.

"아버지!"

화련은 아비를 부르며 천천히 앞으로 나갔다. 그렇게
몇 발자국 앞으로 더 움직였을까? 산비둘기들이 요란스
러운 날갯짓과 함께 일시에 하늘 높이 날아올랐다. 갑작
스러운 상황에 놀라 하늘을 올려다보았다. 그 순간 또 한
번의 총성이 차가운 공기를 날카롭게 찢어 놓았다.

"이, 이… 이… 아!"

총에 맞은 노신사가 앞으로 꼬꾸라지며 두 사람을 향해 힘겹게 고개를 내저었다. 하지만 그녀는 앞으로 나가기 위해 한걸음 떼었다. 그는 화련의 어깨를 낚아챘다. 그녀는 거칠게 몸을 비틀었다. 두 사람이 잠시 힘겨루기를 하는 사이 노신사는 옷섶 사이에 숨겨두었던 권총을 꺼내어 겨우 몸을 돌렸다. 총에서 총탄이 빠져나가기도 전에 사방에서 들려오던 총성이 암자 구석구석으로 스며들었다. 곁에서 노신사를 호위하던 이들이 총탄에 차례대로 쓰러졌다.

"아… 버…."

반짝이던 화련의 눈동자가 잿빛으로 바뀌었다. 무릎을 꿇고 있던 노신사가 피를 토하며 바닥으로 꼬꾸라졌다. 상복의 손을 뿌리치고 앞으로 나가던 그녀는 결국 바닥에 쓰러졌다.

"괜안은교? 정신 좀 차리보이소!"

그녀의 볼을 쓰다듬으며 그는 소리를 내질렀다. 그 사이 반대쪽 숲속에 매복해있던 순사들이 하나, 둘 마당으로 들어서기 시작했다. 마당에 들어선 순사 중 하나가 이상한 낌새를 채고, 고개를 돌렸다.

"이 사람아! 어여 몸부텀 수그려란 말이여."

노인 하나가 재빠르게 다가서서 풀숲 옆 헛간으로 상

복을 끌어당겼다. 그는 화련을 업고 노인이 이끄는 대로 헛간으로 몸을 숨겼다. 얼마 지나지 않아 두 명의 순사가 풀숲으로 다가섰다. 순사들은 서로에게 눈짓하고는 헛간 쪽으로 총을 겨누었다. 그들이 슬금슬금 다가서자 그는 발목에 꽂아두었던 단검을 꺼내 들었다. 자신은 어떻게 되더라도 그녀만큼은 꼭 지키고 싶은 마음뿐이었다.

상복은 틈새로 순사들의 움직임을 주시하며 마른 침을 삼켰다. 순사 하나가 헛간의 문을 밀자 단검을 더욱 단단히 쥐었다. 그 순간 다리 하나가 헛간 안으로 불쑥 들어오자, 단검을 치켜들었다. 하지만 이내 누군가의 부름에 그들은 돌아섰다. 그들을 불러 세운 사내가 눈짓을 보내자 순사들은 다시 마당으로 돌아갔다. 그제야 그는 다리에 힘이 풀려 자리에 털썩 주저앉았다.

"아씨! 정신 쪼까 차려 보시어요. 아씨."

노인은 거친 숨을 몰아쉬며 그녀를 조심스레 흔들어 깨웠다. 그때까지 상복은 문틈으로 마당을 내다보았다. 널브러져 있는 시신과 사방으로 튄 핏빛은 참혹함 그 자체였다. 마음 같아서는 당장이라도 뛰어나가 저들을 모두 죽이고 싶었다. 얼마의 시간이 흐르자 마당에 있던 대규모의 병력이 모두 산 아래로 내려갔다. 그는 뒤로 돌아 노인에게 말을 건넸다.

"어르신, 앞장을 서이소!"

그 사이 그는 화련을 업었다. 노인은 헛간 문에 손을 가져갔다.

"잠깐! 잠깐만 멈추이소!"

헛간의 문을 밀던 노인의 손이 상복의 다급함에 멈췄다. 그리고는 틈새로 마당을 다시 엿보았다. 뒤늦게 뛰어온 사사야끼가 주변을 둘러보며 욕설을 내뱉었다.

'저… 미친노무 새끼가 여거는 왜?'

그는 뭐가 단단히 틀렸는지 발악을 해댔다. 뒤늦게 올라오는 다나까를 따라 다시 산 아래로 내려갔다.

"언제 다시 돌아올란동 모르는 일이니더. 허니 되도록 이른 여를 퍼득 떠나야 됩니더. 앞장 서이소!"

그의 다그침에 노인은 조심스레 헛간 문을 열고 밖으로 나갔다. 잠시 밖의 동태를 살핀 노인은 뒤로 돌아 눈짓을 보냈다. 노인의 신호에 잽싸게 몸을 움직여 반대 방향 숲속으로 뛰었다. 풀숲에서 나는 작은 소리에도 그들은 몸을 숨겨가며 마을 쪽으로 빠르게 내려갔다. 비록 짧은 거리라 할지라도 화련을 업고 움직이는 터라 걸음은 자연스레 더딜 수밖에 없었다.

"내가 도와줄 수도 없고, 총각을 이리도 힘들게 혀서 우짠단 말이여."

노인은 땀으로 범벅이 된 상복의 얼굴을 바라보며 미안한 표정을 지었다.

"괜안심니더. 어르신! 의원으로 퍼득 가입시더."

그는 자신이 힘든 것보다 아직 정신을 차리지 못하는 그녀가 더욱 걱정되었다. 상복은 앞서 걷는 노인을 따라 조심스레 걸었다. 얼마 가지 않아 갈림길이 나오자 노인이 멈췄다.

"혹여 마을에는 왜놈들이 있을 수 있으니, 내가 아는 약초꾼을 찾아가는 것이 맞는 듯해. 의원 못지않게 그쪽으로 잘 아는 자이니, 간단한 시료는 할 수 있을 것이여… 무엇보다 믿을 만 혀!"

노인의 제안에 그는 잠시 망설였다. 하긴 마을에는 이미 순사들이 쫙 깔렸을 터. 특히 경성에서부터 뒤를 쫓은 사사야끼라면 반드시 자신을 찾기 위해 혈안이 되어있음이 분명했다.

"알겠심더."

상복은 고개를 끄덕였다. 그렇게 두 사람은 마을과 반대되는 산길로 들어섰다. 거친 숨소리만이 어둡고 좁은 길 위에 가득 들어찰 뿐. 점점 지쳐갈 무렵, 희미하게 새어 나오는 불빛이 눈에 들어왔다.

"다 왔네, 그려! 고생혔어. 참말로 애 많이 썼구먼. 어여 가자구."

노인은 그의 팔뚝을 가볍게 두드리는 것으로 미안함을 대신했다. 그곳은 가옥이라 하기보다 폐가와도 같았다. 마당으로 들어서자 미처 다 마르지 못한 약초들이 이리저리 어지럽게 널려 있어 더욱 괴기스러웠다.

"거… 거기 있는가? 춘배가 있으면 어서 나와 보시게. 나일세! 갑이."

안을 향해 누군가를 재차 불렀다. 그러자 곧 집주인으로 보이는 사내가 방문을 벌컥 열어젖혔다. 아래로 가지런히 내린 수염이 꽤 인상적인 사내였다.

"갑이 어르신 아니십니까? 어찌 이리도 늦은 시각에…?"

맨발로 뛰쳐 내려온 춘배는 다소곳하게 서서 인사를 건넸다.

"인사는 나중에 허고, 어서 아씨부터 봐주게나."

갑이의 서두름에 그는 안으로 뛰어들어가 어질러져 있던 물건들을 대충 치웠다. 그사이 상복은 그녀를 조심스레 바닥에 눕혔다. 춘배는 벌겋게 달아오른 아궁이에 땔감을 있는 대로 쑤셔 넣었다. 아궁이에 어느 정도 불씨가 오르자 방안을 향해 소리를 질렀다.

"헤이! 거기. 이리 나와 아궁이 불을 좀 봐줘야 쓰겠는디."

상복이 밖으로 나오자 춘배는 적당히 데워진 물을 대야에 담아 안으로 들어갔다. 냉골이었던 방은 그의 발 빠른 대처 덕에 금세 훈훈해졌다. 그는 하얀 천을 따뜻한 물에 적셔 화련의 손과 이마 얼굴을 천천히 닦아냈다. 그리고는 상자 하나를 꺼냈다. 상자 안에는 큰 것부터 작은 것까지 다양한 종류의 침이 가지런히 꽂혀있었다. 그중 몇 개를 꺼내 얼굴부터 시작해 중요 혈 자리에 차례대로 꽂았다. 곧 숨 트는 소리가 들렸다. 호흡이 돌아오면서 백지장 같았던 그녀의 얼굴에 붉은 기운이 돌았다.

"이제야 숨소리가 조금 안정적으로 바뀌었습니다요. 하마터면 큰일 날 뻔하셨습니다요. 어쩌다가 이 지경까지…."

춘배는 꽂아두었던 침을 다시 빼고는 쑥으로 빚어 만든 뜸에 불을 피웠다. 곧 방 안은 쑥 향이 가득 맴돌았다. 불이 적당히 옮겨붙은 쑥뜸을 나무 집게를 이용해 혈 자리에 가지런히 올려놓았다.

"대감마님께옵서… 돌아가셨다네. 그것도 아… 아씨께서 보는 앞에서 말일세."

쑥뜸을 놓던 그의 손이 멈춤과 동시에 표정이 침통하게 일그러졌다. 마침 안으로 들어서던 상복은 그들의 이야기에서 화련이 기녀가 아님을 알아챘다. 하긴 처음 만

130

낳을 때부터 평범한 여인과는 조금 다르다 여겼다.

"그 짝도 독립운동을 하는가?"

멀뚱히 서 있는 그를 향해 춘배가 물었다. 상복은 소매를 쥐어뜯었다. 그리고는 뭔가를 꺼내어 바닥에 던졌다. 천 조각에는 그가 몸담은 소속과 정보가 간략히 적혀있었다. 화련은 지체 높은 가문의 여인이며, 만주에서 독립운동을 하는 권평중 대장의 귀한 딸이었다. 생사조차 들을 수 없었던 모녀가 극적 상봉에 앞서 아비의 죽음을 목격하였으니, 그 충격은 가히 상상조차 할 수 없음이었다. 이야기를 듣는 내내 상복의 마음은 천 갈래 만 갈래로 찢어졌다. 차라리 그녀가 진짜 기녀였더라면 이런 아픔은 없었을까.

8. 작은 바다

　사사야끼는 번화가인 본정(本町)으로 향했다. 어둠이 내려앉은 번화가는 그 어느 때보다 화려한 법. 그의 정보원인 다나까가 헌병대 사령부 건물이 아닌 요릿집에서 만나자는 것은 중요한 정보를 수집해 왔다는 뜻이었다. 무엇보다 화련과 상복이 증발한 듯이 감쪽같이 경성에서 자취를 감춰버린 것이 찝찝했다. 열흘 가까이 헌병들을 동원하여 샅샅이 뒤지고 있으나 찾을 수가 없었다. 그들의 근거지가 될 만한 곳은 경성이든 어디든 상관치 않고 미친 듯이 수색했으나, 별다른 진척이 없었다. 야마모토 센카이가 본국으로 돌아가기 전에 무슨 수를 써서든 콩알만 한 정보라도 잡아야만 했다.

　"접니다! 들어가겠습니다."

　그가 안으로 들어서서 자리에 앉자 사사야끼는 술병을 들어 술잔을 채웠다. 다나까 또한 조선인이었다. 조금 다른 것이 있다면 그의 아비는 일본인으로 장사꾼 정도였다. 아무튼, 두 사람은 공적인 자리가 아닌 사적인 자리에서는 조선말로 대화를 했다.

"뭐야?"

물음은 짧고도 굵었다.

"그것이, 아직 찾지 못 했습다만… 다른 중요한 정보를 입수했습니다."

그는 들고 있던 술잔을 꽉 움켜쥐었다.

"그날 암자에 급습한 자들은 총독부 정보과 소속 형사들이라고 합니다. 오래전부터 만주를 거점으로 독립운동을 하던 권평중의 뒤를 쫓았다고… 권평중이 소요산 근처 암자에 숨어있다는 첩자의 보고에 형사들이 급습하게 된 것이라 하였습니다."

다나까의 보고에 식탁을 가볍게 두드렸다.

"총독부? 권평중… 권평중… 화련… 미츠까라…."

권평중과 화련의 관계, 기녀와 독립운동가? 무슨 이유에서 그녀는 권평중 대장이 있는 암자로 향했단 말인가? 깊게 생각하면 할수록 더욱 혼란스러웠다. 두 사람에게 공통된 부분이 없었다. 그 교차점만 찾는다면, 그간 맞춰지지 않았던 퍼즐의 조각들이 착착 들어맞을 것만 같았다. 사사야끼의 침묵이 점점 길어지자 그가 조심스레 입을 열었다.

"명하신 가문에 대해서도 좀 알아보았습니다."

경박스럽던 그의 손놀림이 멈췄다. 한 조직의 우두머리가 거점인 만주를 떠나 경성으로 들어왔다는 것은 분명 예삿일은 아닐 것이다.

"우의정 반열까지 오른 명문가 집안이었습니다. 어느 날, 가문의 재산을 모두 처분하여 식솔들만 데리고 야반도주를 했다고 합니다. 식솔들은 부인과 아들 그리고 딸이 있었다고 하나, 들리는 말에 의하면 아들은 어린 시절 사고로 목숨을 잃었다고 합니다. 그 후에 그들의 행적을 아는 이는 없었습니다. 다만 총독부에 끈을 대어 알아본 결과, 권평중은 경성에서 날아온 서신 한 통에 움직였다는 것밖에는 더는 알아낸 것이 없습니다. 서신이 누구에게서 온 것까지는 모른다고… 죄송합니다."

다나까는 고개를 푹 숙였다.

"자신의 뒤를 쫓는 자들이 많다는 것을 알면서 서신 한 통에 목숨 걸고 만주에서 이곳까지 왔단 말인가? 대체 누구의 서신이기에?"

그의 눈동자가 재빠르게 움직였다. 손에 잡힐 듯하면서도 잡히지 않는 뭔가에 안달이 났다.

"그자의 식솔들에 대해 자세히 좀 알아봐. 만주에 있다면 만주에 직접 가서 알아봐! 뭐든 좋으니깐. 아참! 그리고 화련… 아니 미츠끼 쪽도 좀 더 캐보고 알겠나?"

많은 생각을 한 탓에 목이 탄 지, 술을 입속으로 탈탈 털어 넣었다. 다나까는 가볍게 고개를 숙이고는 자리를 떴다.

그 시각, 상복은 누군가를 찾아 산속을 하염없이 헤매고 있었다. 산속의 겨울밤은 더욱 짙은 법. 횃불이 지나간 자리는 곧 불 궤적이 환영처럼 그의 뒤를 바짝 쫓았다. 시간이 흐르면 흐를수록 두려움도 커져만 갔다.

그도 그럴 것이 며칠 만에 겨우 눈을 뜬 화련은 다른 사람이 되어있었다. 맑고 투명하기만 했던 눈동자는 잿빛으로 바뀌었고, 생기 넘쳤던 두 뺨은 핏기마저 찾아볼 수 없을 만큼 야위어갔다. 더욱이 심한 충격으로 인해 말을 하지 못했다. 춘배는 좋은 약재란 약재를 가져다 탕약을 끓였다. 하지만 곡기도 끊은 마당에 약은 아예 입에 대지도 않았다. 그는 횃불로 숲 안쪽을 이리저리 비추었다.

"이리도 어두분데 대체 어데 갔단 말이고? 참말로 내가 괜시리 마을로 내려가. 이런 사달이 생겼다아이가! 붕신 같으니라고."

약초꾼 춘배와 갑이는 며칠 전, 알아볼 것이 있다며 산 아래로 내려갔다. 하여 먹을 양식이 떨어져 부탁할 곳이 없자 그는 화련이 잠든 사이에 마을에 잠시 다녀온 길이었다. 하필이면 며칠 전에 내린 눈이 녹지 않아 밤길은 더

욱 미끄러웠다. 조심해서 한 걸음을 내디뎠지만, 의지와
는 상관없이 자꾸만 헛발질하였다.

이렇게 위험한 산길에 홀로 올랐을 화련이 무슨 일이
라도 당하지 않았을까 하는 생각이 들자 걸음은 자꾸만
바빠졌다. 시간이 흐르는 만큼 그의 숨소리도 함께 거칠
어졌다. 그렇게 얼마를 더 올랐을까? 혹시나 하는 마음에
암자로 걸음을 했다. 이곳은 암자이긴 하나, 오가는 이가
없어 가끔 맹수가 출몰하는 곳이었다. 암자의 마당이 어
렴풋이 보이자 권평중이 목숨을 잃던 그 날의 기억들이
떠올랐다.

"거거 누구 있는교?"

암자로 들어서면서 상복은 고함을 내질렀다. 횃불에
놀란 삵들이 풀숲으로 모습을 감추었다. 멀리 탑이 보이
고 탑 주변에는 그때의 참혹함이 고스란히 남아 있었다.
어두운 밤임에도 권평중의 핏자국은 선명하게 보였다.
그렇게 횃불로 탑의 이곳저곳을 비추자 그림자 하나가
스쳤다.

'누… 화련?'

화련은 댓돌 위에 선 채, 나무에 묶어놓은 끈에 자신의
목을 내걸었다. 그 모습에 놀란 상복은 횃불이 집어 던지
고 내달렸다. 그녀가 막 밟고 있던 돌을 뒤로 밀어내던 순

간, 모든 것이 느리게 흘러갔다. 공중에 매달려 대롱거리는 화련의 다리를 끌어안고 있는 힘을 다해 위로 들어 올렸다.

"놔, 놔…."

그녀는 자신을 잡고 있는 상복을 떼어내기 위해 발버둥을 쳤다. 그러자 끈이 묶여있던 가지가 힘없이 꺾였다. 푸르스름했던 얼굴에 선홍빛이 찾아들었다. 다치지 않고 무사한 화련을 보자, 그제야 그의 손아귀에서도 힘이 빠졌다. 그녀는 되돌아서서 매섭게 상복을 노려보았다. 짙은 어둠 속에서 마주한 눈빛에는 분노가 서려 있었다. 잠시 쏘아보는가 싶더니, 다시 끈을 주워들어 나무에 걸기 위해 돌 위에 올라섰다.

"지발, 고마 하이소!"

보다 못한 그는 화련의 허리를 꽉 안았다. 그녀는 거세게 몸을 쥐어틀었다. 상복은 그녀의 등을 천천히 쓸어내렸다. 어느 정도 진정된 그녀가 그를 밀어냈다. 비틀거리며 걷는 걸음이 한없이 애처롭고 측은했다. 그는 조용히 뒤를 따라 가며 횃불을 비추었다. 아슬아슬하게 걷는 그녀를 부축이라도 하고 싶어 손을 뻗어 보았지만, 이내 거두었다. 그들의 거처가 암자와 그리 먼 거리가 아님에도 그저 멀게만 느껴졌다. 그렇게 얼마나 걸었을까.

"아씨! 거기 화련 아씨가 맞는갑유?"

여인의 목소리였다. 막순이었다.

"고운 얼굴이 우째 이리도 상혔데유? 아씨! 지가 누구인지 알아 보겠어유? 개똥이구먼유."

그녀의 눈동자에 눈물이 차올랐다. 당차고 똑똑하고 아름다웠던 화련이 하루아침에 사람의 몰골이 아니었다. 갑작스레 서러움이 복받쳐 올랐다.

"날도 차분데 고마 안으로 뫼시는 것이 좋을 듯 싶니더."

멀찍이 서 있던 상복이 그녀를 향해 말했다. 막순은 고개를 끄덕이고는 화련을 부축해서 안으로 들어갔다. 때마침 그녀가 와주어 참 다행이라는 생각이 들었다. 두 여인이 방으로 들어가자 그는 아궁이에 땔감을 밀어 넣었다. 그리고는 보리쌀을 탈탈 털어 죽을 쑤었다. 보리쌀이 푹 삶아져 구수한 냄새가 올라오자 막순이가 밖으로 나왔다.

"방금 잠자리에 드셨어유. 대체 아씨께 뭔 일이 있었대유? 어여 말 좀 혀보셔유."

따지듯 상복을 몰아세웠다. 그녀가 궁금한 것만큼이나 그 또한 궁금한 것이 많았다. 이곳은 어떻게 찾아오게 되었는지, 산 아래의 사정은 어찌 되어가고 있는지. 특히나 그는 사사야끼가 제일 마음에 걸렸다.

"글찮아도 아씨 소식을 몰러서 걱정허고 있던 차에 갑이 아재라는 분이, 지를 찾아 왔구먼유…."

한번 터진 막순의 말은 끝없이 이어졌다. 아마도 산 아래로 내려간 갑이가 명월관으로 그녀를 찾아간 모양이었다. 화련이 없어진 날부터 매일같이 사복을 한 형사들이 찾아와 종업원들을 상대로 은밀히 뭔가를 캐고 있다고 했다.

"별일 아니니더. 산을 넘다가 화적떼를 좀 만났니더. 그케가 쫴매 놀란 것 뿐이니더. 허니 걱정말고 산 아래로 내려 갈 때꺼즉 좀 부탁허니더."

그는 그간의 일들을 막순에게 전하고 싶었지만, 하지 않았다. 그녀는 누가 뭐라 해도 독립운동을 하는 밀정의 신분이었기에. 뭔가 불길한 직감이 들었지만, 상복에게 더는 묻지 않았다. 한시라도 빨리 그녀가 기력을 되찾아 무사히 돌아갔으면 하는 바람밖에는 없었다. 막순이가 온 후부터는 화련은 눈에 띄게 건강해졌다. 덕분에 그는 종종 마을로 내려가 염탐을 할 수 있었다.

"막순씨. 나 좀 보이소!"

새벽빛이 어슴푸레 내리자 방문 앞에 선, 그가 막순을 불렀다. 그러나 별다른 기척이 없자 뒤돌아섰다.

"어데 가셔유?"

방문이 열리며 그녀가 밖으로 나왔다.

"오늘 장날이라 카기도 하고 눈도 좀 녹았고 캐서 겸사 겸사 장에 잠깐 내리 갔다가 오겠심더. 내 긴히 알아볼 것도 있고… 어제 캤는 약초를 쾌매 가져다, 팔아가 양식으로 좀 바꿔 올까 합니더. 퍼득 댕겨 오겠심더."

막순에게 가볍게 인사를 건네고 사립문 밖으로 나갔다. 아직 산길이 꽁꽁 얼어있어 조심스레 걸었다. 이번 장날에서 독립자금을 옮기는 보부상을 만나기로 되어있었다. 그에게 어물전 최 씨에게 자신의 안부를 전할 참이었다.

마을로 내려온 상복은 숨을 돌릴 여유도 없이 발 빠르게 움직였다. 산속에 덩그러니 있을 두 여인이 걱정되었다. 마치 젖먹이를 두고 내려온 것만 같았다. 주막에 들러 보부상과 은밀히 만난 후에 춘배의 단골 약방에 들러 약초를 내다 팔았다. 분주히 움직였음에도 날은 어느새 정수리를 지나고 있었다.

아침 겸 점심으로 가져온 누룽지를 먹었으나, 장터 곳곳에서 풍기는 음식 냄새는 상복의 주린 배를 더욱 고프게 했다. 하지만 날이 지기 시작하면 금세 어둠이 찾아오는 계절이라 우물쭈물할 여유가 없어 주린 배를 움켜잡았다.

"자… 자, 어디에서도 볼 수 없는 것들이 여기 다 있소. 물 건너 왔는 진귀한 것들이요. 구경들 허고 가소!"

잡다한 물건을 파는 장사꾼 하나가 목청을 돋우며 손뼉과 함께 호객 몰이를 했다. 우렁찬 목소리 덕분에 장터에 있던 사람이 모여들었다. 그 또한 무심결에 고개를 돌려 가판 위에 있는 물건을 훑어보았다. 하나같이 주변국에서 건너온 생소한 물건들이었다. 그 중 뜻하지 않게 마주한 바다 풍경에 상복은 쉽사리 눈을 떼지 못했다. 그는 가판대로 가까이 다가섰다. 그리고는 물끄러미 유리병 안을 들여다보았다.

"총각! 물건 보는 안목이 탁월허구먼. 진짜 바닷물이여. 어디 흔들어 봐."

장사꾼의 말대로 상복은 유리병을 흔들었다. 작은 알갱이들이 유리병 이곳저곳을 날아다녔다. 그것은 흡사 눈송이였다. 눈처럼 보이는 것이 날아다니다 천천히 작은 바다 위로 내려앉았다. 비록 허접스러운 장난감에 불과했지만, 이상하리만큼 마음이 한결 편안하고 고요해졌다. 무슨 생각에서인지 그는 돈을 탈탈 털어 바닷물이 담겨 있다는 유리병을 샀다.

이래저래 일을 본 탓에 봇짐은 처음과 달리 무거워져

있었다. 어둠이 찾아오자 산짐승들의 울음소리가 깊은 숲속에서 들려왔다. 얼마 전에 이곳에서 호랑이를 보았다는 사람들도 있어 긴장되었다. 온몸이 땀으로 범벅이 될 즈음, 멀리 작은 불빛 하나가 상복의 두 눈동자에 들어왔다. 불빛이 점점 가까워지자 서성이는 막순이가 보였다. 그녀의 표정이 심상치 않음을 느낀 그가 물었다.

"와? 뭔 일이라도 있었는교?"

"쫌전에 아씨를 만나러 손님께서 찾아오셨구면유."

비밀스러운 곳에 낯선 손님이 왔다는 말이 선뜻 이해가 되지 않았다. 당장이라도 방문을 열어 누구인지 확인하고 싶었다. 그런 마음을 알아차린 것일까, 그녀가 입을 열었다.

"지도 안면이 있는 분이구면유."

막순의 대답에 일단은 안심되었다. 쫓기고 있는 상태에서는 스쳐 가는 바람도 조심해야 할 만큼 매사가 위험했다. 상복은 제자리에 멈춰 서서 꽤 오랫동안 불빛이 새어 나오는 방을 바라보았다. 댓돌 위에 나란히 벗어놓은 남녀의 신발에서 묘한 감정들이 심장을 파고들었다. 시간은 또 다른 시간에 자리를 내어주기를 여러 차례. 점점 밤이 깊어질 무렵, 방문을 여는 소리가 희미하게 들렸다. 그제야 막순이도 자리에서 일어섰다. 하지만 곧 그가 막았다.

"쬐매 더 있다가, 나가소!"

"우째, 그러신데유."

그녀의 물음에 상복은 묵묵부답으로 일관했다. 막순이 다시 자리에 앉자, 그는 옆에 있던 잔가지들을 똑똑 부러뜨려 아궁이 속으로 던져 넣었다. 그때였다. 밖에서 다투는 소리가 들렸다. 상복은 일어서서 문 앞으로 갔다.

'저… 저 사람은?'

사내의 얼굴을 알아본 상복의 인상이 심하게 구겨졌다. 그는 바로 암자에서 순사들과 함께 있던 인물이 아닌가.

"그 손 퍼득 못 치우나! 치우란 말이다!"

밖으로 뛰쳐나간 그는 사내를 향해 고함을 내지르며 주먹을 날렸다.

"오라버니!"

날카로운 비명과 함께 그녀가 사내를 부축했다. 상복에게 맞은 사내는 바로 윤주혁, 야마모토 센카이였다. 그는 맞은 턱을 감싸며 일어섰다. 그녀는 소매 속에 있던 비단 천을 꺼내 주혁의 터진 입술을 조심스레 훔쳤다.

"괜찮다. 그만 되었다."

그는 화련의 손을 잡아 아래로 내렸다. 그리고는 상복을 향해 손을 내밀었다.

"지, 지… 지송하니더. 지가 큰 실례를 범헌 것이…"

미안함에 더는 말을 잇지 못했다.

"괜찮습니다. 윤주혁이라 합니다."

상복은 그제야 그가 내민 손을 잡았다. 가까이에서 바라본 그는 자신과는 다른 세상의 사람처럼 느껴졌다. 준수한 외모와 몸에서 배어나는 인품까지. 그렇다고 의문점이 사라지지는 않았다. 조선인인 그가 왜? 일본 순사들과 함께 있었는지 따지고 싶었다. 잠시 그들의 사이에 어색한 침묵이 무겁게 내려앉았다.

"도련님! 어서 가셔야 합니다요."

뒤이어 마당으로 들어선 갑이는 그의 앞에 허리를 굽혀 예를 갖추었다.

"기다릴 것이다."

애잔한 말투는 큰 울림이 되어 그녀의 마음속으로 스며들었다. 그는 그 말을 끝으로 갑이를 따라 사립문을 빠져나갔다.

주혁이 다녀간 다음 날, 화련은 짐을 싸서 막순과 함께 산 아래로 내려갔다. 상복은 두 사람이 내려간 산길을 한참 동안 바라보았다. 전날 자신이 저질렀던 실수에 대해 사과를 하고 싶었는데, 그 기회마저 없어진 것만 같아 괜스레 마음이 씁쓸했다.

9. 너를 기다릴 것이다

상복은 곧장 그녀들을 따라 내려가고 싶었지만, 그럴 수가 없었다. 집주인인 춘배가 올 때까지 며칠 더 머물러야 했다. 하지만 아무런 소식이 없자 그는 하는 수 없이 산 아래로 내려갔다. 경성으로 가는 내내 머릿속에는 화련의 생각밖에는 없었다. 그녀가 그만큼 마음속에 깊게 자리를 잡고 있었다. 막순에게 바다가 들어있는 유리병과 마음을 담은 편지를 건넸으나, 정작 그녀의 손에 들어갔을지 알 길이 없었다. 어쩌면 윤주혁이라는 자를 따라 이미 떠났을지도 모를 일이었다.

이틀을 쉬지 않고 꼬박 걸은 그는 드디어 경성에 도착했다. 그리 오랜 시간을 떠나 있지도 않았음에도 격변하는 때라 그런지 경성의 풍경들이 새삼스레 느껴졌다.

"행님! 그간 잘 지내셨는교? 지송하니더."

흐트러진 물건을 정리하던 최 씨의 손이 멈췄다. 그는 놀란 기색으로 상복을 올려다보았다. 하긴 살아있다는 소식은 들었으나, 얼마나 애간장을 피웠을까.

"워데, 다친데는 없당가? 요로코롬 다시금 본께… 무사히 돌아왔음 됐당께!"

옷소매로 눈물을 훔쳐냈다. 상복의 눈가도 붉어졌다. 주막으로 자리를 옮긴 두 사람은 그간의 일들을 막걸리와 곁들어 함께 나누었다.

"참! 화련의 소식…."

가장 묻고 싶은 말이었음에도 정작 말끝이 자꾸만 흐려졌다. 최 씨는 술을 마저 들이켜고는 김치를 우거적 씹어댔다.

"아씨 말이당가? 뭔 놈의 마음이 들었는 동, 향월각에서도 안허던 기녀 짓을 명월관에서 허고 있당께. 이런저런 야기들이 나오고 있은께, 참말로다 걱정이여 걱정!"

상복은 자리에서 벌떡 일어섰다.

"우째 그런당가 말…."

최 씨의 말이 끝나기도 전에 주막을 뛰쳐나갔다. 차라리 주혁과 조선을 떠났다고 했다면, 이처럼 심장이 밑도 끝도 없이 무너져 내리지는 않았을 것이다. 더욱이 눈앞에서 아비를 잃은 여인이다. 그런 여인이 기방에서 웃음을 팔고 있다니, 그 웃음은 웃음이 아닌 절규이자 비명일 것이다. 그는 숨이 턱 밑까지 차오르고 나서야 명월관에

도착했다. 입에서 삭힌 막걸리 냄새가 올라왔다. 이른 초
저녁 명월관 앞은 이미 인산인해였다. 화려한 조명과 음
악 소리 그리고 여인네들의 분내가 한데 뒤섞여 현기증
이 일었다.

"어떻게 오셨습니까?"

빨간 나비넥타이를 맨 종업원이 상복의 곁으로 다가섰
다. 명월관 접대를 맡은 〈보이〉쯤으로 보였다.

"저거, 막순… 정막순이라는 여종업원을 찾니더."

아무래도 화련보다는 막순을 찾는 편이 나을 듯했다.
종업원은 그녀의 이름을 듣고 곤란한 표정을 지었다. 하
긴 일하는 이들이 족히 수십도 되는 큰 기방에 기녀도
아닌 여종업원의 이름을 기억한다는 것이 어디 쉬운 일
인가.

"잠시만 기다리쇼."

조금 전과 달리 종업원의 말투는 바뀌어있었다. 그것
은 그가 돈이 되지 않는 불청객이라는 뜻과도 같았다. 종
업원은 뒤쪽에 있는 여종업원에게 다가가 몇 마디 말을
건네더니, 명월관 안으로 들어갔다. 얼마 후, 막순이가 밖
으로 나왔다. 그녀의 얼굴을 보자마자 상복은 화련을 불
러 달라고 했다.

"지가 아씨께 다시 말씀 자알 전해 볼 터이니, 일단은

돌아가 계셔유."

명월관에 온다고 하여 그녀를 만날 것이라는 기대는 애초부터 없었다. 그러나 기대한 것이 없다고 섭섭지 않은 것은 아니었다. 자신이 뭘 그리 잘못했나 싶어 서운할 뿐.

"다음날도 그다음 날에도 계속해서 올끼라고 꼭 전해주이소!"

그는 온 힘을 다해 막순에게 말하고 돌아섰다. 조금 전까지도 괜찮았던 취기가 갑자기 올라온 탓에 코끝이 찡했다. 사람이 사람을 좋아하는 일만큼 행복하면서도 잔인한 일도 없을 터. 이미 깊게 박혀버린 사랑을 어떻게 해야 할지 몰랐다.

이런저런 생각들이 머릿속에 들어차자 그는 멈춰 섰다. 이대로 간다면 내일이고 모레이고 그녀를 영영 만나지 못할 것 같은 두려움이 상복의 등을 다시 명월관으로 떠밀었다.

밤이 꽤 깊었음에도 정보부의 불은 쉬이 꺼지지 않았다. 사사야끼는 책상 위에 쌓인 서류를 훑어내렸다. 경성으로 발령받아 온 후로 뚜렷한 성과를 올리지 못한 탓에 직속 상관인 히로시에게 면박을 받고 있던 터였다. 야마모토 센카이의 정보를 캐기 위해 동분서주로 뛰어다녔으나, 워낙 그의 가문이 높은 탓에 쉽게 알아낼 수가 없었다.

'분명 뭔가가 있는데 말이야….'

얼굴을 거칠게 쓸어내렸다. 때마침 들려오는 노크 소리에 흐트러졌던 자세를 바로잡았다. 당직 순사가 안으로 들어와 전보 하나를 건넸다. 사사야끼는 책상에 놓여 있던 전보를 내려다보았다. 그것은 바로 만주로 출장을 간 다나까가 보내온 것이었다.

"보통 계집이 아니다 했더니… 드디어 찾았네. 권ㆍ수ㆍ옥!"

그는 웃음을 터트렸다. 그리고는 무슨 생각에서인지 자리에서 벌떡 일어나 의자에 걸려 있던 외투를 낚아챘다. 사냥을 시작하기에 앞서 미리 맛을 좀 볼 참이었다. 그렇게 얼마나 신나게 달렸을까. 어느새 명월관 앞에 도착해 있었다. 지프에서 내려 대문 안으로 들어서자 종업원이 앞을 막아섰다.

"손님! 영업이 끝났습니다."

"닥치고 화련이 있는 곳으로 안내해라!"

그는 두 눈을 치켜뜨며 외투를 살짝 들었다. 그러자 허리에 찬 권총이 반짝였다.

"따라오십시오!"

종업원은 화련이 있는 방문 앞까지 그를 데려다 놓고 도망치듯 사라졌다. 안에서 가야금 소리가 새어 나오는 것을 보니, 아직 술자리가 이어지고 있는 모양이었다. 사사야끼는 신발을 신은 채, 방 안으로 들어섰다. 한창 흥이 오른 술자리에 불현듯 찾아온 불청객으로 인해 공기가 일순간 싸해졌다. 그 사이 그는 허리춤에 차고 있던 권총을 뽑았다.

"저 계집만 남고 나머지들은 조용히 꺼져! 만에 하나 허튼짓하면 머리에 총구멍 하나씩 만들어 줄 테니."

사사야끼의 협박에도 사내들은 비웃음을 흘렸다. 그들 역시도 명색이 일본인이라고 쉽게 물러서지 않았다. 그는 콧방귀와 함께 방아쇠를 당겼다. 큰 굉음과 함께 천장에 총구멍이 생겼다. 그제야 혼비백산한 이들이 너나 할 것 없이 밖으로 뛰쳐나갔다.

"이것이 대체 무슨 짓이냐?"

홀로 남게 된 화련이 두 주먹을 꽉 말아 쥐었다. 그는 발포로 뜨거워진 권총을 몇 번이나 흔들어댔다.

"대가리에 총이라도 가져다 대야 말을 쳐 듣는다니깐. 그렇지? 미츠끼 아니 화련인가? 화련도 아니면 수옥 아씨라 불러드려야 하나? 무지 반갑네. 권수옥!"

그의 입에서 생각지도 못한 자신의 본명을 듣게 되자, 화련은 자리에 주저앉았다.

"그, 그… 그걸 어, 떠… 떻게…."

"내가 어떻게 알았는지가 중요한 것이 아니라, 네년이 권평중의 딸년이라는 사실이 중요한 것이다."

막상 얼굴을 마주하니 사사야끼는 그녀를 더욱 고통스럽게 만들고 싶었다. 그간 권력을 가진 자들의 뒤에 숨어 있던 계집. 그런 계집을 농락하고 싶은 충동이 꿈틀댔다.

"그리 당당하던 미츠끼는 어디로 간 것이냐! 꿀 먹은 벙어리라도 된 모양이군."

때마침 안으로 들어서려던 막순이와 화련의 두 눈동자가 마주쳤다. 그녀는 고개를 내저었다. 들어오지 말라는 신호였다. 이번마저 그의 앞을 막아선다면 막순의 목숨은 장담할 수가 없었다. 그녀는 천천히 일어나 앞을 노려보았다.

"그래서? 어쩌라고 네놈의 졸개들에게 전해 들은 바가 없나 보구나. 양반의 규수가 미쳤다고 몸 파는 창녀 짓을 하겠느냐? 나라가 망했는데 그깟 양반가의 여인이 뭐 그리 대수냐? 네놈처럼 노비도 순사로 출세하는 세상이 아니더냐? 목숨줄 연명하기 위해 식솔들을 저버린 것이 죄라면, 어디 나를 잡아가 보아라!"

그녀의 당찬 말에 그는 비웃음을 흘렸다.

"어차피 권평중이 아비가 아니라고 하니, 편하게 말해도 되겠군. 머리에 다섯 발 그리고 심장에 다섯 발. 핏발선, 두 눈을 부릅뜨고 마지막까지 딸의 이름을 애타게…."

뒤이어 날카로운 비명이 터져 나왔다.

"그만, 닥치지 못할까! 그 더러운 입으로 그분의 존함을 함부로 올리지 말거라. 네놈 따위가 감히 부를 수 있는 분이 아니다!"

화련의 두 눈동자에는 피눈물이 차올랐다. 그것은 눈물이 아닌 피맺힌 절규였다. 사사야끼는 그녀의 곁으로 다가서서 턱을 치켜올렸다. 벗어나기 위해 애를 썼으나, 소용없었다. 그녀는 입에 모여 있던 침을 그의 얼굴에 뱉었다.

"이년이 아주 죽으려고 환장을 했구나!"

거칠게 뺨을 얻어맞은 화련은 바닥에 나뒹굴었다. 사사야끼는 그녀의 멱살을 틀어 올렸다. 그 순간,

"사사야끼, 이 노무 개새끼가!"

상복이 문을 박차고 들어섰다. 그는 틈을 놓치지 않고 달려들었다. 그러나 한 발의 총성과 함께 그 자리에 꼬꾸라졌다. 총을 맞은 종아리에서는 피가 뿜어져 나왔다. 밖

에 있던 막순이 놀라 뛰쳐들어왔다. 그리고는 피가 솟구쳐 오르는 상복의 종아리를 두 손으로 꾹 눌렀다.

"이제는 네놈의 대갈통이다."

쓰러진 그의 머리를 향해 총구멍을 조준했다. 그 사이 그녀가 상복의 곁으로 기어갔다. 사사야끼는 그런 화련의 옆구리를 꽉 밟았다. 짧은 비명과 함께 다시 나뒹굴었다.

"아주 죽기로 작정을 했군. 저놈 먼저 저승으로 보내고, 그다음에는 네년들 모조리 다 죽여주마! 그러니 잠자코 있어라."

방아쇠를 천천히 잡아당겼다. 상복의 두 볼에는 눈물이 타고 흘렀다. 죽는 것은 억울하지 않으나, 마음에 품은 여인 하나 지켜주지 못한 것이 더 아팠다. 두 눈을 질끈 감았다. 곧이어 한 발의 총성이 방안에 울렸다. 총성과 함께 핏방울이 떨어졌다.

"센, 센… 야마모토 센카이?"

사사야끼는 총에 맞은 팔뚝을 감싸며 안으로 들어선 주혁을 노려보았다. 그의 권총에서 가느다란 연기가 피어올랐다. 그 사이 총소리를 듣고 부하들이 방안으로 들이닥쳤다.

"사사야끼를 총독부로 압송해라! 내 직접 심문할 것

이다."

부하들은 주혁을 향해 예를 취하고는 그를 꽁꽁 묶었
다. 무슨 이유로 자신이 총독부로 압송을 하는 건지, 그
전에는 단 한 발자국도 움직이지 않겠다고 고함을 내질
렀다. 그러나 다친 몸으로 건장한 사내들을 이겨낼 재간
이 없었다. 모두가 밖으로 나가고, 주변이 조용해지자 주
혁이 화련의 곁으로 다가갔다.

"괜찮은 것이냐? 어디 다친 데는 없느냐?"

엉망이 된 그녀의 몰골에 그의 마음은 무너져 내렸다.
그 사이 화련은 벌떡 일어나 상복의 곁으로 다가갔다. 피
를 많이 흘린 탓에 이미 정신을 잃은 상태였다. 막순에게
이끌려 온 일꾼은 서둘러 다친 그를 업었다.

"어서 의원에게 가주세요! 돈은 필요한 만큼 준다고 하
세요."

곧이어 그녀는 막순을 쳐다보았다.

"곧 따라갈게."

그제야 막순은 앞서가는 일꾼을 따라 뛰었다. 두 사람
만이 남게 되자 그녀는 주혁을 뚫어지게 쏘아보았다.

"오라버니! 아직 왜… 떠나지 않으신 겝니까? 그리고
여긴 대체 왜, 오신 겝니까? 어찌하시려고 이러시는 겝니
까. 어찌하시려고…."

화련은 주혁을 거칠게 몰아세웠다. 지금쯤이면 일본을 거쳐 만주에 가 있어야 했다. 총독부에서 이미 그의 진짜 정체가 탄로 났다. 도망쳐도 모자랄 판국에 자신에 앞에 떡하니 있으니, 답답해 미칠 지경이었다.

"수옥이 너를 두고는 도저히 걸음이 떨어지지 않더구나. 함께 떠나자!"

어렵사리 말을 꺼낸 그의 두 눈동자에 바람이 일었다. 그녀는 주혁의 말에 어금니를 꽉 깨물었다.

"계집 하나 때문에 대의를 저버리시려 하시는 겝니까? 정녕 그것밖에 안 되는 분이셨습니까? 참으로 실망스럽습니다. 저와의 인연을 끊기 싫으시다면, 당장 떠나십시오. 아니면 지금 이 순간부터 오라버니와의 인연은 현생에도 다음 생에서도 더는 없을 것입니다!"

단호한 한마디를 끝으로 매몰차게 되돌아섰다. 그녀의 말은 곧 날카로운 비수가 되어 주혁의 가슴에 내리꽂혔다. 절망감에 고개를 숙인 그와 뒤돌아선 화련, 그들 사이에 침묵이 무겁게 내려앉았다.

"도련님! 더는 이곳에 지체 하시믄 아니 됩니다유. 지금 총독부에서 도련님을 잡아들이라는 지령이 내려왔구먼유. 어서 가셔야 혀유. 저 놈도 오래 잡아놓아서도 아니 될 것이구먼요."

갑이의 다급한 음성에도 화련은 움직이지 않았다. 주
혁은 짧은 숨을 내쉬었다.

"만주로 갈 것이다. 그곳에서 수옥이 너를 기다릴 것
이다."

그의 음성에는 물기가 촉촉하게 배어났다. 주혁은 그
녀의 어깨로 손을 얹으려 하다, 주먹을 꽉 말아쥐었다. 그
가 떠나자 참고 참았던 울음을 터져 나왔다. 하지만 화련
은 입을 꽉 틀어막았다. 혹여 자신의 울음으로 인해, 애써
돌아서는 그의 발걸음이 멈출까 봐.

10. 굳세고 강한 꽃

총독부는 윤주혁으로 인해 발칵 뒤집혔다. 윤주혁, 즉 야마모토 센카이의 정체가 유학자들을 중심으로 이루어진 비밀조직의 간부라는 사실이 밝혀졌다. 그들의 주 임무는 총독부의 총독을 비롯해 일제의 중요 인물들을 암살하는 것이다. 더욱이 그는 경시청 보안담당 형사로 지내다, 혁혁한 공적을 인정받아 총독부로 들어간 인물이라 그 충격이 더욱 컸다. 그와 평소 가깝게 지내던 이들은 남녀노소 할 것 없이 모두 잡혀가 철저한 조사와 고문을 받았다. 화련 또한 총독부로 끌려가 조사를 받아야만 했다.

"아씨!"

총독부 대문을 나서는 화련을 누군가가 불렀다.

"아씨… 괜찮으셔유?"

막순은 심하게 떨리는 그녀의 어깨를 꼭 감싸 안고는, 입고 있던 외투를 벗어 어깨 위에 얹어주었다.

"이러다 고뿔이라도 걸리겠어유. 어여 싸게유. 아씨!"

혹시라도 다칠세라 막순은 조심하며 걸음을 맞추었다. 은신처로 돌아온 그녀는 숨 돌릴 틈도 없이 다친 상복을 수레에 태웠다. 한시라도 빨리 경성에서 최대한 멀리 떠나야만했다. 사사야끼의 측근인 다나까가 행방불명이 된 그를 찾아다닌다는 소문이 장안에 쭉 퍼져있었다. 혹여 주혁이 그를 제대로 처리하지 못했다면, 경성으로 돌아와 자신뿐만 아니라 연관된 이들 모두 무사하지 못할 것이 분명했다.

최 씨의 도움으로 떠날 준비를 끝낸 화련은 막순의 두 손을 꼭 잡았다. 함께 가기를 원했으나, 막순의 생각은 달랐다. 도망을 다니는 것도 돈이 있어야 가능한 일이었다. 하여 며칠 경성에 더 머물며 그녀의 재물을 돈으로 바꿀 것이라고 전했다. 하지만 더는 위험에 빠뜨리고 싶지 않았다. 막대한 재물을 처분하는 것이 일제의 귀에 들어가게 된다면, 자칫 위험할 수도 있었다.

"최 선생님께서 주신 것만으로도 견딜 수 있으니… 나와 함께 떠나자구나!"

그 역시도 걱정하지 말고 함께 떠나라고 했지만, 막순은 고개를 내저었다.

"제가 직접 하겠구먼유. 선상님을 못 믿어버서가 아니

158

라… 선상님 또한 순사 놈들께 감시를 받고 있응께유."

그녀는 아랫입술을 살포시 깨물었다. 하긴 최근 들어 어물전 주변으로 사복을 입은 순사들이 번가지 서가며, 주시하고 있던 터였다. 화련은 그 생각이 대견하면서도 한편으로 걱정이 되었다.

"걱정허지 마시고 어여 가셔유. 이러시다 날 새우겠어유. 어서유!"

그녀는 화련의 등을 재차 떠밀었다. 두 사람은 서로를 꼭 껴안고 눈물을 훔쳤다.

"대충 정리하고 빨리 와야 하느니라. 무조건 조심 또 조심해야 한다. 알았지?"

화련의 두 눈동자는 눈물이 차고 넘쳤다. 그 모습에 막순은 대답 대신 환한 웃음을 보였다. 그들은 수레가 보이지 않을 때까지 아주 오랫동안 지켜보았다. 떠나는 두 사람의 뒤로 푸르스름한 새벽빛이 올랐다. 같은 시각, 혜화문 앞에 사사야끼가 서 있었다. 경성으로 돌아오기까지 죽을 고비를 몇 차례나 넘겼다. 그가 막 성문을 통과하자 다나까가 급히 뛰어왔다.

"고생 많으셨습니다!"

인사를 건네는 그를 향해 사사야끼는 화련에 관해 물었다. 눈빛은 분노를 넘어 살기가 서렸다.

"그 계집은 지금 어디 있느냐? 당장! 앞장서라."

다나까는 그의 분노에 잠시 머뭇거리다, 곧 말을 이었다.

"새벽에 총독부에서 나가… 지, 지금은 그 행방이 묘연합니다. 백방으로 애들을 풀어 알아보고 있으니…."

입에서 거친 욕설이 터져 나왔다. 야마모토 센카이의 정체가 그토록 찾아다녔던 '귀신'이었다는 사실에 분노가 솟구쳤다.

"센카이! 네놈이… 네놈이 귀신이었어. 이 갈기갈기 찢어 죽여도 모자랄, 개자식! 감히 네깟 것들이 나, 사사야끼를 속였단 말이지! 반드시 네놈과 그 계집년을 죽여, 내 잘근잘근 씹어 먹어 줄 것이다."

사사야끼는 다나까에게 화련과 가깝게 지낸 이들 모두 잡아들이라고 명령을 내렸다. 특히 막순이라는 계집은 반드시 살아있는 채, 잡아 오라며 몇 번이나 강조했다. 헌병대로 돌아온 그는 그제야 자신의 오른쪽 손등을 내려다보았다. 손등에는 불에 덴 자국이 흉물스럽게 남아있었다. 천천히 화상을 입은 손등을 어루만졌다. 화상을 어루만지는 사사야끼의 두 눈동자에는 며칠 전 서낭당을 집어삼키던 불꽃이 활활 타올랐다.

분노가 치받아 오르자 들고 있던 유리컵을 집어 던졌

다. 벽에 부딪힌 유리컵은 산산조각이 나서 바닥에 떨어졌다. 그래도 분이 풀리지 않는지, 책상 위 재떨이마저 집어 던지려는 그때, 누군가가 문을 열고 들어섰다.

"뭐야?"

그의 쏘아붙임에 순사는 히로시 경시정이 찾는다는 말을 전했다. 히로시 또한 사태의 심각성을 알고 이른 시각임에도 출근한 모양이었다. 사사야끼는 긴 숨을 내쉬며 히로시의 집무실로 향했다. 안으로 들어서자마자 욕설이 터져 나왔다. 그는 곧장 무릎을 꿇고 머리를 바닥에 찧으며 용서를 빌고 또 빌었다.

음력 12월로 들어섰다. 그래서 그런지 날씨는 더욱 을씨년스러웠다. 더욱이 수레 안에 누워있는 상복의 상태는 산길로 접어들면서부터 점점 나빠졌다. 수레를 끄는 이가 노인인데다 인적이 드문 산길이라 여러 가지 어려움이 따랐다. 이렇게 가다가는 그가 목숨을 잃을 수도 있는 일이었다. 하는 수 없이 가장 가까운 민가에서 도움을 받기로 했다.

그렇게 얼마나 걷고 또 걸었을까? 정오가 다 되어서야 산기슭에 있는 초가 하나가 보였다. 일단 그녀는 이곳저곳 문이란 문은 모두 열어 인기척 여부를 확인했다. 집 안과 밖의 상태이며 세간살이 모두 엉망인 것으로 보아 빈집이 틀림없었다.

품삯을 받은 노인이 되돌아가고 화련은 주변에 널려 있는 잔가지들을 주워 모아 불을 지폈다. 불이 어느 정도 피어오르자 앞 개울에서 얼음을 떼어와 물을 끓였다. 끓는 물에 가져온 보리쌀을 한 움큼을 넣어 죽을 쑤었다. 시간이 흘러감에 따라 냉골이던 방안에 훈기가 돌았다. 안으로 들어선 그녀는 상복의 곁에 앉았다. 죽은 듯, 실신해 있는 모습에 가슴 한곳이 미여 왔다.

"당신! 참 바보… 같은 사람이군요."

눈물이 볼을 타고 흘렀다. 그녀는 죽 그릇과 함께 놓여 있던 천을 따뜻한 물에 적셨다. 그리고는 상복의 얼굴을 조심스레 닦아냈다.

"화, 화… 화련씨… 지, 지발… 지를 두고 가지 마이…"

그는 두 팔을 들어 이리저리 휘저었다. 꿈속에서 마저 자신을 부르는 상복이 가여웠다. 운이 좋아 살아나더라도 평생 불구로 살게 될지도 모른다는 의원의 말에 마음은 밑도 끝도 없이 무너져 내렸다. 하지만 마냥 슬퍼할 수만은 없는 일, 우선은 살리고 봐야 했다. 가져온 보따리를 풀어 약초를 꺼내 돌에 찧었다. 잘게 부서진 약초는 의원이 일러준 대로 총상에 얹어 깨끗한 천을 덧대어 꽁꽁 싸맸다.

"꼭 이겨내셔야 합니다. 아셨지요."

간절한 마음으로 그의 곁에서 한시도 떨어지지 않고 밤낮을 간호했다. 그런 마음이 통하기라도 한 것일까. 정신을 잃은 지, 사흘이 되던 날 드디어 상복은 깊은 잠에서 깨어났다.

'여, 여거가 대체 어디고?'

그는 자리에서 일어나기 위해 몸을 뒤척였다.

"상, 상복씨!"

어둠 속에서 화련의 떨리는 목소리가 들렸다. 상복은 고통을 불사하고 겨우 자리에서 일어나 앉았다. 오직 걱정시키고 싶지 않다는 마음 하나뿐이었다. 그 순간, 화련은 그를 와락 껴안고 한참이나 울먹였다.

"다행이에요. 정말 다행이에요. 난, 나는… 상복씨가 죽는 줄 알고…."

그녀의 울음에 상복도 눈물이 차올랐다. 어깨를 가볍게 토닥이는 것으로 미안함과 고마움을 전했다. 며칠이 지나자 그는 마당에 나갈 수 있을 만큼 회복이 되었다. 차가운 공기가 폐부 가득 들어차자 그제야 살아있음이 느껴졌다. 평상에 앉은 그는 총에 맞은 종아리를 내려다보았다.

"아직 몸도 성치 않으면서 추운데 왜 여기 나와 있어요?"

마당 안으로 막 들어서던 그녀가 상복을 나무랐다. 서둘러 방 안으로 들어가서는 이불을 들고나와 그의 어깨에 덮어주었다. 하지만 상복은 다시 이불을 거두어 곁에 앉은 화련에게 건넸다.

"내는, 괘안니더. 추분데 이거 덮으이소!"

그녀의 입가에는 옅은 미소가 걸렸다.

"우리 같이 덮어요!"

화련의 말에 괜스레 얼굴이 붉어졌다. 혹여 이런 마음이 들키기로도 할까 봐, 그는 서둘러 시선을 떨구었다.

"괘, 괘… 괘안…."

말이 채 끝나기도 전에 그녀가 바짝 다가왔다. 그 순간 심장이 요동쳤다. 혹여나 이러다 터지지는 않을까 걱정이 될 만큼 심장 뛰는 소리가 크게 들렸다. 심장이 빨라지니 입술도 타들어 가고 더욱이 추운 날씨임에도 불구하고 식은땀까지 났다.

"참! 상복씨, 선물 고마워요."

먼 곳에 두었던 시선을 거두어 화련을 바라보았다. 그러자 그녀가 뭔가를 들어 보였다. 그것은 지난날, 장날에서 사 온 유리병이었다. 유리병을 이리저리 흔들었다. 눈처럼 보이는 것들이 폴 폴 날아다니며 작은 바다 위에 떨어졌다. 쓸모없다고 느꼈던 장난감이 지금 이 순간 마냥 아름답게만 보였다.

"오래전에 아비를 따라 바다에 간 적이 있지요. 끝없이 이어진 모래사장과 하얗게 부서져 내리는 파도를 하염없이 바라보았던 기억이 나요. 되돌아보면 가장 행복했던 시절이 아니었나 싶어요."

촉촉하게 물기 배어난 그녀의 목소리에 그는 구룡포 바다를 떠올렸다. 다섯 살 무렵, 어린 상복이 처음 본 바다도 그리했다. 너무나 아름답게 눈부셔서 슬펐던 기억이.

"참! 상복씨, 고향은 어디예요?"

상복의 머릿속에는 여러 가지 생각들이 뒤엉켰다. 고향이라는 말에 대해 한 번도 깊게 생각해 본 적이 없었다. 어린 시절 유일한 가족인 어미를 잃고 먼 친척의 손에 이끌려 팔려 간 곳이 바로 구룡포였다. 그 후로 보부상인 최씨를 따라나서기 전까지 구룡포를 떠나 본 적이 없었다. 그래서 그에게 있어서 구룡포는 고향이면서 마음의 안식처였다.

"바다… 구룡포 바다!"

그녀는 고개를 끄덕였다. 거친 경상도 말투가 혹 바다

사내가 아닐까, 여겼던 짐작이 들어맞는 셈이었다.

"그럴 것 같아서요. 상복씨를 보면 어느 날에는 조용한 바다가 또 어떤 날에는 거친 바다가 떠오르곤 했었는데… 생각이 맞았네요."

그녀의 말에 누가 먼저라 할 것도 없이 두 사람은 환하게 웃었다. 두 사람 모두 그간 마음 편히 웃어 본 적이 없었다. 그는 자신이 마주했던 바다에 대해 쉬지 않고 이야기를 했다. 마지막으로 바다에 사는 사람이라면 쉽게 접하는 야생화인 '해국'에 대해서도 알려주었다.

"해국? 처음 들어보는 꽃이에요."

화련의 눈동자가 반짝였다. 별을 따다 놓는다고 한들 어디 이보다 더 반짝이겠는가.

"억수로 굳세고 강인한 꽃입니더. 거칠고 짠내 나는 파도도 견딜 만큼 강합니더. 화련씨 맨지로…."

바닷가 근처에 사는 사람들에게는 가을이 오면 흔하게 볼 수 있는 꽃. 바다 주변의 초원이나 바위틈에 피어있는 보랏빛을 띠는 야생 국화였다. 잠시 어색한 침묵이 둘 사이를 비집고 들어섰다.

"화련이 아니라 수옥이예요. 수옥이…라 불러주세요! 그건 그렇고 정말 기회가 된다면 꼭 보고 싶네요. 해국!"

"보여 드리겠심더. 암만요, 나 김상복이가 참말로다 꼭 해국 보여 드리겠심더."

그의 목소리에 힘이 들어갔다. 그녀는 상복의 두 눈동자에서 수백 송이의 보랏빛 해국이 피어나는 것이 보였다. 그 어떠한 시련도 아픔도 견뎌 낸다는 해국. 그 해국처럼 독립되는 그 순간까지 포기하지 않으리라 굳게 다짐했다.

11. 인연에서 연인으로

두 사람이 경성을 빠져나간, 그날부터 명월관의 안과 밖은 일본 순사들로 진을 쳤다. 화련과 관련된 이들은 남녀노소 할 것 없이 헌병대로 불려가 강도 높은 조사를 받았다. 막순은 다음날 바로 명월관으로 갔지만, 사사야끼가 이미 명월관을 쑥대밭으로 만들어 놓은 상태였다. 혹시나 하는 마음에 그녀는 뒷간 풀숲에다 구덩이를 파고 재물을 숨겨놓았다. 문제는 그 재물들을 가져 나와야 하는데, 생각했던 것보다 일본의 감시가 심했다. 그렇다고 시간만 계속해서 흘려보낼 수는 없는 일. 시간이라는 것은 약자에게 더욱 불리한 법. 하여 날이 어두워지는 대로 담을 타 넘기로 했다.

사방이 어둠으로 내려앉자 막순은 뒷간이 있는 담벼락으로 갔다. 그녀는 손바닥에 기운을 불어넣고는 양손을 비비며 치마끈을 동여매었다. 그리고는 숨을 크게 들이마셨다. 옆에 있던 돌을 디딤돌 삼아 담에 올라섰다. 당장이라도 누군가 달려와 자신의 뒷덜미를 끌어당길 것 같은 두려움에 곧장 아래로 뛰어내렸다. 그리고는 앉은 채로 사방을 조심스레 둘러보았다. 그 순간, 검은 구두가 눈에 들어왔다.

"이년이 여기가 지 안방인 줄 아나?"

사사야끼가 히로시의 눈치를 살폈다. 그러는 사이 다나까와 순사 하나가 얼음물이 든 양동이를 막순의 얼굴에 들이부었다. 차가운 물은 정수리부터 시작해 볼을 타고 아래쪽으로 주르륵 타고 흘렀다. 한 걸음 다가선 그는 턱 밑으로 지휘봉을 집어넣어 그녀의 얼굴을 치켜들었다.

"화련, 그 계집은 지금 어디 있느냐?"

겨우 눈을 뜬 막순은 그를 향해 비웃음을 흘렸다.

"몰러. 설사 안다고 혀두 어데 내 아비를 죽인 철전지 원수 놈 헌티 말혀 줄든 싶더냐!"

그녀는 온 힘을 다해 소리를 버럭 내질렀다.

"이년이!"

사사야끼는 봉을 치켜들어 막순의 머리통을 한차례 가격했다. 그녀는 기절했다. 하지만 그것도 잠시뿐. 그는 옆에 있던 물통을 들어 기절한 막순에게 마저 들이부었다. 정신이 든 그녀의 눈동자는 텅 비어 있었다. 모진 고문은 계속되었으나 쉽사리 입을 열지 않았다. 뒤에서 잠자코 지켜보던 히로시가 앞으로 나섰다. 그리고는 순사들에게 천장에 매달 것을 명했다. 두 팔과 두 다리가 쇠사슬에 묶였다. 히로시가 기구의 손잡이를 돌리자 쇠사슬이 네 방향으로 팽팽해졌다. 그렇게 그녀는 사지를 벌린 채, 공중에 대롱대롱 매달렸다. 히로시는 옆구리에 차고 있던 장검을 꺼내 들었다. 꺼내든 검으로 막순의 옷고름을 잘라내었다. 잘려나간 저고리 사이로 뽀얀 젖무덤이 보였다. 그녀는 몸부림을 치며 울부짖었다.

"차라리 죽여, 더는 욕보이지 말고. 죽여!"

강하게 저항하면 할수록 히로시는 칼끝으로 끈이란 끈은 모두 잘라냈다. 왜놈들 앞에서 자신의 알몸을 드러내는 것은 견디기 힘든 고문이었다. 속치마가 힘없이 벗겨지고 서서히 알몸이 드러나자 잿빛이던 두 눈에서 핏발이 섰다.

"독한 년. 저년의 주둥이에 재갈을 물려라. 어서!"

그녀를 올려다보던 그가 다나까를 향해 고함을 내질렀다. 그 순간 막순의 입속에 검붉은 피가 쏟아져 내렸다. 혀를 깨문 것이었다. 돌발행동에 히로시의 입에서도 거친 욕설이 터져 나왔다. 그래도 화가 풀리지 않는지, 급기야 사사야끼의 정강이를 힘껏 걷어찼다.

상복은 날이 갈수록 회복 속도가 빨라졌다. 하지만 몸은 나아지는데 마음은 자꾸만 병들어 갔다. 언제부터인지 마음은 온통 화련, 그녀로 가득 들어찼다. 몇 번이나 이런 마음을 고백하려 했으나 좀체 용기가 나지 않았다. 이상하게 앞에만 서면 말문이 턱하고 막혀버렸다. 더욱이 그녀에게는 정인이 있었다. 자신보다 몇 배 더 훌륭한 사내. 이런 생각이 들자 울적해졌다.

그는 무슨 생각에서인지 옷단을 뜯어냈다. 뜯어낸 옷단 사이로 반짝이는 뭔가가 떨어졌다. 금반지였다. 얼굴도 모르는 어미의 유품인 반지. 구룡포로 팔려 오기 전에 이웃집 아낙이 잊어버리지 말라며 손에 꼭 쥐여 주던 것이었다. 금반지를 집어 들어 한참을 보다 말고 밖으로 나갔다.

대낮임에도 며칠 전 내린 눈으로 인해 날이 차가웠다. 눈을 치우던 그녀는 멍하니 앞을 바라보았다. 벌써 왔어도 왔어야 할 막순이가 소식이 없었다. 답답한 마음에 가만히 앉아 기다릴 수만은 없었다. 눈이 녹는 대로 경성으로 되돌아갈 작정이었다.

상복은 그녀의 뒷모습에 반가워 한 달음 뛰어갔다. 그러나 두어 걸음을 남겨놓고는 멈춰 섰다. 화련의 긴 한숨소리와 울먹임에 더는 다가설 수가 없었다. 그녀의 고뇌와 마주하는 순간 부끄러움에 몸 둘 바를 몰랐다. 나라의 존폐가 코앞에 닥친 이 마당에 연모한다는 고백이 가당키나 한 일인가. 한낱 개인적인 감정에 가둬두어서는 절대로 안 되는 여인. 그녀가 바로 화련이었다. 그의 생각이 이곳까지 미치자 다시 발걸음을 돌렸다. 방으로 돌아온 그는 봇짐 속 연필을 꺼내 침을 묻혀가며 편지를 써 내려갔다. 다 쓴 편지를 고이 접어 바닥에 놔두고 봇짐을 짊어졌다. 그리고는 방문을 열고 조심스레 주위를 살피다 조용히 뒤쪽 산 위로 올라갔다. 한참 힘들여 언덕을 올라 산 아래를 내다보았다.

멀리 그녀의 뒷모습이 보였다. 혼자 두고 가는 것이 마음이 쓰였으나, 상복에게는 선택의 여지가 없었다. 그녀가 막순의 소식을 듣기 위해 경성으로 되돌아간다면 어찌 될지 모를 일이었다. 차라리 누군가가 죽어야 한다면 그것은 당연히 자신의 몫이었다. 연모하는 여인을 위해 해 줄 수 있는 일이 있다는 것만으로도 진심으로 행복했다. 한동안 아래를 물끄러미 보던 그는 봇짐을 단단히 둘러멨다. 불편한 다리로 눈길을 헤쳐 가며 쉬지 않고 꼬박 걸어도 하루 반나절이나 걸리는 먼 길이었다.

"무탈하게 잘 지내이소. 막순씨는 지가 목심 내놓고라

도 반드시 데려오겠심더.”

마지막 인사를 끝으로 상복은 산길을 따라 걸었다. 그
가 떠난 것을 알 리 없는 그녀는 마지막 양식을 꺼내 밥
을 지었다. 그의 건강도 점점 나아지고 있으니, 곧 경성으
로 돌아가 막순을 찾아봐야만 했다. 무엇보다 상복과 함
께 있는 내내 자꾸만 신경이 쓰였다. 처음에는 그저 일찍
세상을 떠난 남동생이 그리워 그런 것이라 여겼다. 하지
만 어느새 그녀의 마음에 그라는 사내가 깊게 들어와 있
었다. 더는 그 누구도 내어주지 않을 것이라 버티고 버렸
던 마음이었다.

‘내가 지금 무슨 생각을….’

다 된 죽을 적당히 그릇에 나누어 방 안으로 들어갔다.
상복은 없었다. 방 한가운데 편지 한 통만이 덩그러니 있
을 뿐. 화련은 서둘러 편지를 집어 들었다. 그 순간 뭔가
가 바닥에 떨어졌다. 금반지였다. 금반지를 주워든 그녀
가 편지를 펼쳤다. 읽는 내내 손끝이 떨렸다. 경성으로 돌
아가 막순을 데려오겠다는 말과 자신을 향한 애끊는 연
정이었다.

“상복씨!”

그녀는 그 어떠한 망설임도 없이 밖으로 뛰쳐나갔다.
향월각에서 처음 마주쳤던 그 순간부터 어쩌면 그 사내

해국 海菊　　**173**

를 마음에 품었던 것일지도. 누군가에게 마음을 드러낸 다는 것은 곧 죽음이라 생각하고 살았던 세월이 주마등 처럼 스쳐 지났다. 처음이자 마지막으로 마음이 시키는 대로 해보고 싶었다.

앞을 향해 걷던 상복이 잠시 걸음을 멈췄다. 아직 상처 가 아물지 않은 탓에 종아리가 찢겨나가는 것만 같았다. 긴 숨을 여러 차례 나눠 뱉었다. 때마침 불어오는 바람에 온몸에 흐르던 땀이 차갑게 식었다. 굶주린 배도 채우고 버썩 마른 입술도 훔칠 겸, 눈을 한 움큼 집어 들어 입속 으로 넣었다. 차가움이 목구멍을 지나 뱃속 아래로 스며 들자 정신이 또렷해졌다. 어느 정도 시간이 지나자 풀려 있었던 두 다리에도 조금씩 힘이 돌았다.

그렇게 얼마를 헤매고 내려왔을까? 저만큼 어슴푸레 하게 형체 하나가 눈에 들어왔다. 그것은 봄철 땅꾼들이 몸을 잠시 뉠 수 있는 작은 움막이었다. 그는 그곳에서 하 룻밤을 지새우기로 했다.

"상, 상… 상복씨!"

제자리에 멈췄다. 처음에는 바람 소리인가 했었는데, 분명 화련의 목소리였다. 설마 하는 마음에 뒤를 돌아보 았다. 그곳에는 그녀가 서 있었다.

"여, 여거는 어캐 찾았… 수옥씨!"

그녀는 몇 걸음 내딛는 듯하다, 그만 꼬꾸라졌다.

"정신 좀 차려 보이소. 정신 좀 차려 보이소."

상복은 쓰러진 화련을 반쯤 일으켜 세웠다. 몸이 얼음장보다 더 차가웠다. 그녀의 입술은 추위에 퍼렇게 변해 갔다. 뻣뻣하게 굳어 버린 화련의 다리를 주물렀다. 그리고는 서둘러 그녀를 안아 올려 움막으로 갔다. 움막 안으로 들어선, 상복은 자신의 웃옷을 벗어 화련의 몸을 덮었다. 그리고는 잔가지들을 주워 불을 피우고 눈을 녹여 물을 데웠다. 훈훈한 온기가 돌자 젖은 그녀의 옷가지들을 대충 벗겨내고 따뜻한 물로 닦아냈다. 그러나 한 번 떨어진 체온은 쉽사리 되돌아올 기미가 없었다.

"지송하니더. 잠시만 지가 좀 실례를 범허겠습니더."

그는 말을 건네는가 싶더니 곧 웃옷을 벗었다. 맨살에서는 허연 김이 피어올랐다. 곁에 누운 상복이 그녀를 꼭 껴안았다. 그녀의 찬 기운이 뼛속으로 스며들었다. 고단함과 힘듦 그리고 아픔까지 고스란히 전해지자 심장 끝이 아렸다. 곧 입술 조금씩 제 빛깔이 찾아들고 거칠었던 호흡은 평온해졌다.

"상, 상복씨! 여기가 어딘가…?"

그는 깨어난 화련의 곁에 앉아 이마에 손을 올렸다.

"인자 괘안심더. 우째 사람이 그리 겁이 없는교? 그카다가 큰일이라도 나믄 우짤라고 카는교! 두 번 다시는 이리 무모한 짓 하지 마이소."

상복의 잔소리에 그녀는 그제야 참았던 눈물이 핑 돌았다. 갑작스러운 눈물에 당황한 그는 뒤통수를 긁적였다.

"아, 아! 그기 아이고. 기냥 걱정이 되가꼬…."

화련은 그를 와락 껴안았다. 그렇게 한동안 품에 안겨 아이처럼 울었다.

"당신 마음을 내게 고스란히 놔두시고, 어찌 내 마음은 하나도 가져가지 않으셨나요?"

그녀의 눈동자가 덧없이 맑게 빛났다. 그 아름다운 눈과 마주치자 상복의 눈동자에도 옅은 빛이 돌았다. 화련이 던진 물음은 물음이 아닌 고백이었다. 두 사람의 마음이 하나가 되는 순간, 누가 먼저라 할 것도 없이 서로의 입술을 찾았다. 아주 기나긴 입맞춤이었다. 이 밤이 끝나지 않았으면 하는 바람마저 들었다. 숱한 감정들의 소용돌이 속에서 두 사람은 결국 하나가 되었다. 인연에서 연인으로.

행복한 순간은 기나긴 기다림에 비해 찰나라고 했던가. 어떤 불길한 생각에 눈을 번쩍 뜬 상복은 주변을 둘러보았다. 아무도 없었다. 마치 애초부터 없었던 것처럼 그녀가 사라졌다. 서둘러 밖으로 나서기 위해 머리맡에 놔두었던 외투를 집어 들었다. 그 순간, 뭔가가 바닥으로 떨어졌다. 그것은 그가 화련에게 건넨 금반지였다. 금반지 위로 눈물 한 방울이 떨어졌다. 가당치 않은 여인이라 여겼지만, 그래도 단 한 번 정도는 평범한 부부처럼 살고 싶었다. 때가 되면 함께 마주 보고 앉아 이야기를 나누고, 서로를 닮은 아이들의 재잘거림에 웃기도 하고, 밤이 찾아오면 서로를 보듬으며 함께 잠이 드는 그런 평범한 부부.

"우째 이처리 모질고 잔인한단 말인교? 그카믄 마음이라도 주지 말던가. 사람을 이리도 쥐어흔들어 놓고…"

목이 메어왔다. 그는 화련이 누워있었던 자리를 고이 쓰다듬었다. 눈물이 심장에 차오르자 숨이 쉬어지지 않았다.

12. 독살

　상복은 다리가 잘려나가는 고통을 견디며 이른 새벽이 되어서야 경성에 도착했다. 그는 곧장 최 씨가 있는 〈어물전〉으로 향했다. 어물전은 이미 쑥대밭이 되어 엉망진창이었다. 뒤죽박죽되어 버린 어물전 안으로 들어섰다. 천장과 벽면의 일부가 거슬린 것으로 보아 불까지 지른 모양이었다.

　"이 쪽바리 새끼들!"

　그는 안쪽 물건들을 치우고 마룻바닥을 뜯어냈다. 그러자 계단이 모습을 드러냈다. 그곳은 비밀 공간으로 독립운동가들의 자금 및 밖으로 알려져서는 안 되는 서류가 있었다. 불길한 예감은 어김없이 들어맞는 법. 비밀 공간은 텅텅 비어 있었다. 불현듯 최 씨의 생사가 걱정되었다. 곧 장이 열리면 수소문을 해볼 작정이었다. 분명 최 씨의 생사를 알고 있는 상인이 있으리라, 그는 굳게 믿었다.

상복이 막 골목 어귀를 들어서 두어 걸음 내딛는 그때, 방아쇠를 당기는 둔탁한 소리가 들렸다. 그는 어금니를 깨물며 두 손을 머리에 올렸다. 그러자 사복 순사는 한 손으로 그의 몸을 더듬었다. 수색이 대충 끝나자 포승줄로 결박했다. 결박을 당한 채 골목 밖으로 막 나서자마자, 쇠방망이 하나가 바람을 가르며 순사의 정수리를 가격했다. 쇠 방망이를 든 서너 명의 사내들이 어디선가 나타나 쓰러진 순사를 사정없이 짓밟고 두들겨 팼다.

"나가 때맞춰 잘 왔당께. 괘안은 것이여? 워데 다친 데는 없당가?"

결박이 풀리자마자 상복은 되돌아섰다.

"행님! 다행이니더. 참말로 다행이니더."

무사한 최 씨의 모습에 그의 두 눈가가 촉촉해졌다. 상복의 어깨를 가볍게 치는가 싶더니, 곧 뒤로 돌아 목소리를 높였다.

"곧 왜놈들이 들이닥칠 것인께. 고마 철수 하더라고. 각자 흩어져서 만나더라고."

앞서가는 그는 상복에게 따라오라며 눈짓을 보냈다. 조금 전까지 새벽빛으로 어두웠던 하늘이 벌겋게 물들어 갔다. 날이 밝아오자 상인들이 속속들이 시장으로 모여들었다.

최 씨를 따라 무사히 비밀 장소에 도착하자 그는 그제야 참았던 숨을 길게 내뿜었다. 그러자 허연 입김이 몽글몽글 피어올랐다.

"총알 맞은 자리는 워쩨 개안은가?"

그는 그제야 자신의 종아리를 쳐다보았다. 하얀 붕대 위에 핏자국이 묻어나 있었다.

"어데, 좀 보더라고."

최 씨는 담뱃잎을 들고는 자리에 앉았다. 상복의 상처는 이미 곪을 대로 곪아 썩어 문드러져 있었다. 상처를 살피던 그는 분노와 짠함이 번갈아 가며 치받아 올랐다. 사방에 순사들이 깔려있어 의원에게 가는 것조차 허락되지 않는 현실이 그저 안타까울 뿐이었다. 걱정스레 자신을 바라보는 그를 향해 상복은 활짝 웃었다.

"괘안니더!"

최 씨는 잘게 짓이긴 담뱃잎을 그의 종아리에다 정성스레 붙였다.

"시방 개안키는 뭐가 개안탄가. 이런 시부렁…."

욕설이 튀어나오려는 것을 그는 겨우 참았다. 험한 말을 더는 하고 싶지 않았다. 대신 깊은 한숨만 계속해서 토해냈다. 젊은 친구가 다리가 불편한 채로 살아가야 한다는 사실이 마음을 아프게 했다.

"행님! 대체 우예다가 어물전이 저리도 박살이 났단 말인교?"

"동상이 떠나고 나서, 뭔 놈의 냄새를 맡았는가, 쪽바리 새끼들이 닥쳤당께. 그케도 나가 돌아가는 낌새가 허도 이상혀서 중한 것들은 요로코롬 대충 다른 곳으로 숨겨 놓았응께. 참말로 다행이지. 그카고 요것을 받으랑께."

그는 편지가 든 누런 봉투를 건넸다.

"잠시 나갔다 올 텐께. 쪼까 쉬더라고."

잠시 내다보는가 싶더니 최 씨는 이내 밖으로 나갔다. 편지를 읽어 내려가던 상복의 눈동자가 심하게 흔들렸다. 내용인즉슨, 막순이와 함께 만주로 떠날 것이니, 찾지 말라는 내용이었다.

"어, 어, 어케… 이리도 모질고도 모진 사람이었단 말인교."

편지에 얼굴을 파묻었다. 소리 내어 울고 싶었지만, 목이 막혀 눈물도 올라오지 않았다. 하긴 제 한 몸 지켜내지 못하는 사내보다 만주에 있는 정인의 옆에서 지내는 것이 더 안전할지도 모를 일이었다.

"잘된 일이다. 참말로 잘됐다 카이. 근데 와이리도 내 마음은 아픈기고!"

잘된 일이라 수십 번도 더 자신을 다독였지만, 마음은

아프고 슬펐다. 아직도 그녀의 온기가 구석구석에 남아 있음이 느껴졌다.

"동상 한잔 헐랑가?"

눈물을 쓸어내리는 상복을 향해 최 씨가 대접을 내밀었다. 어디에서 구해왔는지 대접에는 시큼한 막걸리가 담겨 있었다. 아픈 속을 다스리기에는 이만한 약도 없는 법. 그는 최 씨가 내미는 대접을 받아 들이켰다.

"수… 아, 아니. 화련씨 얼굴은 좀 괘안았심니꺼? 은제 떠났심니꺼? 그카고 막순씨도 참말로 같이 떠났심니꺼? 막순씨는 잡히갔다 카던데, 우예 나왔심니꺼?"

술이 한 잔 들어가자 그의 질문은 끊임없이 이어졌다.

"하나씩 물어 보더랑께. 그카다 숨 넘어간당께. 막순이는 잽혀 갔다 시방 금세 나와 부렸어야. 그카고 둘은 만주에서 온 동지들캉 새벽 기차로 경성을 떠났응께. 허니 더는 걱정허덜 말고 어여 몸이나 추스리랑께. 알아 들었당가?"

막순이도 무사하다는 최 씨의 말에 상복은 한시름 놓였다. 한동안 들고 있던 대접을 물끄러미 내려다보았다. 대접 안은 어느새 화련의 얼굴로 가득 들어찼다.

'어데서든 꼭 행복허게 지내이소! 지는 그거믄 충분하니더.'

그는 막걸리를 쭉 들이켰다. 최 씨의 눈빛에는 안타깝고 애잔함과 그 어떤 비밀스러움이 들어가 있었다.

"행님! 지는 내일 날이 밝는 대로 경성을 떠나겠심더."

그녀가 없는 경성에서는 단 일 분 일 초도 머물고 싶지 않았다. 더욱이 불편한 몸으로 도움이 되기는커녕 되려 피해가 될 게 뻔했다.

"워째, 그런 소릴 한당가? 그 몸뚱이를 혀서 워데 간단 말이여. 갈 때 가더라도 다리는 낫고 가더라고."

"이깟 상처는 며칠 푹 자고 일어나믄 낫는디더. 행님은 내 걱정 더는 하지마소. 그간 이 못난 놈을 친동상처럼 잘 보살펴 주셔가 참말로 감사하니더. 이 은혜는 두고두고 갚을 테니깐, 오래 사시소!"

상복은 주전자를 들어 그의 대접에다 막걸리 부었다.

"거… 거, 거… 참! 긍께 그것이 말…."

술을 받아 던 최 씨가 뭔가를 말하려다, 이내 입을 다물었다. 그렇게 애타는 마음을 잠재울 요량으로 막걸리를 들이켰다.

"쯧! 그랴, 나가 뜯어 말린다고 듣지도 않을 것인께. 헌디 어데 갈 곳은 있당가?"

최 씨의 입에서는 적당히 삭은 막걸리 냄새가 올라왔다. 그를 잡고 싶었지만, 붙잡을 수 있는 명분이 없었다.

기다림의 시간보다 헤어짐의 시간은 더욱 짧은 법. 금세 밤이 오는가 싶더니, 어느새 동이 텄다. 자리에서 일어난 상복은 봇짐을 챙겼다.

"행님! 그간 감사 하니더. 항상 건강 조심하이소. 반드시 살아서 다시 만나시더."

문밖으로 나간 그는 바닥에 엎드려 절을 했다. 딱히 정해놓은 곳은 없지만, 천안에 들러 이창섭을 만나고 구룡포로 내려갈 참이었다. 시퍼랬던 하늘이 벌겋게 달아오를 때 즈음, 혜화문을 빠져나와 산길로 접어들어 들었다. 부지런히 걸어도 닷새 이상이 걸리는 먼 길이었다. 불편한 몸으로 가야 하는 길이니만큼 더욱 단단히 준비했다. 추운 날씨와 험한 길 탓에 인적마저도 뜸했다. 간간이 들려오는 산짐승의 울음소리만 가득 들어찼다. 산 중턱쯤 오르자 아침이었던 태양은 어느새 정수리를 조금 넘어 있었다.

"어이! 어이! 보더라고."

목이 터지라고 누군가가 상복을 불러댔다. 최 씨였다.

"행, 행님?"

그의 입술에서는 거친 숨소리와 함께 입김이 연신 터져 나왔다.

"오메. 나 죽네, 죽어!"

최 씨는 결국 바닥에 철퍼덕 주저앉았다. 그리고는 몇 차례나 더 휘파람을 불어대며 거친 숨을 내뱉었다.

"우째 고로코롬 걸음이 빠르당가! 놓치는 줄 알았당께."

"뭔 일이라도 생겼는교?"

상복은 그를 내려다보며 물었다.

"긍께. 그, 그것이 말이여. 임금님꺼서… 임금님꺼서 새벽에 승하 허셨다는 비보가…."

그는 말을 채 마무리도 못하고 울분을 터트렸다.

"궁녀들이 가져온 식혜를 드시고 곧장 쓰러지셨다고 허더만."

이 말이 사실이라면 황제는 일제에 의해 독살을 당했다는 뜻이었다. 이건 도저히 용서할 수 없었다. 한나라를 침략한 것도 모자라 황비에 이어 황제까지 시해하다니, 있을 수 없는 일이 일어났다. 상복은 다시 걸음을 되돌렸다.

"동상! 가치 가잖께."

절뚝이며 앞서 걷는 그의 뒤를 최 씨가 바짝 따랐다. 쉬지 않고 달려온 탓에 그들의 얼굴은 피곤하다 못해 초췌했다. 경성은 말 그대로 혼란 그 자체였다. 출처를 알 수 없는 벽보들이 곳곳에 붙어 나부꼈다. 벽보의 내용은 하나같이 황제의 독살 이야기뿐. 벽보를 뚫어지게 쏘아보던 상복이 두 주먹을 불끈 거머쥐었다.

"고마 자리를 떠나야 될 듯 싶당께."

최 씨는 뒤를 보라며 곁눈질을 보냈다. 그곳에는 장검을 든 순사들이 벽보를 떼는 것은 물론, 삼삼오오 모여 있던 이들을 향해 폭력을 행사했다. 하는 수 없이 그를 따라 새벽빛 속으로 숨어들었다.

연일 비밀리에 포고문과 호외가 나돌았다. 심지어 식혜를 황제에게 올렸던 두 궁녀마저 주검으로 발견되자, 백성들의 분노는 하늘을 찔렀다. 경성으로 다시 돌아온 상복은 성치 않은 몸으로 독립운동가들의 자질구레한 심부름을 도맡았다. 그러던 차에 일본에서 유학 중인 학생들이 조선의 독립을 요구하는 〈2·8 독립 선언〉을 발표했다. 이를 계기로 독립운동가들의 독립에 대한 의지가 더욱 고조되었다.

하여 포고문을 만든 손병희를 중심으로 서른세 명의 민족대표를 뽑았다. 모든 이의 염원은 결국 일본 동경에 있던 유학생인 송계백이 독립 선언서를 모자에 숨겨 오면서부터 활활 타오르기 시작했다. 독립 선언서를 기초로 하여 육당 최남선에 의해 새로운 독립 선언서가 완성되었다. 완성된 선언서는 곧장 윤전기(인쇄기)가 있는 〈보성사〉 사장 이종일에게 넘겨졌다. 그렇게 독립 선언서는 일제의 눈을 피해 족보로 만들어 위장하는 등, 암암리에 인쇄되었다.

모든 것이 순조롭게 계획되던 어느 날, 종로경찰서 고등계 형사 신철이 보성사를 급습, 한창 인쇄 중인 독립 선언서를 들켰다. 이종일은 며칠만 눈감아 주는 조건으로 손병희에게 건네받은 거금을 신철에게 건넸다. 우여곡절 끝에 인쇄된 독립 선언서는 이종일과 보성사의 직원들에 의해 옮겨졌다. 족보 아래쪽에 독립 선언서를 숨겨 배포할 장소인 〈경운동〉으로 이동했다. 그러나 경운동으로 가는 길 역시도 순탄치 않았다.

어둠이 짙게 내려앉은 시각, 앞을 지나가던 수레를 이상하게 여긴 순사가 그들을 불러 세웠다. 순사들은 족보라는 그들의 말은 안중에 없고, 수레 안을 꼼꼼하게 뒤졌다. 족보 아래쪽에 있던 독립 선언서의 글씨가 보이려던 절체절명의 순간. 다행히 수레를 비추고 있던 가로등이 정전이 되고 만 것이었다. 그렇게 독립 선언서를 실은 수레는 무사히 목적지까지 갈 수 있었다. 목적지에 도착한 기미독립선언서는 이종일의 손녀인 이장옥을 통해 배포됐다. 노란 종이는 3천 장, 빨간 종이는 2천 장 그리고 연녹색은 천 장씩. 그렇게 색깔 띠를 가져 온 독립운동가들의 손을 거쳐 조선 팔도로 퍼져 나갔다. 검문

검색이 심한 곳은 주로 여학생들이 선언서를 받아 나르는 일을 했다.

　결전의 날인 1919년 3월 1일 오후 무렵 민족대표 33인은 〈태화관〉에 속속 모였다. 그들은 인명피해가 날 것을 염려해 대규모 시위 대신 요릿집에 모여 독립선언식을 거행하였다. 또한, 총독부에 자신들의 일을 미리 알렸다. 그러나 원래 집결 장소인 파고다 공원(탑골 공원)에 이미 많은 백성이 빼곡히 모여 있었다. 공원에 모인 민중들은 약속한 시각이 지나도 아무 일도 일어나지 않자, 이곳저곳에서 웅성거렸다. 상복 또한 최 씨와 함께 이른 시간부터 공원에 나와 있었다.

　"워째? 긍께 요로코롬 조용하당가? 선상님들꺼서는 우째 한 분도 안 보이신당가? 이것이 다 뭐시단 말이여. 누가 속 좀 시원허게 말혀 보랑께."

　그가 목청을 한껏 드높였다. 그때였다. 남학생 하나가 급히 공원 안으로 뛰어들어 군중들을 향해 고함을 내질렀다.

　"태화관에서 독립 선언서를 낭독하던 민족 대표단 모두 총독부로 연행되었다고 합니다."

남학생의 말 한마디에 이곳저곳에서 탄식이 터졌다. 그렇지 않아도 눈이 빠지게 기다렸던 참이었는데, 연행되었다니. 갑작스러운 소식에 공원에 모여 있던 민중들은 넋이 나갔다.

혼란이 극에 달하자 청년 하나가 팔각정 단상 위로 뛰어올랐다. 그는 품속에서 뭔가를 끄집어냈다. 그리고는 그것을 또박또박 읽어 내려갔다. 바로 독립선언문이었다. 시끄럽던 공원은 일순간 정적이 흘렀다. 상복 또한 그 청년의 말 한마디라도 놓칠세라 온 신경을 끌어모았다. 선언서의 내용이 후반부로 가까워질수록 너나 할 것 없이 피가 끓어올랐다. 독립 선언서를 모두 낭독한 청년은 고개를 들어 공원을 찬찬히 둘러보았다.

"나의 이름은 정·재·용입니다. 나는 조선의 아들입니다. 하여 나는 목청껏 외칩니다."

정재용은 태극기 꺼내 들어 높이 치켜들었다.

"대한 독립 만세! 대한 독립 만세! 대한 독립 만세!"

공원에 모여 있던 수천 만의 민중들 모두 각자가 준비해온 태극기를 꺼내 높이 들어 〈대한 독립 만세!〉를 외쳐댔다. 태극기는 거대한 역사의 파도가 되어 하늘을 뒤덮었다. 상복 역시도 태극기를 치켜들고 있는 힘껏 소리를 내질렀다. 소리를 지르면 지를수록 뜨거운 그 어떤 것들이 꿈틀거리며 올라왔다. 곁에 있던 최 씨는 복받쳐 올라오는 눈물을 훔쳐내느라 여념이 없었다.

그 우렁찬 만세 소리는 도성 안으로 점점 퍼져 나갔다. 그 덕분에 밖에 있던 백성들과 지방에서 올라온 사람들 모두 그들과 함께하기 위해 속속 모여들었다. 그렇지 않아도 삼 일 뒤에 있을 황제의 장례식에 참석하고자 전국에서 모여든 이들이 많았던 터였다. 이들 중 대다수가 독립운동에 동참하였다. 공원 밖으로 나선 수천의 백성들은 각자 손에 든 태극기를 흔들며 몇 갈래로 흩어져 행진을 시작했다. 행진은 마치 거대한 자석이라도 된 마냥, 더 많은 사람을 끌어모았다. 심지어 두 손을 치켜들어 독립 만세를 외치는 일본인들까지 있었다.

공사관 영사관 할 것 없이 모두 문을 열어 조선의 백성들을 환영했다. 늦은 오후가 되자 도성 밖으로까지 만세운동은 들불처럼 일어났다. 이에 당황한 총독부는 모을 수 있는 모든 병력을 모아 수백만에 달하는 민중들을 해산시키기에 진땀을 뺐다. 그러나 총과 칼을 들이댔지만, 백성들은 한 발자국도 물러서지 않았다.

"쪽바리 새끼들 똥줄 빠지는 꼬라지 쪼까 보더랑께! 으하하하."

만세를 목 터지라 부르던 최 씨가 당황해하는 순사를

190

향해 크게 비웃었다. 그러자 곁에 있던 사람들도 덩달아 웃어댔다. 가뭄에 단비가 내리듯, 만세운동의 열기는 쉽게 가라앉지 않았다.

13. 살아갈 의미

굳게 닫힌 철문 앞에 서너 명의 사람들이 서성였다. 그
들 모두 누군가를 눈 빠지게 기다리는 모양새였다. 최 씨
도 조금 전부터 뚫어지라 철문을 노려보고 있었다. 답답
한 마음을 좀 더 진정시켜 볼 요량으로 담뱃잎을 꾹꾹 눌
러 한지에 말았다. 한 차례씩 철문이 열릴 때마다 모인 사
람의 시선은 같은 곳으로 향했다.

헌병들이 들것에 실은 것을 바닥에 내팽개쳤다. 하나
같이 모진 고문으로 성한 곳이 없는 사람들이었다. 그야
말로 숨만 겨우 붙여서 보낸 셈이었다. 더러 숨이 끊긴 채
로 실려 나오는 이들도 몇몇 보였다. 그럴 때마다 식솔들
의 울음소리는 하늘을 찔렀다.

"시방! 호로 잡노무 새끼들…."

그 참혹한 광경에 그의 눈시울도 붉게 물들었다. 얼마
의 시간이 흘렀을까? 불을 붙인 담배가 거의 다 타들어
갈 무렵, 또 한 번의 철문이 열렸다. 최 씨는 들고 있던 담

배를 서둘러 끄고 철문 가까이 서서 바닥에 널브러져 있는 이들의 얼굴을 일일이 확인을 했다.

"동, 동… 동상! 눈 쪼까 떠보더라고."

얼굴이 부을 때로 부어 제대로 알아볼 수는 없었으나, 분명 상복이었다. 최 씨의 두 눈에 눈물이 차올랐다. 정신을 차리지 못한 그는 죽은 듯이 축 늘어져 있었다. 그날의 만세운동은 두어 달이 넘는 동안 사그라지지 않고 계속되었다. 도성을 지나 조선 팔도로 국내를 지나 세계 각국으로 조선인이 있는 곳이라면 어디든 독립운동은 이어졌다. 그들 중에는 잡혀가는 이도 부지기수요, 고문으로 죽어 나가는 이들도 수천이 넘었다. 총독부에서는 다섯 이상이 모여 있으면 사살해도 된다는 명령을 내리는 바람에 희생이 더욱 컸다. 상복은 만세운동 후에도 매일같이 집회현장에 나가 있다가 헌병대에게 붙잡혔다. 그나마 다행인 것은 사사야끼를 마주치지 않았다는 사실이었다. 만에 하나 마주쳤더라면 죽음을 면치 못했을 터였다.

최 씨의 도움으로 안전한 곳으로 옮겨진 그는 꽤 오랫동안 깨어나지 못했다. 한마디로 산송장이나 다름없었다. 그런데도 아름다운 꿈을 꾸는 듯 평온한 얼굴이었다. 막순은 요 며칠 상복의 곁에 머물며, 그간 그에게 향했던 마음이 연민이 아닌 연모라는 것을 깨달았다. 화련을 향한 마음을 알고 난 후, 그녀는 상복을 향했던 마음을 내려놓았다. 좋아해서 안 될 사람이라고 여러 번 자신을 달래도 봤지만, 그게 어디 사람 마음대로 되는 일이던가.

"흠. 흠. 그카다 깨기라도 허믄 워짤라고 그리 있당가?"

그녀는 최 씨의 말에 조용히 자리에서 일어났다. 하긴 그의 말처럼 깨어나 자신과 마주친다면 풀어내야 할 말들이 너무 많았다. 막순은 가볍게 인사를 건네고는 자리를 떠났다. 그날 밤, 상복은 긴 잠에서 깨어났다.

퉁퉁 부었던 얼굴에 붓기가 가라앉고, 피범벅이던 상처에 딱지가 생기고 군데군데 새살이 돋아났다. 시간이 가면 갈수록 더 많은 백성이 투옥되고 죽음으로 독립의 의지를 불태웠다. 그는 답답한 마음에 밤거리에 나섰다. 허기도 달랠 겸 주막에 들러 국밥을 시켰다. 주막에 모인 사람들 모두 목소리를 낮추어 조선 팔도에서 일어나고 있는 일에 대해 논하며 제각기 한탄을 쏟아냈다.

"수원에서 올라온 기녀들이 참 대단하이!"

술기운이 오른 사내가 목에 힘을 주며 말했다. 그러자 건너편 사내가 맞장구를 쳤다.

"암! 그렇고말고. 사내인 우리덜도 못 하는 일을…."

상복은 그렇게 뒤쪽에 앉은 그들의 이야기를 엿듣게 되었다. 그들이 말하는 대단한 여인들은 수원 예기 조합의 기녀들이었다. 그녀들은 건강검진의 받기 위해 경성으로 올라왔다. 그리고는 건강검진이 있을 〈자혜의원〉 앞에서 태극기를 꺼내 들고 〈대한 독립 만세!〉를 외쳤다고 한다. 이날의 만세운동을 앞장선 이는 갓 스무 살이 지난 김향화라고 했다. 이 일로 그녀는 현장에서 체포되었다. 가냘프고 여린 여인이 어디서 그런 대장부와도 같은 힘이 나왔을까. 그는 김향화의 모습에서 문득 화련의 얼굴이 떠올랐다. 지금쯤 만주에서 만세운동을 하고 있을 그녀. 마냥 그립고 보고 싶었다.

"그런데 함께 잡혀갔던 몇몇 기녀들이 풀려나잖애. 헌디 그곳에서 명월관의 그 기녀 있잖애. 왜? 화, 화… 그 예쁘장한…."

사내는 기억이 잘 나지 않는지 미간을 찌푸렸다. 그러자 반대편에 취기가 오른 사내가 숟가락으로 술상을 가볍게 쳤다.

"화, 화련이라는 기녀 아니여?"

그의 말에 사내는 저도 모르게 손뼉을 쳤다.

"그려, 화련! 화련이 맞네. 맞어. 아따, 어째 그리 기억이 안 나는지 그 기녀가 결국 감옥에서 죽었다 하더만, 근데 그놈 있잖애 들개…."

사내는 말을 마저 잇기는커녕 되레 비명을 내질렀다.

"방금 뭐라캤는교?"

상복은 쥐어튼 사내의 멱살을 더욱 거세게 쥐어틀었다. 맞은 편 취기가 오른 사내는 기겁을 하며 자리에서 벌떡 일어섰다.

"젊은 친구가 왜 이러나. 이것 좀 놓고 말을 하세나! 이러다 애먼 사람 잡겠어."

간곡한 만류에도 쉬이 멱살을 풀 생각을 하지 않았다. 결국은 주변에 있던 서너 명의 사람들이 달라붙어 그를 떼어놓았다. 주변이 정리되자 사내들은 화련에 관한 이야기를 자세히 했다. 더욱이 그녀가 사사야끼에게 모진 고문을 당하다 목숨을 잃었다는 말에서는 정신이 아득해졌다.

"저, 저… 젊은이 괜찮나!"

사내의 걱정스러움 대신 수천 마리의 벌떼들의 날갯짓 소리만 웅 웅 들릴 뿐.

'암! 그럴 리가 없다카이. 지금쯤 만주에 있어야 할 사람이 죽었다꼬? 말도 안 된다카이.'

실성한 듯 거리를 걷던 상복의 뇌리에 최 씨가 떠올랐다. 그가 건넨 화련의 편지. 그 편지를 건넸다는 것은 분명 뭔가를 알고 있다는 뜻과도 같았다. 생각이 이곳까지 미치자 미친 듯 달렸다. 숨이 턱 밑까지 치고 올랐으나,

달리는 것을 멈추지 않았다.

"행님! 행님 어디 있는교? 나와 보소. 퍼득 나와 보라카이!

상복은 성난 목소리로 최 씨를 찾았다.

"워째, 그런 당가? 뭔 일이라도….."

그는 최 씨의 멱살을 잡았다.

"아니다고… 네 놈이 뭔가 잘못 알았다고… 말 쫌 해주소. 지발 그리 말 쫌 해주이소!"

힘이 풀려 버린 그는 참고 있던 울음을 결국 토해냈다. 최 씨는 아이처럼 흐느끼는 상복의 등을 토닥였다.

"아씨꺼서 동상을 참말로 많이도 좋아혔던 모양이여. 자신은 잽혀가도 캐낼 것이 많아서 쉬이 죽이지 않겄지만, 동상은 잽혀가면 목숨을 잃는다 혔지. 고라고 시방 자진혀서 사사야끼를 찾아갔응께. 나가 동상헌티 미리 말 허지 못혔어, 참으로 미안허게 되얏구먼! 아씨꺼서 허도 신신당부를 혀가꼬 말이여."

무너졌던 가슴이 또 무너져 내렸다.

"사사야끼! 이 개새끼가!"

그가 갑자기 자리를 박차고 일어나자 최 씨가 문 앞을 막아섰다. 그러나 이미 이성을 잃어버린 이를 말릴 재간이 없었다.

"동상! 상복아!"

달려가는 그의 등을 향해 고래고래 고함을 내질렀다. 불편한 다리임에도 불구하고 초인적인 힘을 끌어모아 뛰었다. 머릿속은 오직 복수밖에는 없었다. 그녀가 없는 세상을 사느니 차라리 죽는 것이 낫다고 여겼다. 건물 앞에 도착한 그는 품속에서 식칼을 꺼냈다. 마침 건물 밖으로 나오던 사사야끼가 보였다.

'사사야끼?'

그를 알아본 상복의 두 눈동자에 분노가 차올랐다.

"사사야끼! 이 개노무 새끼야."

"김상복?"

허리춤에서 권총을 꺼내 재빠르게 방아쇠를 당겼다. 모든 것이 찰나였다. 하지만 예상과 달리 쓰러진 이는 사사야끼였다.

"윽! 이건 뭐야…."

자신의 옆구리를 관통한 또 다른 칼날을 온 힘을 다해 막았다.

"부장님!"

멀리 있던 다나까가 권총을 빼 들어 그를 찌른 이를 쏘았다. 그 사이 헌병들은 주변을 에워쌌다.

"오메! 요것이 다 뭔 일이당가. 동상! 어여 일어나 보랑께."

뒤늦게 쫓아 온 최 씨는 주저앉은 상복을 일으켜 세웠다. 그러자 두 사람의 움직임을 확인한 다나까가 소리를 빽 질렀다.

"저놈들도 잡아라! 놓치지 마라! 사살해도 좋다!"

사살하라는 명령에 헌병들은 권총과 장총을 꺼내 들었다.

"거시기 일단은 피허고 보더라고."

정신이 반쯤 나간 채, 최 씨가 잡아끄는 대로 그는 몸을 맡겼다. 그렇게 얼마나 달리고 또 달렸을까. 쫓는 이들과 어느 정도 거리가 멀어지자 그제야 멈춰섰다.

"괜찮당가?"

묻는 말에 그 어떤 답도 하지 않았다. 은신처로 돌아온 그는 걱정스러움에 찬물 한 바가지를 상복에게 내밀었다. 하지만 물바가지를 옆으로 밀어내며 곧 자리에 누웠다.

"그려. 힘들 때는 잠이 최고여! 자고나믄 괘안아 질텐께. 아무런 생각 멀고 눈 쪼까 붙이랑께."

그리고는 조용히 문을 닫고 나갔다. 자리에 누운 상복은 두 눈을 감았다. 그러나 생각들이 뒤엉켜 잠이 오기는커녕 정신이 더욱 맑아졌다. 다시 일어난 그는 짐을 꾸려 밖으로 나갔다. 어느새 겨울 햇살이 따사롭게 내려앉아 있었다. 그 따사로운 햇살 속에 막순이가 서 있었다. 이번에야말로 꼭 전해야 할 말이 있어 용기를 내어 찾아온 길이었다.

"상복아!"

최 씨가 튀어나왔다. 깜짝 놀란 막순은 저도 모르게 뒷걸음질 쳤다. 그녀와 두 눈이 마주친, 그는 들고 있던 웃옷을 대충 걸쳤다.

"안녕허셔유. 헌디 뭔 일이라도 있으셔유?"

"워째스까? 상복이가 없어져 버렸당께. 나가 옆방서 잠을 자는 사이에…."

그의 다급한 음성에 막순의 두 눈도 점점 커졌다.

'꼭 전해야 할 말이 있어유. 가더라도 듣고 가서야 혀유!'

무작정 달리는 그녀의 두 눈에서는 눈물이 흘러내렸다. 저잣거리의 많은 인파 사이를 헤쳐 가며 상복을 찾았지만, 처음부터 이곳에 없었던 사람처럼 감쪽같이 사라져버렸다. 멀리서 들려오는 증기 기관차의 기적 소리가 얄궂은 그들의 운명을 알리는 신호탄처럼 멀리멀리 퍼져나갔다. 조금만 더 일찍 왔더라면, 조금만 더 욕심을 내려놓았더라면 하는 후회가 기적 소리와 함께 멀어져 갔다.

14. 해국

해국이 탐스럽게 핀, 바위에 앉아 붉게 물든 바다를 하
염없이 바라보는 이가 있었으니, 바로 상복이었다. 바다
를 바라보던 두 눈동자에 어느새 그리움이 스며들었다.
길게 숨을 내쉬면 으레 시원해질 법도 한데, 어찌 된 것이
숨을 쉬면 쉴수록 더욱 심장이 옥죄어 왔다. 구룡포로 내
려온 지도 여럿 해가 흘렀다. 그날 은신처에서 나와 미친
사람처럼 거리를 헤맸다. 겨울바람에 손과 발은 동상이
걸려 검게 변했다. 이리저리 돌아다니다 죽는다 하여도
상관없었다. 그러다 잠깐 정신을 잃고 쓰러졌는데, 보랏
빛 해국이 흐드러지게 피어나는 따뜻한 꿈을 꿨다. 그는
그 길로 구룡포로 향했다. 죽기 전에 해국이 보고 싶었다.

"저 놈아, 상복이 아인교?"

그물을 둘러맨 젊은 사내가 언덕 아래에 있던 상복
을 가리켰다. 그의 말에 뒷짐을 지고 있던 노인이 허리를
세웠다.

"우짤라고 저리도 정신을 못 차리노? 대체 뭔 짓을 허고 돌아 댕기다, 미쳐가꼬 왔는지….."

노인은 혀를 들이차는가 싶더니, 곧 걸음을 옮겼다. 동네 사람들 사이에서도 그는 늘 안줏거리였다. 이야기는 또 다른 이야기를 만들어 내는 법. 급기야 순사가 쏜 총알을 맞고 바보가 되었다는 터무니없는 소문까지 만들어 냈다.

'뒤지기 참말로 좋은 날씨다카이.'

상복은 히죽히죽 웃으며 일어섰다. 오늘이야말로 이 지긋지긋한 삶을 아예 끝장을 내버릴 작정이었다. 해국도 볼 만큼 봤고, 더는 살고 싶지 않았다. 그렇게 갯바위 끝으로 조금씩 조금씩 다가섰다. 검은 파도가 아가리를 쩍 벌렸다. 그는 두 눈을 감고 한 발을 떼었다. 그때였다.

"상복씨! 상복씨! 안돼요!"

여인의 목소리가 바람을 가르고 그의 두 귓속으로 파고들었다.

'수… 수, 수옥?'

뒤로 돌아보다 그림자 하나가 흐릿하게 눈에 들어왔다. 상복은 단숨에 여인이 있는 곳으로 내달렸다. 여인의 얼굴이 점점 또렷해지자 설렘으로 가득했던 낯빛은 어느새 실망감으로 바뀌었다.

"막, 막순씨? 여는 우째 알고 왔능…."

막순의 품속에 있는 어린아이가 보이자 그는 한동안
말을 잇지 못했다.

"…이 얼라(아이)는… 설, 설마…."

그녀는 천천히 입술을 떼었다.

"해국이에요. 아씨꺼서 이 아이를 해국이라 불렀어유."

딸아이를 안자, 그의 심장이 쿵 하고 내려앉았다. 눈가
에 위태롭게 매달려 있던 눈물 한 방울이 끝끝내 아이의
두 볼 위로 떨어졌다.

"그 사람은 지금 어디 있는교?"

"떠나셨어유. 아이를 낳고 얼마 있지 않아 떠나셨구면
유. 지송허구먼유."

떠났다는 대답에 딸아이를 꼭 껴안자, 칭얼대던 아이
는 급기야 울음을 터트렸다. 울음은 곧 그의 마음속에 아
프게 스며들었다. 죽지 않고 살아만 있어 달라는 소원이
이루어졌음에도 한없이 슬펐다. 살았던 죽었던 두 번 다
시는 이어지지 않을 인연이라는 생각이 상복을 더욱 미
치게 만들었다.

밤이 짙게 내려앉은 후에야 그들은 자리를 옮길 수 있
었다. 그녀는 자신의 품에서 고이 잠든 아이의 머리칼을
부드럽게 쓸어 넘겼다. 그리고는 그간의 있었던 일들을

모두 상복에게 자세히 전했다. 구룡포로 내려온 지도 햇수로 삼 년이 지났다. 그 몇 년 동안 참으로 많은 일이 있었다며 막순은 고개를 떨구었다.

"아씨의 목숨을 살린 것이 이 어린 것이구먼유."

그녀는 품에서 잠든 아이를 빤히 내려다보았다. 저 어린 것이 제 어미를 지켜냈다는 말에 그 또한 눈물이 핑 돌았다. 화련은 죽을 고비를 넘겨 가며 아이를 낳았다. 그리고는 갓 백 일이 지났을 무렵, 죽지 않고 살아있다는 첩보를 입수한 사사야끼의 추격으로 인해 하는 수 없이 떠났다며 눈시울을 붉혔다.

'목심 걸고서라도 우리덜 딸은 나… 김상복이 지켜 낼 테니깐, 죽지 말고 꼭 살아남으소!'

아이의 머리칼을 부드럽게 쓰다듬으면서, 그는 마음을 다잡았다. 꼭 아이만큼은 자신의 목숨을 걸고 지키리라.

아침 햇살이 비친 바다는 파도가 칠 때마다 보석처럼 반짝였다. 늦여름이라 하여도 이제 제법 바람이 선선했다. 바람 사이로 해녀(좀녀)들의 숨소리인 숨비소리도 함께 들려왔다. 깊은 바닷속으로 내려가 작업을 하던 해녀들이 물 밖으로 나왔을 때, 길게 내뱉는 소리였다.

"분이야! 너거 엄마 저어거 있네."

바다를 내다보던 늙은 해녀는 눈길을 돌려 아이를 바라보았다.

"응? 엄… 엄, 엄… 마!"

아이는 바다를 향해 해맑게 웃으며 고사리 같은 손을 이리저리 흔들었다. 이제 겨우 다섯 살 남짓 되어 보이는 아이는 제 어미를 용케도 알아보았다. 김분이. 바로 '해국'이라 불렸던 상복의 딸이었다. 뭍으로 나온 막순은 분이의 곁으로 가 앉았다.

"분이가 어미보다 인물이 훨 낫다 아이가."

뒤이어 뭍으로 올라온 해녀는 바로 이웃집에 사는 방순자였다. 순자는 막순이 보다 열 살이나 많았다. 그녀는 해녀 중에서 몇 안 되는 상군이었다. 물질에 있어서만큼은 누가 뭐라 해도 고수였다. 제주도 출신으로 어린 나이부터 제 어미를 따라 물질을 했던 순자는 육지에 사는 사내와 혼례를 올렸다. 그러다 사정 때문에 몇 해 전 구룡포로 이사를 왔다. 육지로 나온 그녀는 두 번 다시는 물질을 하지 않으리라 마음을 다잡았으나, 바다는 쉽사리 놓아주지 않았다. 어선을 탔던 남편이 안타깝게도 죽음으로 되돌아오자, 그녀는 어린 아들과 먹고살기 위해 다시 물질하게 된 것이었다.

그런 순자는 힘들게 사는 막순에게 함께 물질하자고
했다. 당시 제주에서 구룡포로 시집온 해녀들이 여럿 있
던 터라 텃세가 심했다. 그러나 그중에서 나이 많고 괄괄
한 순자 때문에 물질을 배울 수 있었다. 그녀의 도움으로
해녀 일을 시작하고부터 세 식구 입에 그나마 풀칠을 할
수 있게 되었으니, 막순에게 있어 순자는 귀인이나 다름
없었다.

"저 봐라 머슴아는 지 애미를 봐도 저리 야박하게 고개
를 돌릴뿐다 아이가. 내사 머슴아 보담서 딸래미가 더 좋
다카이. 쯧! 귀태야! 야야! 핵교는 댕겨 왔나?"

순자의 시선은 분이의 옆에 앉아 있는 소년을 향했다.
머리를 빡빡 민 소년, 바로 그녀의 귀하디귀한 외아들 오
귀태였다. 하지만 귀태는 제 어미가 아닌 분이를 사랑스
러운 눈길로 바라보았다.

"막순아! 저어거 분이 애비 아이가?"

그녀의 턱짓에 막순이가 고개를 돌렸다. 절뚝이는 걸
음으로 보아 상복이 틀림없었다. 그는 불편한 몸으로 매
일 축항에 나가 일본인 어선에 올라 일을 했다. 운이 좋아
어선에서 일할 때도 있지만, 공을 칠 때가 더 많았다.

"아이고. 각시 데릴러 왔는 갑네."

해녀들이 그녀를 향해 한마디씩 건넸다. 하지만 막순

의 얼굴에는 그저 서글픈 미소만이 서릴 뿐. 실상은 어린 분이를 위해 만들어진 가족이었다. 남의 사정도 모르고 내뱉는 말 한마디에 마음 끝이 아렸다.

'부부라… 부부가 아니어도 좋으니 단 한 번만이라도 지를….'

막순은 그에게 단 한 번만이라도 여인으로 사랑을 받고 싶었다. 마음에 품은 사내에게 사랑을 받지 못하는 여인의 삶은 비루하기 그지없었다. 구룡포를 떠나지 않았던 이유도 물론 어린 분이 때문이기도 하지만, 언젠가는 상복의 품에 안기는 날이 올 것이라는 작은 희망 때문이었다. 그사이 그는 저를 향해 달려오는 분이를 번쩍 들어 안았다.

"에헤이! 저처리도 좋은가배. 막순아 고마 하고 어여 드가거라. 너거 신랑 기둘린다. 아이가!"

순자는 그녀를 재촉했다. 집으로 향하는 길가에는 푸르른 벼 포기들이 이리저리 바람에 나부꼈다. 앞서 걷는 부녀의 모습은 그야말로 한 폭의 그림과도 같았다.

"무거분데 이리 도가!"

그는 뒤로 돌아보는가 싶더니 막순에게 다가서서 그 물을 받아 들었다. 무뚝뚝한 말 한마디에 마음이 따뜻해졌다. 한참을 걷던 그와 분이가 작은 암자 앞에 멈춰 섰다. 그곳은 집으로 가기 전에 반드시 지나쳐야 하는 곳이었다.

"아버지! 꽃… 꽃."

분이가 가리킨 곳에는 백일홍이 탐스럽게 피어있었다. 얼마 전까지도 꽃봉오리만 보이던 것이 이제는 활짝 피어 보기 좋았다. 백 년도 더 된 백일홍 나무라 암자에서도 신성시 여겼다. 그래서 그런지 다른 백일홍 나무보다 몇 배나 크고 아름다웠다.

"분이야! 저 꽃도 우리 분이 맨지로 이쁘게 활짝 피었다카이. 그자?"

그는 잇몸을 드러내어 웃었다. 막순은 그런 그들을 보며 비록 진짜 가족이 아니더라도 이 순간만큼은 행복했다.

"김상복!"

묵직한 음성이 상복을 불러 세웠다.

"니, 니… 니놈이 여거가…."

자신을 부르는 이의 얼굴을 확인한 그는 불현듯 두려움이 밀려왔다. 사사야끼의 최측근 다나까였다. 다나까가 히죽이며 뒤에 있던 막순과 분이를 쏘아보았다. 그녀는 어린 분이를 자신이 등 뒤로 보냈다.

"그 사이 혼인도 하고 애새끼도 낳고… 보기 좋네!"

그의 빈정거림에 상복은 뒤로 돌아 막순과 분이를 쳐다보았다.

"뭐하노? 어서 안 드가고. 퍼득 드가라!"

그녀는 서둘러 분이를 안고 들어갔다. 방 안으로 들어간 것을 확인한 그가 다나까를 노려보았다.

"여거가 어디라고 왔는기고?"

"워! 워! 워! 내가 네 놈을 찾아다니느라 얼마나 개고생한 줄 아냐? 이런 골짜기에 숨어서 잘도 살았네."

그의 말에 상복은 두 주먹을 불끈 쥐었다.

"체포해라."

다나까의 명령에 함께 온 순사들이 그의 곁으로 다가섰다. 안에서 밖을 보고 있던 막순은 놀란 마음에 맨발로 마당을 뛰어나와 앞을 가로막아 섰다.

"어째서 이런 되유! 아무런 죄도 없는 양반을 왜? 데리고 간데유. 못 데려가유. 못 데려 간다니깐유."

마루에 따라 나온 분이가 자지러지게 울음을 터트렸다. 다나까가 앞을 막아선 그녀에게 들고 있던 지휘봉을 휘둘렀다. 하지만 상복이 잽싸게 몸을 날려 그녀를 감싸 안았다. 둔탁한 소리와 함께 이마에서 피가 흘러내렸다.

"내는 괘안타. 허니 분이 데리고 당분간은 귀태네 가 있거라. 알겠나? 더는 따라나서지 말거라! 위험타."

막순은 고개를 내저었다. 모두 사립문 밖으로 나가자 그녀는 어린 분이를 업고 급히 뒤따랐다. 업힌 분이는 겁이 나는지 등에 얼굴을 파묻고 훌쩍였다.

'꼭 살아야 혀유! 뭔 일이 있더라도 꼭 버텨야 혀유.'

지프가 보이지 않을 때까지 막순은 걷고 또 걸었다. 자신의 집에서 모든 것을 지켜 보고 있던 순자가 그제야 기겁을 하고 뛰어왔다.

"이기 다 뭔 일이고? 분이 애비는 우째 된 기고?"

그녀는 업고 있던 분이를 순자에게 들이밀었다.

"성님! 우리 분이 잠시만 좀 봐줘유."

그녀는 분이의 볼을 한차례 쓸어내리고는 동구 밖으로 내달렸다.

"막, 막… 순아!"

제 어미마저 모습을 보이지 않자 분이는 기어코 울음을 터트렸다. 넋을 놓고 서 있던 순자는 울음에 화들짝 놀랐다.

"아이고. 울 이쁜이 괘안타. 너거 엄니 퍼득 올끼다. 그나저나 아무 일 없어야 할낀데…."

울고 있는 분이의 등을 그녀가 가볍게 토닥였다. 주재소로 끌려 온 상복은 그곳에서 잠시 머무르는가 싶더니, 곧 어디론가 다시 끌려갔다.

"어이! 반갑네."

문을 열고 들어오는 사내가 알은 체 했다. 바로 사사야끼였다.

"나는 네 놈과 그 계집 때문에 밤잠을 설치며 잘 못 지냈는데, 네 놈은 쥐새끼처럼 숨어서 아주 잘 지내고 있었군. 김 · 상 · 복!"

그는 책상 건너편에 앉아 있던 상복에게 얼굴을 바짝 들이밀었다. 전구의 붉은 기운 탓에 얼굴은 마치 악귀처럼 보였다.

"그때, 내 손으로 니를 못 죽인 게 여태껏 한이 됐다 아이가. 오늘 내 그간 묵혔던 한을 좀 풀어보자. 이 더러븐 새끼야!"

입에 고여 있던 가래를 사사야끼의 얼굴에 내뱉었다. 끈끈하게 흘러내리는 가래를 거칠게 쓸어내렸다.

"이 새끼가… 아주 죽고 싶어서 눈이 쳐 돌았구나."

책상 위에 있던 몽둥이를 낚아챈, 그가 상복의 머리를 향해 한차례 가격했다.

"아! 시발. 진짜 오늘 열 받네. 버러지만도 못한 새끼가…"

분이 덜 풀렸는지 그는 제자리에서 방방 뛰었다. 흡사 발정 난 수캐와도 같았다. 고함이 밖으로 나가자 대기하고 있던 순사와 다나까가 안으로 들어섰다.

"다들 나가 있어!"

들어온 이들이 조용히 문을 닫고 나가자 그는 차고 있던 시계를 벗어 책상 위로 집어 던졌다.

"계집이 어디 있는지 말해라! 말한다면 네놈과 네놈의 딸년 목숨은 살려 줄 터이니. 어떤가?"

사사야끼는 큰 선심이라도 쓰듯 상복의 어깨를 가볍게 토닥였다.

"기냥 죽이라고!"

그의 대답은 짧고도 굵었다. 사사야끼는 옆에 있던 채찍을 들어 팽팽하게 몇 번이고 당겼다. 두 눈동자는 이미 사람의 것이 아니었다.

15. 네가 해국이구나

주변이 어두워질 때 즈음, 막순은 주재소 앞에 멈춰 섰다. 그리고는 무작정 안으로 뛰어들었다. 갑작스러운 등장에 놀란 순사들이 하나둘 자리에서 일어섰다. 막상 안으로 들어왔으나, 하나같이 모두 일본인이라 말이 통하지 않았다. 순사들은 그녀를 밖으로 내쫓았다. 하지만 몇 날 며칠 주재소 옆 담벼락에서 밤을 새우며 들어갔다 쫓겨나기를 수차례.

"이놈아! 잘 만났서야. 내 서방 어디 있는 것이냐!"

그녀는 마침 주재소 안으로 들어서는 다나까에게 달려들었다.

"이년이 미쳤나!"

그는 막순의 손목을 잡아 바닥에 내동댕이쳤다. 바닥에 쓰러져있던 그녀는 벌떡 일어나 다시 달려들었다.

"서방 찾아 나선 기집이라… 용기는 가상하다만…."

막순은 바닥에 꿇어앉아 납작 엎드렸다.

"지가 잘못 혔구먼유. 허니 살려만 주셔유. 목숨만 붙여 주셔유. 그리만 해주신다믄 뭐든 다 할께유."

뭐든 다 한다는 말에 다나까의 눈빛이 잠시 반짝였다.

"뭐든 다 하겠다?"

되물음에 그녀는 고개를 끄덕였다.

"그래? 뭐든 다 하겠다는 말이지?"

시선이 곧 뒤에 서 있던 부하에게로 향했다. 명령을 받은 부하는 주재소 밖으로 나가 지프를 대기시켰다. 마당에 지프가 보이자 다나까는 일어나 그녀를 일으켜 세워 차에 태웠다. 지프는 굴곡진 길을 내달렸다. 얼마 후, 허름한 창고 앞에 멈춰섰다.

"계집만 끌어내고 니들은 밖에서 대기하고 있어라!"

그의 명령에 부하들은 차에서 막순을 끌어냈다. 곧 철문이 열리자 그녀의 등을 거칠게 떠밀었다. 어두운 탓에 모든 감각이 일시에 깨어났다. 문이 닫히자 비릿하고 역한 냄새가 확 들이쳤다. 그 냄새는 너무나도 익숙한 피비린내였다. 순간 저도 모르게 공포가 밀려왔다. 어둠이 익숙해지자 막순의 두 눈동자에 눈물이 차올랐다.

"어, 어, 어떻게 사, 사람을….."

너무나 참혹한 광경에 입을 틀어막았다. 사지가 축 늘어진 채, 천장에 매달려 있었다. 피딱지가 생긴 곳에 새로

214

운 상처가 또 그 상처 위에는 피고름이 흘렀다. 자세히 들여다보지 않는다면 그가 상복이라는 것을 알 수 없을 만큼 퉁퉁 부어 있었다. 그녀는 그 얼굴에서 오래전 죽은 아비의 얼굴이 보였다.

"겨우 목숨만 붙여놨지. 당장 치료를 받지 않는다면 아마 오늘 밤을 넘기기 어려울 것이다."

다나까는 주저앉아 있는 그녀의 곁으로 다가갔다.

"살려 주셔유. 지발 살려 주셔유!"

막순은 납작 엎드려 울부짖었다.

"살릴 방법이 있긴 한데…."

"살려만 주신다믄 지가 뭐든 다 허겠구먼유. 지발 방법을 갈켜 주셔유!"

그는 상복에게로 향했던 눈길을 좀체 거두지 않았다. 죽여 버리면 간단한 문제였지만, 화련을 잡기 위해서는 덫에 쓸 미끼가 필요했다. 무엇보다 그녀는 독립 군자금을 모금하는 데 있어 중요 직책을 맡은 일급 수배자였다. 일급 수배자인 화련을 잡는다면, 더는 사사야끼의 개 노릇을 하지 않아도 되었다.

"기회는 단 한 번뿐이다. 내가 묻는 말에 조금이라도 거짓이 들어있다면, 지금 당장 저놈을 쏘아 죽일 것이다. 알겠느냐?"

다나까는 뒤로 돌아 내려다보았다. 막순은 대답 대신에 연신 고개를 끄덕였다. 오직 상복을 살려야 한다는 생각밖에는 없었다.

"화련… 아니 권수옥은 지금 어디 있는 것이냐?"

물음에 그녀의 눈동자가 심하게 흔들렸다. 상복을 위해서라면 어떤 일이라도 다 할 것이라 마음을 먹었건만, 화련에 관한 물음에는 저도 모르게 말문이 닫혔다.

"권수옥은 지금 어디 있냐고 물었다."

말하기를 꺼리자 그가 소리를 질렀다.

"그럼 할 수 없지."

다나까는 권총을 빼내 들어 상복의 머리를 조준했다. 방아쇠에 힘이 점점 들어가던 그때,

"평양… 평양이구먼유."

막순의 외침에 들고 있던 총을 아래로 내렸다. 지금껏 화련과의 약속을 굳건하게 지켜왔다. 상복이 그토록 그리워한다는 것을 알고 있음에도 단 한 번도 말하지 않았다. 그러나 지금 그의 목숨보다 더 중요한 것은 없었다.

"아씨꺼서는 평양으로 간다고 혔구먼유. 그리고 딱 한 번 경성서 다시 만난 일이 있었구먼유. 그때 지한테 그러셨구먼유. 여인들로만 모인 독립운동 단체에 있다고… 그카고는 금세 헤어졌구먼유. 이게 다 여유! 참말로 더는 지

216

도 모르겠구먼유."

그녀는 다시 무릎을 꿇고 빌고 또 빌었다.

"만에 하나 거짓이면… 네년의 어린 딸부터 죽일 것이다. 헌데… 말이다. 경성에는 왜? 돌아왔지?"

이리저리 서성이던 그가 막순에게 얼굴을 바짝 들이밀며 물었다. 그녀는 마른침을 꿀꺽 삼켰다. 만에 하나 화련이 경성에 왔다면, 그 이유는 딱 하나였다. 바로 자신의 딸인 분이를 보기 위함이었다. 막순은 표정을 감추기 위해 납작 엎드렸다.

"지는 참말로 더는 아는 바가 없구먼유. 허니 이제는 보내주셔유. 지발유…."

다시 일어선 그는 천장에 매달려 있는 상복을 한참이나 쏘아보았다. 죽이는 것보다야 살려 놓는 편이 더 이득이 있을지도 모른다는 생각이 들었다. 그는 부하들을 향해 눈짓을 보냈다. 그러자 그들은 상복을 바닥으로 내렸다. 그녀는 곁으로 다가가 와락 껴안았다. 사람의 모습이아니었다. 인두로 지진 상처에서 탄내와 고름이 한데 엉켜 처참했다. 숨소리 아주 가늘었다. 모두가 떠나고 주변이 조용해지자 그제야 소리 내어 울었다.

"워째, 사람을 이렇게 헐 수가 있단 말이어유. 분이 아부지 정신 좀 차려 보셔유. 지발 정신 좀 차려 보셔유!"

그녀는 상복의 뺨에 얼굴을 가져다 댔다.

"내, 내… 내는 괘안… 타. 마이 놀, 놀… 놀랬….”

"지를 알아 보시겠어유?”

그는 겨우 고개를 끄덕였다. 살아있음을 확인한 막순
은 가슴이 벅차올랐다. 그만큼 마음을 다해 사랑하고 있
었다.

집으로 돌아온 상복은 정신이 드는가 싶으면 졸도하기
를 여러 차례. 그렇게 기약도 없이 죽은 듯 잠만 잤다. 그
녀는 혹시 싶어 분이를 아랫집인 맡기고 그를 간호하는
데 정성을 쏟았다. 이른 새벽이면 근처 산으로 올라 좋다
는 약초를 캐어다 다렸고, 야밤에는 장독대 앞에서 손이
발이 되도록 쾌유를 빌고 또 빌었다.

"분, 분이… 분이야!”

약초를 손질하던 그녀가 서둘러 안으로 들어갔다. 상
복의 눈동자가 반짝였다.

"미안테이. 너무 늦어가 미안….”

그녀는 상복을 껴안았다. 그간 얼마나 애를 태웠을까.
그도 막순을 꽉 껴안았다.

"고맙데이. 내 곁에 있어 줘가 참말로 고맙데이.”

막순은 울음을 터트렸다. 상복은 그녀의 입술 위로 자
신의 입술을 포갰다. 그들은 그렇게 진짜 부부가 되었다.

시간이 갈수록 몸 상태도 조금씩 나아졌다. 그는 자신의 옆에서 새근새근 잠든 분이의 얼굴을 오랫동안 바라보았다. 살아서 이렇게 다시 딸아이의 얼굴을 볼 수 있다는 것만으로도 감사했다. 늦가을이 되자 하루가 다르게 날이 짧아졌다. 며칠 전까지만 해도 붉게 물들었던 단풍잎을 더는 찾아볼 수 없었다. 막순은 겨울이 오기 전에 식량 준비를 해야 한다며 동이 트기도 전에 바다에 나갔다. 그렇게 온종일 물질을 해서 잡은 것들 대부분 일본인에게 빼앗기고 일부만 가져가 장에다 팔아 겨우 양식을 마련했다.

"아버지!"

잠에서 깬 분이가 그를 불렀다.

"일났나. 엄니 물질 허는데 애비랑 퍼득 마중 가재이."

분이는 상복의 목을 껴안았다. 늦은 밤 집으로 돌아오는 그녀를 마중하러 나가는 길이었다. 그렇게 부녀가 정겹게 앞서거니 뒤서거니 하며 걷다 보니 어느새 언덕 아래 바다가 한눈에 들어왔다.

"바다다! 아버지 바다!"

분이는 그의 손을 잡아끌었다. 아름답게 핀 해국이 바람에 따라 이리저리 하늘거렸다. 늦은 오후가 되자 대부분 해녀는 뭍으로 나와 짐을 정리하고 있었다.

"저카다 병난다고 나오라캐도 안 나오네."

순자는 분이의 머리를 쓰다듬었다.

"분이야! 너거 엄니, 퍼득 나오라 캐라!"

그녀의 말이 떨어지기 무섭게 분이는 크게 소리를 질렀다.

"엄마! 엄마! 엄… 마!"

분이를 알아본 막순이 손을 흔들었다. 순자는 그들의 모습을 흐뭇하게 보는가 싶더니 곧 자리를 떠났다. 그녀가 갯바위 쪽으로 가까이 다가오자 상복은 바다 안으로 들어갔다.

"지가 허면 되유."

그의 아픈 몸이 더 나빠질까 막순은 늘 걱정스러웠다.

"참말로 고생했데이. 춥다. 퍼득 싸게 나오니라!"

그는 망사리를 잡아당겨 갯바위로 끌어 올렸다. 두 사람이 분주한 사이 모래밭에서 뛰어놀던 분이의 눈에 노랑나비 한 마리가 들어왔다. 나비는 잡히는가 싶으면 사라져버리고, 사라져버리는가 싶으면 금세 나타났다.

"나비야! 나비야! 노랑나비야 어디 있니?"

정신없이 나비를 쫓다 보니, 어느새 분이는 해국이 피어있는 곳까지 가게 되었다. 나비는 어느 여인의 앞에서 그 모습을 감추었다. 분이를 바라보던 그녀의 눈동자에 눈물이 차올랐다. 여인은 분이의 곁으로 다가가 앉았다.

"네가 바로 해국이구나!"

여인은 분이를 꼭 껴안았다.

"전… 해국이 아니라 분이예요. 김분이!"

분이의 씩씩한 대답에 여인은 슬픈 미소를 보이며 들고 있던 유리병을 건넸다.

"고맙습니다!"

유리병을 받아 든 분이는 여인을 향해 활짝 웃어 보였다. 그녀는 아이의 뒷모습이 보이지 않을 때까지 아주 오랫동안 그곳에 서 있었다. 한편, 모래사장으로 나온 막순과 상복은 그제야 분이가 사라진 것을 알아챘다. 곧 어둠이 찾아오면 자칫 파도에 휩쓸릴 수 있어 애간장이 탔다.

"아버지!"

애간장이 바짝 타들어 가던 그때, 분이의 목소리가 들렸다. 그는 한달음에 달려갔다.

"괘안나? 어데 다친 데는 없나?"

상복은 분이의 몸 이곳저곳을 살폈다.

"어데 다친데 없으믄 됐다. 그케도 앞으로는 아부지헌테 말허고 가야 할 터…."

그는 분이의 손에 들려 있던 유리병을 보자, 심장이 내려앉았다.

"분이야! 이거 누가 니인데 주더노? 아, 아… 아이다. 그거 준 사람 어데 있노?"

그의 다그침에 분이는 유리병을 이리저리 흔들었다.

"나를 해국이라 부르던 예쁜 아줌마? 저기 꽃밭에서…."

자리에서 벌떡 일어난 상복은 꽃밭으로 내달렸다. 때마침 분이의 곁으로 다가선 막순은 넘어진 그에게로 가려다 멈춰 섰다. 분이의 손에 쥐어진 유리병. 그 유리병은 화련이 항상 품고 다니던 것이었다. 그녀는 언덕 너머로 붉게 타들어 가는 노을을 물끄러미 바라보았다.

'아씨! 아씨께오서 계셔야 할 자리에 못난지가 있구면유. 이 많은 죄를 어찌혀야 할까유. 아씨 지송혀유… 참말로 지송허구면유.'

매달려 있던 눈물이 끝끝내 뺨 위로 타고 흘러내렸다. 막순은 화련의 얼굴을 쏙 빼닮은 분이를 꼭 껴안았다. 딸아이의 이름도 제대로 못 부르고 돌아섰을 그녀 생각에 마음이 미어졌다. 그는 아픈 다리 때문에 몇 번이고 더 넘어졌다 일어났다. 마음은 날아서라도 가고 싶었지만, 이미 엉망이 되어버린 몸은 서두르면 서두를수록 더욱 꼬여만 갔다.

"수옥씨! 수옥씨! 수, 수옥… 수옥아!"

목에 피가 올라왔다. 그래도 상복은 멈추지 않았다. 더욱 큰 소리로 화련의 이름을 부르고 또 불렀다. 하지만 돌아오는 건, 갈 길을 잃은 메아리뿐. 그는 그만 자리에 털썩 주저앉았다. 때마침 수천 송이의 해국을 스친 바람 한 줄기가 마음속으로 스며들었다. 그 바람은 곧 수천 송이의 기다림으로 새로이 피어났다.

16. 약속

상복은 먼 친척인 김팔복을 찾아가 일자리를 부탁했
다. 막순은 몇 번이나 말렸으나 소용이 없었다. 겨울이 오
면 더는 물질을 할 수 없었다. 그렇다고 굶어 죽을 수는
없는 일이 아닌가. 뭐든 해야만 했다.

"잠시 나갔다 오꾸마. 내 기다리지 말고 분이캉 먼저
저녁 묵어래이!"

다 된 저녁에 그는 겉옷을 챙겨 들었다.

"이 밤에 어데 가신데유?"

물음에도 상복은 입을 꾹 다물고 밖으로 나갔다. 그녀
가 곧장 밖으로 나섰지만, 이미 떠나고 난 뒤였다. 요 며
칠 꿈자리가 뒤숭숭한 터라 막순은 걱정과 두려운 마음
이 들었다.

어둠 속에 자신을 감시하는 눈이 있다는 것을 그는 잘
알고 있었다. 아마도 사사야끼 혹은 다나까 쪽에서 붙인
자들이 틀림없었다. 불어오는 바람에 외투 안으로 손을

깊숙이 쑤셔 넣었다. 밖으로 나온 이유는 간단했다. 뒤를 밟는 그림자들을 따돌릴 요량이었다. 그 이유는 며칠 전 어떤 이로부터 건네받은 쪽지 때문이었다. 그 쪽지는 바로 이창섭이 보내온 것이었다. 이창섭과 만남을 여러 번 시도하려 했으나, 감시하는 자들의 눈을 피하기란 여간 어려운 일이 아니었다.

축항은 새벽에 출항할 배들을 중심으로 선원들이 분주히 움직였다. 상복은 이리저리 기웃거리며 일자리를 부탁했다. 그러나 불편한 다리를 가진 이를 써주는 배는 없었다.

'지금쯤이믄 어르신께서 집에 오셨겠구먼.'

그는 뒤로 돌아 그림자들의 위치를 확인했다. 그리고는 몇몇 배들을 더 기웃거리고 나서야 집으로 향했다. 마당으로 들어서며 가벼운 기침을 서너 번 내뱉었다. 그 소리에 방문이 열렸다.

"분이는?"

"기다리다, 지금 막 잠들었구면유."

상복은 흔들리는 그녀의 눈동자를 빤히 바라보았다. 그들이 안으로 들어가고 얼마 되지 않아 불이 꺼졌다. 불이 꺼지자 밖에 있던 그림자들도 모습을 감췄다. 그 사이 두터운 이불로 빛이 새어나가지 않게 방문을 꼼꼼히 틀어막았다.

"인자 들어오셔도 됩니더."

부엌과 이어진 방문을 열었다. 그제야 이창섭과 최 씨가 안으로 들어왔다. 최 씨가 상복의 두 손을 꽉 잡았다. 막순이도 그들을 향해 허리를 굽혀 예를 갖추었다. 오랜만에 보고 싶었던 이들과 재회하자 감정이 복받쳐 올랐다.

"행님! 어르신!"

흐르던 눈물이 좀체 멈추지 않았다. 이창섭과 최 씨의 눈자위도 붉어졌다.

"지가 큰절 올리겠심더."

"이 사람아! 절은 무슨 절을 한다고. 이리도 살아서 다시 볼 수 있는 것만으로 나는 되었다네. 앉게나!"

이창섭은 상복의 손을 잡은 채 자리에 함께 앉았다. 그는 항상 죄스러웠다.

"어르신을 뵐 면목이 없심더. 사경을 헤매고 계신다는 소식을 듣고도 찾아뵙지도 모하고… 이 못난 놈을 용서해 주이소!"

목이 메어 온 상복은 끝끝내 말을 잇지 못했다. 이창섭은 그런 그의 등을 부드럽게 쓸어내렸다. 그 마음을 어찌 헤아리지 못하겠는가. 그 사이 그녀는 작은 소반 하나를 그들의 앞으로 내밀었다. 소반에는 잘 삶긴 감자 몇 개와 물이 담긴 대접이 전부였다.

"어르신! 변변치 않더라도 좀 드셔유. 드릴 수 있는 것이 이것밖에는 없구면유."

막순에게 있어서도 이창섭은 감사해야 할 은인이었다. 비록 여러 갈래의 인연들이 실타래처럼 꼬여 있긴 했으나, 그것이 어찌 그들의 잘못만이라 할 수 있겠는가. 나라를 잃은 모든 조선인의 고통이었다.

이야기는 점점 깊어만 갔다. 오랜만에 서로가 서로를 마주 보며 웃고 때론 울었다. 두 사람이 그를 찾아온 이유는 독립자금을 만주로 운반해 달라는 부탁을 하기 위해서였다. 하지만 상복의 몸 상태에 차마 입이 떨어지지 않았다.

"헌데 어찌 이처럼 먼 곳까지 찾아오셨는교? 지헌테 부탁하실 일이라도 생겼심니꺼? 무조건 어르신꺼서 시키는 일이라카믄 불구덩에라도 뛰어들 준비가 되었심더!"

그의 두 눈이 실로 오랜만에 반짝였다. 반면 막순의 얼굴은 눈에 띄게 어두워졌다. 이창섭은 아랫입술을 살짝 깨물었다. 그 모습이 답답했던지, 최 씨가 조심스레 입을 뗐다.

"긍께… 고, 고것이 말이여…"

이창섭은 손을 들어 그의 말을 막았다.

"딸아이가 참 예쁘군. 분이라고 했던가? 몇 살인가?"

곤히 잠들어있는 아이의 얼굴을 흐뭇하게 바라보았다.

"일곱이구면유."

그녀는 잠든 분이의 이마를 부드럽게 매만지며 답했다. 고개를 몇 번 끄덕이던 이창섭은 자리에서 일어섰다.

"최 선생, 우리는 그만 일어나지!"

일어선 그는 옷소매 사이로 봉투 하나를 꺼내 상복에게 내밀었다.

"한약이라도 한 첩 지어 먹게나. 자네 얼굴이 말이 아니네."

그는 받을 수 없다며 몇 번이나 더 사양했으나, 결국 고집을 이길 수가 없었다.

"건강하게 잘 키우게. 반드시 한글도 가르쳐야 하네. 이리도 얼굴이라도 볼 수 있어 참으로 좋았다네. 항시 몸조심 하게."

이창섭은 상복을 꼭 껴안았다. 다음을 기약할 수 없는 인연이며 만남이었다.

"지송하니더. 참말로 지송하니더."

그는 그저 미안한 말만 되풀이했다. 이창섭과 최 씨는 뒤에 서 있는 막순에게 가볍게 인사를 건네고는 마당으

로 나섰다. 그들이 떠나고 두 사람은 쉽게 잠자리에 들지
못하고 뒤척였다. 비록 예전만큼은 몸이 날렵하지는 못
하지만, 독립을 향한 열망만큼 그대로였다. 반면 그녀는
지금이라도 당장 그가 사라져버릴 것 같은 느낌 때문에
불안했다. 하여 뒤돌아 누운 상복의 등을 한참 동안 물끄
러미 바라보았다. 곁에 있어도 보고 싶고, 함께 있어도 그
리운 사람이었다.

"나, 나… 나를 단 한 번만이라도 사랑한 적이 있으
셔유?"

뜬금없는 물음이 상복의 심장에 꽂혔다. 단 한 번도 생
각해 본 적이 없었다. 심장이 하나이듯 마음에 품은 여인
은 화련, 그녀 하나뿐이었다. 아무런 답이 없자 막순의 두
눈에서는 눈물이 주르륵 흘러내렸다. 거짓말이라도 좋으
니 사랑하노라 대답해주길 바랐다.

"대답 안허셔도 되유. 상관없어유. 내가 사랑하니깐유.
허니 지발 떠나지 않겠다고 약속이라도 혀 주시믄…."

그가 막순을 껴안았다.

"내 약속 할 끼다. 절대로 니 허락 없이는 떠나지 않을
끼다. 그칸께 인자 고마 울어라!"

상복은 그녀의 뺨을 부드럽게 쓸어내렸다. 퉁퉁 부은
두 눈을 마주하고 있으니, 문득 처음 만났을 때가 기억이

났다. 그때는 막순이라는 이름보다 개똥이로 불렸던 그녀. 기둥에 숨어 자신을 훔쳐보던 어린 계집의 눈동자가 아직도 고스란히 남아 있었다. 잘못된 인연으로 얽혀 겪지 않아도 될 일들을 자신으로 인해 숱하게 겪은 그녀. 그 아픈 상처들이 곳곳에서 보이자 그의 마음도 아파왔다.

겨울은 그녀의 부엌을 가난하게 만들었다. 바다에 들어갈 수도 산천에 나물을 캐어다 팔 수도 없는 혹독한 계절이었다. 상복은 며칠째 축항에 나가 일자리를 알아보러 다녔지만, 그것 또한 쉽지 않았다. 사정이 이렇다 보니, 먼 친척인 김팔복을 찾아가 곡식을 빌려다 먹었다. 하지만 남보다 못한 것이 혈연이라고, 팔복은 어마어마한 이자를 붙여 숨통을 옥죄었다. 그런 사정이 딱하게 여겼던 어촌장이 〈시게요시 호〉에 그를 몰래 승선시켰다. 〈시게요시 호〉는 청어잡이 배로 꽤 수확량이 많다 보니, 선원들에게 주는 삯이 다른 배에 비교해 월등히 많았다. 어촌장은 선원이라는 번호표와 함께 새벽에 배가 출항할 것이니 늦지 말라고 단단히 일렀다.

"날도 안 좋은데… 오늘은 기냥 집에 계시믄 안 되남유?"

막 잠에서 깬 막순은 양말을 신고 있는 그를 걱정스레 쳐다보았다. 그녀가 무엇을 걱정하고 있는지 잘 알고 있었다. 하지만 오늘마저 나가지 않는다면 분이에게 먹일 것까지 없다는 것을 잘 알고 있었다.

"추운데 나오지 마라! 갔다 오꾸마."

잠든 분이의 얼굴을 빤히 내려다보고는 그는 밖으로 나섰다. 그녀는 걱정스러운 마음에 바짓가랑이라도 붙잡을 요량으로 마당으로 나갔으나, 이미 보이지 않을 만큼 멀리 간 터였다.

"약속 꼭 지키서유. 꼭 지키셔야 혀유."

막순은 저도 모르게 소리를 내질렀다. 안으로 들어가기 전에 고개를 들어 하늘을 바라보았다. 잔뜩 낀 먹구름이 마음을 더욱 두렵게 만들었다.

축항에 다다르자 이미 일찍 나온 선원들이 옹기종기 모여 있었다. 날씨가 추운 탓에 모두 발을 동동거리며 출항할 배를 기다렸다. 몇몇 배들은 날씨가 좋지 않다는 이유로 조업을 나가지 않겠다고 하는 바람에 대기하고 있던 선원들이 발걸음을 되돌렸다. 그러나 다행히 〈시게요시 호〉는 예정대로 출항한다고 했다고 했다.

"퍼득 안타고 뭐하는 기고?"

번호표를 확인하던 어촌장이 멀뚱히 서 있는 상복을 재촉했다. 그제야 그는 인사를 넙죽 하고는 배에 올라탔다. 오랜만에 먼 바다로 나가는 탓에 멀미가 올라왔다.

그러나 일한 삯을 받으면 막순에게 두꺼운 천이 덧대어진 고무신 한 켤레를 선물해야겠다는 생각에 기분이 좋았다.

한편, 상복을 바다로 보내놓고 그녀는 마음이 이상하리만큼 불안했다. 차마 이야기는 못 했지만, 며칠 전부터 꿈자리가 뒤숭숭했다. 눈만 감으면 그가 바닷물에 흠뻑 젖은 채, 서 있었다. 그 꿈은 너무나 생생해서 현실이 아닌가 착각할 정도였다. 마음이 이렇다 보니, 몇 번이고 마당에 서서 먼바다 쪽 하늘을 바라보았다. 새벽보다 더욱 어두컴컴해진 하늘을 마주하고 있으니 덜컥 겁이 났다. 더는 안 되겠다고 여긴 그녀는 분이를 데리고 옆집 순자네로 갔다.

"성님! 계셔유! 지 막순이구먼유."

막순은 방문을 향해 순자를 부르자 문이 열리고 어린 귀태가 밖으로 나왔다.

"엄니 방금 밭에 갔니더. 곧 올끼니더."

마루로 나온 귀태에게 분이를 맡겼다.

"미안헌데. 귀태야! 울 분이 좀 봐줘!"

그리고는 곧장 축항으로 내달렸다. 축항에 거의 다다랐을 무렵, 평소 낯이 익는 동네 사내들 서넛이 늦은 아침을 먹고 있었다. 그녀는 그들의 곁으로 다가섰다.

"분이 아부지 못 보셨어유? 날이 좋지 않아서 배가 안 떴지유?"

동네 사내들은 고개를 내저었다. 그들 중 한 사내가 상복이 청어잡이 배를 탔다고 말했다. 바다 날씨가 좋지 않아 출항했던 배들도 모두 돌아오고 있으니, 조금만 기다려 보라는 말도 덧붙였다. 먼바다 쪽으로 눈길을 돌렸다. 먹구름은 결국 번개와 천둥을 만들어 냈다. 사방이 번뜩였다. 파도는 시간이 지나면 지날수록 점점 거칠어져만 갔다.

17. 엇갈린 인연

정오가 되자 출항했던 배들이 험한 날씨를 피해 속속히 항으로 돌아왔다. 먼 바다로 나갔다, 들어온 선원들의 말로는 집채만 한 파도와 앞도 보이지 않을 만큼 억수 같은 비가 쏟아진다고 했다. 이야기를 전해 듣자 숨이 콱 막혔다.

시간이 갈수록 〈시게요시 호〉에 승선한 선원들의 가족들은 축항으로 속속 모여들었다. 그러나 아무것도 전해 듣지 못해 다들 애가 탔다. 그나마 배를 탄 몇 안 되는 일본 선원의 명단은 확인이 되나 조선인들은 이름은커녕 몇이나 배에 올라탔는지도 몰랐다. 답답한 만큼 시간은 속절없이 흘렀다. 사방이 깜깜해져 오자 그제야 순사들 몇 명이 나와 축항에 모여 있던 이들을 해산시켰다. 그중 일본말을 알아들은 노인 하나가 순사의 멱살을 쥐어틀었다.

"이 노무 쪽바리 새끼들아! 워데 다시 말해보라 카이.

우예 됐다고, 배가 우째 됐다고….."

순사는 자신의 멱살을 잡은 노인을 봉으로 두들겨 팼다. 그는 바닥에 나뒹군 채로 울음을 토했다. 어느새 사람들이 주변으로 모여들었다. 앞뒤 사정을 묻는 이들을 향해 배가 산산조각이 나, 침몰했다며 끝끝내 말을 맺지 못했다. 그의 한 마디에 축항은 그야말로 아수라장으로 바뀌었다.

"아, 아… 아, 아니지유. 거짓말이지유. 거짓말 맞지유?"

그녀는 노인의 곁으로 다가갔다. 그러나 돌아오는 건, 아들을 잃은 그의 울음뿐.

"나가 그 사람을 살리려고 워떻게 했는디… 이러믄 안, 안 되잖아유. 참말로 이러믄 안되는 거구먼유."

자리에 주저앉았다. 때마침 급히 축항으로 나온 어촌장이 선원들의 가족들을 살폈다. 그는 막순을 보자 두 눈을 질끈 감았다. 뒤늦게 어촌장을 알아본 그녀는 팔을 붙잡고 오열을 하다 그만 실신했다. 큰 천둥소리 뒤로 번개가 수차례 내리꽂혔다. 흩날리듯 내리는 비는 결국 굵은 눈송이가 되어 곳곳에 깊숙이 스며들었다.

밤새 상복이 바닷물 속으로 자꾸만 가라앉는 악몽을 꾸었다. 잠에서 깬 막순은 맨발로 마당으로 나갔다. 어젯

밤 제법 내린 눈 탓에 길은 꽁꽁 얼어있었다. 내딛는 걸음 걸음마다 발자국이 움푹 폐였다. 두 발은 금세 벌겋게 변했다. 그렇게 얼마나 걸었을까. 어느새 갯바위 위에 서 있었다. 텅텅 빈 눈동자에는 그를 삼킨 바다가 가득 들어찼다. 사랑하는 이를 하나씩 잃어간다는 것이 자신의 영혼도 하나씩 잃어간다는 뜻이기도 했다. 그리움이라는 것이, 기다림이라는 것이, 그것을 해 본 사람은 알 것이다. 얼마나 잔인하고 모질고 아픈지. 마지막으로 어두운 하늘을 한차례 올려보았다.

"분이 애미야! 막순아!"

순자가 달려와 막순의 등을 와락 껴안았다. 그녀는 엊저녁 동네로 돌아오는 이들을 통해 소식을 전해 듣고, 그 길로 어촌장의 집을 찾았다. 기절한 막순이를 간호하다 깜빡 잠이 들었다. 깨어나 보니 옆에 누워있어야 할, 사람이 사라진 뒤였다.

"자슥 있는 사람이 우째 이카노! 안즉 배가 우예 됐았는지도 확실찮다 아이가. 참말로 니는 혼자 남을 분이 생각은 쬐매도 안 하나? 어이! 아이고. 참말로 와? 이카노!"

순자는 바닥에 주저앉은 막순의 등 짝을 후려쳤다.

"불쌍혀서 우야노? 참말로 불쌍혀서 우짜노···."

넋을 놓고 바다를 바라보는 그녀에게서 오래전 남편을

먼저 보냈던 자신의 젊은 시절이 떠오르자 슬픔이 극에 달했다.

'이럴 줄 알았더라믄 사랑하지 말 것을. 이럴 줄 알았더라믄 약조하지 말 것을.'

눈물이 솟구쳐 오르자 막순은 그녀에게 안겨 통곡하였다. 순자는 울먹이는 어깨를 쓸어내리며 함께 울었다.

그 후, 막순은 매일같이 바다에 나가 그를 기다렸다. 시신이라도 찾고 싶었으나, 거친 파도에 떠밀려 어디로 가버렸는지. 물에 빠져 죽은 선원 중 대부분은 돌아오지 못했다.

상복이 세상에서 흔적 없이 사라지고 몇 번의 계절이 바뀌었다. 아이였던 분이는 어느새 어엿한 열아홉 꽃다운 나이가 되었다. 아비가 실종되고 어미인 막순은 말문을 닫아 버렸다. 처음부터 아예 말을 못 했던 사람처럼. 그 좋아하던 바다도 보려 하지 않았다.

사정이 이렇다 보니, 산 입에 거미줄을 칠 수는 없는 법. 산 사람은 어찌 되었든 살아야만 했다. 하여 정신 줄을 놓은 어미를 대신해 바다에 들어간 지가 벌써 여럿 해가 지났다. 비록 분이는 어린 나이였지만, 타고난 물질 덕분에 빨리 상군이 될 수 있었다. 제주 태생 해녀인 순자도 인정한 상군, 그녀가 바로 김분이었다.

"분아! 인자 고마 나오니라. 너거 엄마 배고플 때 됐다 카이."

고개를 내미는 그녀를 향해 순자가 고함을 내질렀다. 물 밖으로 나온 분이는 거친 숨을 한꺼번에 몰아쉬었다. 잠녀 즉 해녀들은 '숨' 하나로 삶과 죽음의 경계를 하루에도 몇 번이고 넘나드는 사람들이다. 숨이 꼴깍꼴깍 넘어가는 순간, 수면 위로 나와 길게 내뱉는 호흡이 바로 〈숨비소리〉였다. 그녀는 숨비소리가 참 좋았다. 숨을 길게 뿜을 때마다 머리 위로 수십 개의 별이 쏟아져 내렸다.

"엄마! 엄마!"

숨이 조금 안정되자 그제야 분이는 그녀를 향해 손을 흔들었다. 그러나 막순은 초점을 잃은 눈으로 먼바다만 바라볼 뿐. 그 모습에 순자는 절로 탄식이 터져 나왔다. 한두 번 마주하는 일도 아니건만, 볼 때마다 마음이 아팠다.

"고생허는 분이를 봐서라도 퍼득 정신 차려야 한데이. 어이!"

순자는 답답하고 걱정스런 마음에 막순을 향해 한소리를 건넸다. 처음부터 그녀가 저리되었던 것은 아니다. 상

238

복이가 실종되고 난 후에 어린 분이와 열심히 살아보려 부단히도 애를 썼다. 그런데 어느 날부터 시도 때도 없이 순사들이 찾아와 감시하기 시작했다. 심지어 몇 번이나 끌려가 고문을 당했다. 그런 횟수들이 빈번해지자 동네에서는 이상한 소문이 나돌았다. 수많은 풍문을 몰고 다니는 모녀를 가까이 대하려 하는 이들은 아무도 없었다. 더욱이 고문을 당하고 돌아오는 날에는 정신 나간 사람처럼 바닷가를 헤집고 다녔다.

"이모! 오래 기다려셨죠? 다음부터는 엄마 그냥 놔두고 바다로 들어오세요! 제가 이모께 너무 죄송스러워서 안 되겠어요!"

그녀는 순자에게 미안함을 전했다. 혈육이라고 하나 없는 모녀에게 가족만큼이나 살가운 존재였다. 처음 어린 분이가 물질을 하겠다고 나섰을 때, 순자는 반대했다. 해녀 일이 얼마나 힘든 일인지 누구보다 잘 알기에.

"야, 야가! 뭔 소리를 하노? 너거 엄마 정신이 쪼매 더 괜안아지믄, 분이 니가 뭐라 안캐도 바다에 들어갈끼다. 그칸께 니는 신경 쓰지 말거라. 알았나?"

그 마음은 잘 알지만, 그래도 분이는 미안했다. 물질할 수 있는 날짜를 계산해 보면 일 년에 고작 백일 정도밖에 안 되었다. 무엇보다 잡은 해산물들은 일본의 감시 속에

특정 일본인에게만 판매해야 하니, 값을 제대로 받지 못했다. 이 일로 인해 제주 해녀들은 시위대를 만들어 주재소를 습격한 사건도 얼마 전에 있었다.

적은 돈에 어미의 약값 그리고 아비가 빚진 돈까지. 그녀는 하루하루를 치열하게 견디고 버티었다. 김팔복은 상복이 실종되고 난 다음 날부터 막순을 찾아와 꾸어간 돈과 이자를 갚기를 독촉했다. 갚지 못한다면 딸을 데려다 팔아버리겠다는 협박까지 서슴지 않았다. 그렇게 물질을 하면서 조금씩 이자와 원금을 갚고 있지만, 턱없이 부족하였다.

"조심해서 다녀오세요. 여기서 엄마랑 기다릴게요. 같이 집에 가요!"

순자는 손을 흔드는 것으로 대답을 대신했다. 여름에서 초가을로 접어드는 때라 그런지 군데군데 해국 봉우리가 보였다. 곧 있으면 활짝 필 해국을 생각하니 괜스레 기분이 좋아졌다. 해국이 필 때가 되면 아비를 비롯해 그리워지는 이들이 있다. 그중에서도 어린 시절 잠깐 만난 여인을 떠오를 때마다 이상하리만큼 심장 끝이 저렸다. 자신을 '해국'이라 불렀던 사람. 부모에게 몇 번이나 물어보았지만, 결국 답을 듣지 못했다.

"예쁜 우리 엄마!"

240

분이는 막순의 목을 꼭 껴안고 얼굴을 비볐다. 그제야 텅 빈 두 눈동자에 빛이 찾아들었다.

조선 총독으로 군부 출신인 미나미 지로로 부임하면서 조선에도 많은 변화가 생겼다. 그는 창씨 개명과 조선어 일체 사용을 금지하는 등 민족 말살정책과 무단 통치를 강행했다. 더불어 중일전쟁에 조선인들을 참전시키기 위해 젊은 사내가 보이면 강제로 잡아갔다. 이 일로 인해 경성에서 대학을 다니던 순자의 외아들 오귀태는 어디론가 잠적해 생사를 알 길이 없었다.

평양으로 직접 화련을 찾아다닌 사사야끼는 경성으로 돌아왔다. 하지만 경성으로 돌아온 그에게 예기치 않는 많은 일이 생겼다. 조선 총독으로 새로이 부임한 미나미 지로는 사사야끼처럼 조선인이 높은 자리까지 올라간 것을 병적으로 싫어했다. 하여 조선인으로 순사부장 이상의 지위에 있는 이들 모두 일괄 감등 조치했다. 하여 경무보였던 그 또한 가장 말단 계급인 순사보가 될 수밖에 없었다. 더 기가 찬 일은 최측근이었던 다나까가 자신의 공적을 가로챈 일이었다. 믿는 부하에게 마저 배신을 당하고 나니, 분노는 극에 치달았다. 분노를 잠재울 길이 없어

술집에 홀로 앉아 독주를 들이켰다. 한데 그곳에서 눈에 익은 자를 보았으니, 바로 김상복이었다. 오래전 자신의 총에 맞은 다리까지. 놀란 사사야끼는 곧장 뒤를 쫓았으나 간발의 차로 놓치고 말았다.

'김상복. 그놈은 죽지 않았다!'

정말 상복이 죽지 않고 살아있다면 화련을 비롯한 독립운동가들의 근거지를 알아낼 수 있는 절호의 기회였다. 생각이 이쯤에 미치자 그 길로 구룡포로 향했다. 단숨에 구룡포로 내려온 그날부터 그의 집을 철저히 감시했다. 그러나 별다른 소득이 없자 사사야끼는 바다에서 돌아오는 모녀의 앞을 막아섰다. 놀란 분이는 앞으로 나섰다.

"누구세요? 누구신데 이 밤에…."

그녀의 말이 끝나기도 전에 뒤에 숨어있던 막순의 머리채를 낚아챘다. 분이는 그의 팔뚝을 꽉 깨물었다. 그러자 사사야끼는 그녀에게 주먹을 날렸다.

"이년이 미쳤나?"

그 사이 막순은 그에게 머리채를 잡힌 채, 질질 끌려갔다. 분이는 사사야끼의 바짓가랑이를 잡고 버티었지만, 건장한 사내의 힘을 이길 재간이 없었다. 끌려가는 모습이 마지막으로 본 그녀의 모습이었다.

막순은 다음 날 아침, 바다에서 시신으로 발견되었다. 이후 분이는 그녀가 그랬던 것처럼 입을 굳게 닫았다. 하루아침에 천애 고아가 되어버린 탓에 할 수 있는 일이라곤 넋을 놓고 멍하니 바다를 바라보는 것뿐. 순자가 곁에서 어르고 달랬지만, 그 슬픔이 어르고 달랜다고 없어지는 것이 아니었다. 힘든 시간이 점점 길어지자 함께 물질하는 해녀들조차도 수군덕댔다.

"참! 독한 년이야."

욕설과 함께 담배 연기가 하늘로 올랐다. 놀란 그녀가 고개를 들어 올려다보았다. 제 어미를 죽인 사사야끼였다. 옆에 있던 호미를 들고 일어났다.

"지금 보니 내가 잘 알고 있는 계집년을 쏙 빼다 닮은 것 같기도 하고…."

두 눈을 더욱 게슴츠레 떴다. 분이는 들고 있던 호미를 앞으로 내밀었다.

"용서치 않을 것이다!"

그녀는 호미를 들고 사사야끼 돌진했다. 하지만 몸을 가볍게 돌려 분이의 손목을 낚아챘다.

"놔… 놔, 놔란 말이야!"

잡힌 손목을 빼기 위해 안간힘을 써보았지만, 소용없었다. 그러는 사이 그는 그녀의 몸매를 훑어보았다. 분이는 정수리를 치켜들어 턱을 받았다.

"이년이 제 어미를 따라 황천길로 가고 싶어서 아주 환장을 했구나!"

사사야끼는 그녀를 향해 주먹을 들어 올렸다.

"네 놈은 또 뭐냐?"

그의 헛웃음에 분이는 감고 있던 눈을 떴다.

"오… 오, 오라버니?"

주먹을 막아선 이는 다름 아닌 순자의 외아들 오귀태였다. 두 사람의 힘은 팽팽했다. 그는 사사야끼를 죽일 듯이 노려보았다. 분이는 자칫 위험해질 수 있다는 직감이 들었다.

"그만해! 오라버니 이제 됐으니 그만하라고."

그녀는 귀태의 팔을 잡아 끌어당겼다. 사사야끼는 잠시 얼굴을 일그러뜨리며 권총을 만지작댔다. 당장이라도 이 둘을 죽여 버리고 싶은 마음이 굴뚝 같지만, 혹시나 살아있을지도 모를 김상복을 잡기 위해서는 참아야만 했다.

"다음에 나와 또 마주칠 경우, 그때는 네놈의 머리통을 가차 없이 날려 버릴 것이다!"

권총에서 손을 뗀, 사사야끼는 손가락 몇 개를 들어 귀태의 머리통을 겨누었다. 그가 돌아간 후, 그제야 그녀는 귀태의 얼굴을 똑바로 바라보았다.

"오라버니! 어떻게 된 거야? 그동안 어디 있었던 거야? 이모랑 내가 얼마나 오라버니를 찾아다닌 줄 알아? 어디 다친 데는 없는…."

그가 분이를 꽉 껴안았다. 놀란 그녀가 품에서 나오려 했으나, 차마 떼어 놓을 수 없었다. 어깨를 들썩이며 울고 있는 것이 아닌가. 그녀는 그런 귀태의 등을 오랫동안 다독였다.

18. 마음에 담아 두었던 사람

살다 보면 시간이라는 것이 마냥 흘러가지만은 않는다. 세상 전부였던 누군가를 잃는다는 것은 다가올 시간마저도 모두 잃어버리는 것이나 진배없었다. 하여 지나간 세월 속에 영원히 갇혀 살아가고 있을지도. 분이도 그렇듯 멈춰버린 시간 속에서 살았다.

"집에 있으믄 여거 퍼득 나와 봐라!"

마당으로 들어온 사내가 고함부터 버럭 질렀다. 김팔복이었다.

"오셨어요."

힘없이 방문을 열고 나온 그녀는 팔복을 향해 가볍게 인사를 건넸다.

"니 참말로 이카나? 이자가 얼매나 밀랬는지 아나? 니 애비가 빌려간 돈을 갚아도 모자랄 판국에 이기 뭐꼬? 어이! 참말로 내캉 해보자는 말이가!"

머리 꼭대기까지 화가 차오른 팔복은 제자리에서 방방

뛰었다. 그도 그럴 것이 어미인 막순이 세상을 떠나고 나자 분이는 아무 일도 하지 않았다. 하여 그에게 빚진 원금의 이자가 몇 달이나 밀려 있었다. 그가 돌아가고 나니 그제야 맺혔던 슬픔이 한꺼번에 올라왔다. 이제는 정말 혼자가 되었다는 생각에 오장육부가 찢겨나갔다. 혼자 마주하는 현실은 냉혹하고 잔인했다. 살아가면서 그리 큰 것을 바라지도 않았다. 그저 사랑하는 사람들이 두런두런 살아가는 것, 오직 그뿐이었다. 멍하니 앉아 있던 그녀의 눈동자에 덩그러니 놓인 태왁과 망사리가 들어왔다.

'결국은 이렇게….'

두 눈에 눈물이 차올랐다. 부모를 모두 앗아간 바다에 더는 들어갈 용기가 나질 않았다. 그러나 결국 바다로 어떻게든 다시 돌아가야 할 운명이었다.

"만데 왔노? 쪼매 더 안 쉬고. 만데꼬!"

오랜만에 바다에 나온 분이의 곁으로 순자가 다가왔다. 아침나절 김팔복을 본 터라 그녀가 걱정되었다. 보나마나 빚진 돈 갚으라고 한바탕 난리가 났을 터.

"이모! 이제 괜찮아요. 걱정하지 마세요. 참! 귀태 오라버니가 왔던데. 좋으시죠?"

바다에 나갈 채비를 끝낸 분이가 그녀를 바라보며 활짝 웃었다.

"좋기는 개뿔. 저놈아가 어데서 뭘 했는동? 물어도 도통 말을 않네. 아이고, 자슥 새끼가 웬수다, 웬수다 카이."

순자는 못마땅한 듯 혀끝을 연신 들이차며 그물을 손질했다. 그녀는 바다로 들어가기 전, 잠시 멈춰섰다. 바다 끝에서 불어오는 바람 한 줄기가 텅 빈 마음속에 찬찬히 스며들자 그제야 거친 바다로 뛰어들었다. 그렇게 바다는 엄마의 품처럼 따뜻하게 분이를 감싸 안았다.

주변이 어둑해지자 중절모를 쓴 사내가 주변을 예의주시하며 여각 안으로 들어섰다. 포구 근처 작은 여각이라 손님이 뜸했다. 그는 곧장 계단을 따라 위층으로 올라갔다. 좁은 복도 끝을 마지막 방 앞에 멈췄다.

"접니다!"

걸쇠 풀리는 소리와 함께 방문이 열렸다. 안으로 들어선 사내는 중절모를 벗고 고개를 숙여 인사를 건넸다.

"따라붙은 자들은 없었고? 아무튼, 수고혔어."

중절모를 쓴 사내의 어깨를 가볍게 두드리는 이는 김상복이었다. 두 사람이 자리에 앉자, 그제야 들고 있던 검은 가방을 탁자에 내려놓았다.

"부탁하신 물건 가져왔습니다."

상복은 건네받은 가방을 조심스레 열었다. 안에는 권총 한 자루와 탄약이 들어있었다. 〈마우저 C96〉 독일제 권총으로 최대사거리가 대략 200m로 알려진 총이었다. 조심스레 권총을 꺼내 이리저리 꼼꼼하게 살폈다.

"어째서 총을 구해…."

중절모를 쓴 사내는 말을 하려다 말고 멈추었다. 그의 눈동자에 거친 바람이 일었기에. 이곳으로 다시 돌아오기까지 강산도 변하고도 남을 만큼의 많은 세월이 흘렀다. 그 세월 동안 하루에도 수백 번도 더 가족의 품으로 돌아가는 꿈을 꿨다. 하지만 번번이 조여 오는 감시 때문에 좌절되었다. 시간이 흐르자 오히려 자신이 나타남으로써 더욱 힘들어질 사람들 생각에 돌아갈 수가 없었다.

"내 손으로 꼭 죽여야 할 놈이 있다카이!"

그는 어금니를 꽉 깨물었다. 이제야 겨우 가족들 곁으로 왔는데, 들려온 첫 소식은 막순의 죽음이었다. 그것도 사사야끼에게 잡혀 주재소로 압송되던 중, 바다로 뛰어들었다고 하였다. 그 이야기를 전해 듣자 피가 거꾸로 치솟았다. 그간 그녀가 겪었을 고통을 전해져 오자 눈물이 쉴 새 없이 흘렀다.

한 여인의 운명을 저토록 모질고 고독하게 만든 바보가 바로 자신이었다. 서로가 만나지 않았다면 누구보다 행복하게 살았을 여인. 남의 자식을 제 자식처럼 알뜰히 키우며 다른 여인을 마음에 품은 사내의 곁을 묵묵히도 지켜주었던 사람. 생각이 이쯤에 미치자 마음은 밑도 끝도 없이 무너져 내렸다.

완전히 어둠이 내려앉자 상복은 여각을 나섰다. 해안을 따라 걷던 그가 멈췄다. 불어오는 바람에 심장 끝이 아렸다. 망망대해인 바다를 매일같이 바라보며 돌아오지 않을 사내를 얼마나 그리워했을까. 기다려 본 사람만이 안다. 그리움이라는 것이 기다림이라는 것이 빛이 없는 하루하루를 살아가는 일이라는 것을. 그는 품속에서 뭔가를 꺼냈다. 그것은 바로 막순에게 주려 했던 고무신 한 켤레였다. 바다로 다가가 품고 있던 고무신을 조심스레 물 위로 내려놓았다.

"참말로 미안테이. 내가 마이 늦으가 미안테이."

파도에 실려 점점 멀어지는 고무신을 보며 오열했다. 잠시 숨을 고르던 그가 바다를 향해 소리를 질렀다.

"막순아! 사랑한데이. 내가 아주 많이 사랑한데이…."

사랑했던 적이 있냐고 물었던 밤. 그날 밤으로 다시 돌아갈 수만 있다면, 천 번이고 만 번이고 사랑한다고 말해주고 싶었다. 그 말 한마디가 뭐가 그리 어렵다고, 뒤늦은 후회가 밀려왔다. 허락 없이 떠나지 않겠다는 약속도 눈물도 모든 것이 후회되었다.

　같은 시각, 분이는 어디론가 나설 준비를 하였다. 주변이 컴컴했지만, 옷매무새를 몇 번이나 다듬었다. 그간 막순을 잃은 슬픔에 잠시 미뤄두었던 일을 하러 갈 참이었다. 그것은 바로 야학 수업. 그녀는 비밀리에 열리는 야학 수업을 들으러 다녔다. 구들장 아래에 숨겨두었던 책을 꺼냈다. 그리고는 등잔불을 끄고 한참을 쪼그리고 앉아 밖을 살폈다. 주변에 아무런 움직임이나 소리가 없자 그제야 방문을 열었다.

　"엄마, 아버지! 나 보고 있죠? 이제 울지 않고 씩씩하게 잘 지낼게요. 그러니 걱정하지 마시고 편히 쉬세요. 사랑해요."

　하늘을 바라보는 두 눈동자에도 어느새 별들이 가득 들어찼다. 분이는 숨을 길게 내뱉고는 사립문을 빠져나갔다. 그런 그녀를 지켜보는 이가 있었으니 바로 사사야끼였다. 욕정을 느낀 그는 저도 모르게 이곳까지 걸음을 하였다. 그렇게 들키지 않게 조심스레 뒤를 밟았다. 적당한 때가 오면 숲이든 어디든 들어가 욕정을 채울 작정이었다.

　사사야끼가 움직이자 또 다른 그림자도 덩달아 뒤를 바짝 쫓았다. 한참 걷던 분이가 부스럭거리는 소리에 긴

장했다. 갑작스레 몰려드는 공포심에 마른 침을 꿀꺽 삼켰다.

"분이가?"

누군가가 부르는 소리에 화들짝 놀라 걸음을 멈췄다. 앞으로 나서려던 사사야끼는 다시 어둠 속으로 몸을 숨겼다. 분이를 부른 이는 그녀의 야학 동무인 박점덕이었다.

"근데 와? 자꾸 뒤를 돌아보는 기고?"

한참을 걷던 점덕이 뒤로 힐끔거리는 그녀에게 물었다.

"아, 아… 아니야! 늦었어. 어서 가자!"

분이는 그녀의 팔짱을 다정스레 꼈다. 두 사람의 모습이 멀어지자, 그제야 사사야끼가 모습을 드러냈다. 희미해져 가는 뒷모습을 보며, 입맛을 다셨다. 그런 그의 행동을 예의주시하는 그림자가 있었으니, 상복이었다. 상복은 서둘러 품속에 있던 권총을 꺼냈다. 하지만 어두운 숲이라는 명중시키는 것은 불가능했다. 만에 하나 실패로 돌아간다면 딸까지 위험에 처할 수 있다는 판단에 권총을 내렸다. 그 사이 그는 왔던 길로 되돌아갔다. 상복은 분이가 내려갔을 길을 한참 바라보는가 싶더니, 곧 사사야끼의 뒤를 쫓았다.

길 아래로 내려간 그녀들은 임시로 마련된 천막 안으로 들어갔다. 천막 안에는 이미 십여 명의 학생들이 와있었다. 그들 모두 야학을 공부하는 이들이었다. 이들은 인근 동네에서 모인 사람들이었다. 오랜만에 등교한 모습에 하나같이 걱정과 반가움으로 천막 안은 들썩였다.

"참! 오늘 새로 선상님꺼서 경성서 오셨다꼬 캤는데…."

야학이라는 특성상 감시가 심해 선뜻 선생님을 자처하고 나서는 이가 드물었다. 그간 일제의 손에 잡혀 모진 고문을 당했던 선생님들도 여럿이었다. 사정이 이렇다 보니, 그만두고 싶어도 후임자를 찾지 못하는 경우가 허다했다.

"조용! 모두 조용하고 자리로 돌아가 앉으세요!"

야학 선생님 중에서 가장 연장자인 장 선생이 들어와 출석부를 교탁 위에 내려놓았다. 주변이 조용해지자 그는 앞을 바라보았다.

"여러분의 공부를 도와주실 새로운 선생님을 소개하겠습니다."

장 선생은 천막 입구를 보며 가벼운 기침을 내뱉었다. 그러자 건장한 사내가 안으로 들어왔다. 사내의 얼굴을 보이자 분이는 두 눈을 동그랗게 치켜떴다.

'귀태 오라버니?'

그녀의 뒤에 앉아 있던 점덕도 놀란 얼굴로 귀태를 뚫어지게 쳐다보았다.

"귀태 오라버니가 야학 선상이가? 헐! 순자 아지매는 아나? 은제 왔노?"

점덕은 최대한 소리를 낮춰 분이에게 묻고 또 물었다. 그녀 역시도 귀태보다 방순자가 걱정된 모양이었다. 그녀들이 걱정하는 사이 그가 교탁 앞으로 다가섰다. 그리고는 안을 쭉 훑어보고는 칠판에 자신의 이름을 썼다. 여학생들은 잘생긴 그의 외모에 대해 소곤거렸다.

"안녕하십니까! 저는 오귀태라고 합니다. 이런 뜻깊은 자리를 여러분들과 함께 나눌 수 있어 영광입니다. 앞으로 잘 부탁드립니다. 감사합니다."

귀태의 인사가 끝나자 이곳저곳에서 환영의 박수가 터져 나왔다. 하지만 분이는 박수를 치지를 않았다. 아니 칠수가 없었다. 야학이라는 것이 배우는 사람보다 가르치는 사람에게 더 위험한 일이었다. 다른 곳에서 야학을 가르치다 순사들에게 잡혀 모진 고문으로 목숨을 잃은 선생님들도 있어 더욱 걱정되었다.

그가 누구인가. 목숨보다 귀한 순자의 외아들이었다. 남편이 죽고 난 후에 온 정성을 쏟아 키운 아들. 그런 그녀의 마음을 알아차리기라도 한 듯, 그는 묵묵히 수업을 이어 나갔다. 하지만 분이는 여러 가지 걱정에 아무것도 들리지 않았다. 수업이 끝나자 학생들이 모두 집으로 돌아갔다. 그제야 귀태는 두 사람이 있는 곳으로 다가갔다.

"같이 가자! 너한테 할 이야기도 있고….”

그가 말끝을 흐리자 곁에 있던 점덕이 불쑥 끼어들었다.

"아지매는 오라버니 이카고 돌아 댕기는지 아나? 참말로 우짤라 카노!"

그녀의 잔소리에 귀태는 씩 하고 웃음을 보였다. 그때까지도 아무런 말도 하지 않던 분이가 천천히 입술을 떼었다.

"점덕아! 오늘은 너 먼저 가야겠다. 나는 오라버니랑 이야기 좀 해야겠어. 미안해!"

그녀의 말에 점덕은 입술을 꾹 다물고 고개를 끄덕였다. 그는 분이의 뒤를 따라 천천히 걸었다. 멀지도 가깝지도 않게 적당한 거리를 유지했다.

"저, 저… 저기!"

무거운 침묵이 이어지자 귀태가 그녀의 곁으로 바짝 다가섰다.

"오라버니! 어쩌려고 이러는 거야? 이 일이 얼마나 위험한 일인지 알긴 알아? 이모 생각은 전혀 하지 않는 거냐구! 당장 그만둬!"

분이는 두 주먹을 불끈 쥐었다. 무엇을 걱정하고 두려

워하고 있는지, 그는 잘 알고 있었다.

"왜? 대답이 없어!"

발끝만 쳐다보던 그가 아랫입술을 살포시 깨물었다.

"나는 그만둘 생각 없어! 이 일을 하면서 내가 얼마나 보람을 느끼는지 알아? 물론 나와 같은 일을 하다 잡혀 모진 고문을 당하거나 죽은 이들도 있었어. 하지만 그것이 무서워 포기할 것 같았으면… 아무튼 나는 두렵지 않다. 내가 두려운 건…."

눈동자가 촉촉이 젖어 들었다.

"오라버니의 뜻이 그리도 확고하다면 더는 말하지 않겠어. 단, 조건이 있어 이모한테 말하고 일을 시작해! 그리고 몸 상하지 않겠다고 약속해줘! 내가 오라버니에게 바라는 건 그거뿐이야."

그녀는 뜻하지 않게 찾아온 어색한 분위기를 날려 버릴 겸, 환하게 웃었다. 그리고 다시 되돌아서서 길을 따라 걸었다.

"사, 사… 사랑한다! 분이야."

몇 걸음 앞서 걷던 분이가 제자리에 멈췄다.

"널 여인으로서 연모한다. 내게 있어 가장 두려운 것은 바로 너라는 여인이다. 이런 내 마음을 전하면 혹여라도 멀어질 것 같아 그간 말하지 못했다. 널 내 마음에 품은

지, 꽤 오래되었다. 이런 내 마음 받아주면 안 되겠니? 널 평생 지켜주고 싶어!"

그는 떨리는 심장을 주체할 수 없었다. 지금이라도 당장 달려가 품에 안고 싶은 마음뿐이었다.

"차라리 말하지 말지 그랬어… 차라리 그랬더라면…."

분이는 뒤돌아보지도 않은 채, 다시 앞으로 걸었다. 충격을 받은 귀태는 멍하니 서서 멀어지는 등을 물끄러미 바라보았다. 뒤늦게 정신을 차린 그는 뒤를 쫓았다. 방안에 켜진 불빛 사이로 그녀의 그림자가 보이자 눈물이 뺨을 타고 흘러내렸다. 그간 두려웠던 일이 실제로 일어나고 보니, 심장이 일시에 와르르 무너져 내렸다. 그는 크게 숨을 들이마셨다. 이왕 이렇게 된 것 마음속에 담아두었던 말들은 모두 꺼내놓기로 작정했다.

"기다릴게. 네가 받아 줄 때까지. 나 절대로 포기하지 않아!"

그나마 켜져 있던 불마저 꺼졌다. 귀태는 한동안 캄캄한 방문을 바라보다 사립문을 나섰다.

19. 불안한 마음

　갑작스러운 귀태의 고백에 그녀는 밤잠을 설쳤다. 단한 번도 그를 사내로 생각해 본 적이 없었다. 귀태는 그녀에게 있어 친 오라비나 진배없는 사람이었다. 무엇보다하루하루 겨우 버티고 견디고 있는 자신에게 사랑이라는감정은 가당치도 않았다.

　"분이야! 일났나?"

　괄괄한 순자의 목소리가 방문 틈을 비집고 들어왔다.

　"오늘 날이 안 좋아서 물질은 모하겠다. 인자 겨울이다가와서 그카나? 날이 참네. 그건 글코 니 워데 아프나?얼굴이 와 글노?"

　그녀의 말에 분이는 뺨을 쓰다듬었다. 어제 일 때문에괜스레 죄를 짓는 기분이었다. 귀태가 사랑하는 사람이자신이라는 것을 알기라도 한다면, 목을 잡고 넘어갈 것이 뻔했다. 금보다 옥보다 더 귀한 외아들을 훌륭한 가문의 여식과 맺어 줄 것이라 입버릇처럼 말하고 다녔던 순자였다.

"니 참말로 뭔 일 있나? 와카노?"

시선을 떨구고 있는 분이를 걱정스레 쳐다보았다. 그녀는 고개를 내저었다. 순자가 돌아가고 얼마 후 귀태가 찾아왔다. 그녀는 그를 보자마자 부엌으로 피했다. 그 후에도 매번 그의 모습이 보이면 일단 숨었다. 하지만 피해 다니는 것도 하루 이틀. 어차피 야학 수업 때문에 좋든 싫든 마주쳐야 했다.

그러던 어느 날, 심상치 않은 꿈을 꾼 분이는 아침나절부터 괜스레 불안해서 일이 손에 잡히지 않았다. 여느 날에 비교해 날씨도 좋고 수확물도 꽤 많았다. 큰 태풍이 오기 전, 고요한 바다와도 같았다. 부모님이 동시에 꿈에 보이는 경우는 드물었다. 조여 오는 마음을 진정시키기라도 하려는 듯이 가슴에 손을 올렸다.

"분이야! 이제 고마 가자카이! 울 엄니 알믄 나 뒤져."

점덕이었다. 그녀도 해녀였다. 점덕이네는 외할머니 엄마 모두 제주 해녀 출신이었다. 그러다 보니, 자연스레 해녀가 되었다. 타고난 상군인 분이와 다르게 점덕은 중군이었다. 그녀의 엄마는 분이가 상군이라는 사실에 불만과 질투를 은근히 내비쳤다. 상군이 되길 바라는 엄마의 바람과 달리 그녀는 조만간 경성으로 올라가, 방직 공장에 취직할 것이라고 했다.

서산 쪽으로 해가 기울자 분이도 장비들을 챙겼다. 조금 이른 시간이었으나, 저녁에 야학 수업이 있는 날은 일찍 마쳤다. 불안한 마음은 날이 어두워지면 질수록 쉽사리 진정되지 않았다. 그녀는 그저 기분 탓이라 신경 쓰지 말라고 했다. 마당에 도구를 내려놓고 미리 준비해 두었던 책을 챙겨 사립문을 나섰다. 얼마나 걸었을까. 누군가가 점덕의 뒷덜미를 낚아챘다.

"밤마다 고냉이 새끼맨지로 어드레 가나 싶더만… 무싱거 하냐? 혼저 글나!"

애월댁은 점덕의 뒷덜미를 꽉 움켜잡았다. 애월댁은 제 딸에게 화난 것을 애먼 분이에게 눈을 흘기는 것으로 대신했다. 그녀는 곤란한 표정으로 분이를 바라보았다. 애월댁은 그런 점덕의 등을 몇 차례나 후려쳤다. 티격태격하는 두 사람의 모습에서 막순을 떠올렸다. 선한 얼굴의 어미가 떠오르자 서러움이 울컥 올라왔다. 그렇게 생각에 잠겨 걷던 분이가 뭔가를 보고는 무의식적으로 걸음을 멈췄다. 트럭 서너 대가 천막 앞에 떡하니 서 있는 게 아닌가. 차량 전조등 앞으로 사람들의 그림자가 길게 보였다. 하나같이 모두 무장한 일본 순사였다. 순사들은 천막 안에 있던 이들 모두를 줄줄이 엮어 트럭에 태우느라 여념이 없었다.

"오, 오… 오라버니!"

잡혀가는 그의 모습에 천막 쪽으로 달렸다. 때마침 귀태를 끌고 가던 순사를 부르는 이가 있었으니, 바로 사사야끼였다.

"내 눈에 띄지 말라고 했을 터인데. 오늘 내 눈에 띄었으니 지난번 약속했던 총상 하나 남겨야겠지."

그는 권총을 꺼내 들었다.

"어서 죽여라! 이 쪽바리 앞잡이 새끼야. 조선인으로 태어나 부끄러운 줄 알아라. 너 같은 짐승만도 못한 새끼를 낳은 네 부모가 참으로 가엽구나!"

귀태의 발악에 사사야끼의 얼굴이 일그러졌다. 권총을 들어 그의 오른쪽 뺨을 거칠게 갈겼다. 귀에서 피가 주르륵 흘러내렸다. 실신한 귀태의 정수리를 움켜잡고 뒤로 제쳐 관자놀이 위에 총구멍을 가져다 댔다.

"네놈이 뭘 알아? 내 부모가 조선에서 얼마나 큰 멸시와 핍박을 받으며 살았는지… 네놈 따위가 감히… 어디서 감히…."

사사야끼의 눈동자는 분노로 일그러졌다. 막 방아쇠를 당기려는 그때 분이가 뛰어들었다. 한편, 상복은 〈마우저 C96〉 독일제 권총에 나무로 된 개머리판을 장착했다. 개

머리판은 주로 목표물을 저격할 때, 사용하는 것이었다.

"살려 주십시오! 제발 오라버니를 살려 주십시오!"

그녀는 사사야끼 앞을 가로막아 섰다. 귀태는 그런 분이를 향해 고함을 질렀다.

"여, 여기는 왜? 온 것이야! 오라비는 괜찮다. 어서 도망가!"

분이에게 향해 있던 그의 시선이 다시 귀태를 노려보았다.

"이것들이 아주 잘 놀고들 있구만. 이 판국에 사랑놀음을 하고 자빠졌네."

그는 다시 방아쇠에 손을 넣었다. 감히 자신의 부모를 욕보인 놈을 살려주고픈 마음은 전혀 없었다. 더욱이 몰래 야학을 가르쳤다는 건, 아주 중대한 범죄였다. 본보기로 하나 정도 머리에 총알구멍을 내주는 것도 괜찮았다.

"사사야끼 상!"

쩌렁쩌렁한 목소리가 밤의 공기를 날카롭게 갈랐다. 사사야끼는 욕설과 함께 총구멍을 아래로 내렸다. 목소리의 주인은 바로 구룡포 치안국 치안감인 도쿠가와 겐지스였다. 그에게 향해 있던 겐지스의 눈길은 곧 분이에게로 향했다. 넋을 잃고 그녀를 바라보던 겐지스를 향해 짧은 헛기침을 두어 번 내뱉었다. 둘 다 산채로 주재소로 압송하라는 명령에 그는 두 주먹을 불끈 쥐었다.

"네 놈의 머리통은 아직도 내 것이다. 명심해라!"

사사야끼는 귀태의 머리를 가볍게 쳤다. 분이는 꽁꽁 묶여 다른 사람들과 마찬가지로 트럭에 실렸다. 그녀가 끌려가는 것을 멀리서 본, 상복도 급히 트럭의 뒤를 따라 달렸다. 목숨을 걸고서라도 이번만큼은 반드시 구해 함께 떠나리라 마음을 굳게 다잡았다.

주재소로 잡혀 온 그녀는 곧장 심문실에 갇혔다. 심문실에는 고문에 사용된 흉악한 도구가 가지런히 놓여 있었다. 자신이야 어떻게 되었든, 함께 잡혀 온 귀태의 안전이 걱정되었다. 지금쯤이면 그의 어미인 순자도 모든 사실을 전해 들었을 터인데. 시간이 얼마나 흘러갔을까. 문 여는 소리에 분이는 고개를 들었다. 사사야끼가 들어 올 것이라는 예상과는 달리 다른 이가 들어섰다. 조금 전에 잠시 마주했던 도쿠가와 겐지스였다. 심문실 안으로 들어선 겐지스는 그녀 앞에 앉았다. 서류에 적힌 것을 찬찬히 훑어보던 그의 시선이 앞에 앉은 그녀에게로 향했다. 머리부터 발끝까지 훑어 내리는 눈빛은 음탕하기 짝이 없었다. 그런 더러운 시선이 신경 쓰인 분이는 옷매무새를 바로 다잡았다. 겐지스는 자리에서 일어나 출입구로 걸어가 문고리를 닫아걸었다. 그리고는 곧 그녀에게 다가가 어깨를 쓰다듬었다. 밀려드는 소름에 어금니를 꽉 깨물었다. 숨결은 점점 거칠어지며 분이의 옷고름 쪽으로 손이 내려왔다.

"이 무슨 짓이냐!"

소리를 내지르며 겐지스의 뺨을 올려붙였다. 갑작스러운 공격에 콧수염이 움찔했다. 그는 벌겋게 달아올라 욕설과 함께 분이의 멱살을 틀어쥐었다. 바닥에 쓰러진 그녀의 얼굴을 구타했다. 분이가 기절하자 흐트러진 앞머리를 뒤로 쓸어 넘기며 아랫입술에 침을 발랐다. 겐지스는 정신을 잃은 그녀의 위를 올라타서는 거칠게 옷고름을 뜯었다. 드러나는 하얀 속살에 아랫도리가 뜨거워졌다. 올라오는 욕정을 더는 누를 수 없던 그는 허리띠를 풀었다. 바지를 막 벗으려는 그때 누군가가 문을 두드렸다. 겐지스는 잠깐 뒤로 돌아는 보는가 싶더니, 다시 바지를 벗었다. 하지만 문고리를 심하게 잡아 비트는 소리가 들렸다. 그는 아쉬운 표정을 지으며 반쯤 벗은 바지를 입었다.

뭔가를 급히 보고받은 겐지스는 부하들을 따라 밖으로 나갔다. 야학을 배우던 많은 이들이 잡혀 왔으니, 이 동네 저 동네 할 것 없이 가족들이란 가족은 모두 주재소로 몰려온 것이었다. 하나같이 손에는 낫과 호미 그리고 몽둥이를 들고 있다 보니 순사들도 선뜻 나서지 못했다. 까딱 잘못했다가는 되레 당하는 일이 발생할 수도 있었다. 앞서가던 그가 갑자기 멈춰 서서 순사를 불렀다.

'하필이면 저 계집이 겐지스의 눈에….'

업혀 가는 분이의 모습에 사사야끼의 표정이 점점 어두워졌다. 한번 눈에 들어온 여인은 반드시 제 것으로 만들어야 직성에 풀리는 인간이 바로 겐지스였다. 상황이 이렇게 돌아가면 그의 계획에도 변수가 생긴 셈이었다.

주재소 앞마당은 그야말로 사람들로 인산인해였다. 잡혀 온 가족을 찾으러 온 사람들과 그들을 막아선 순사들의 대치가 팽팽했다. 가족을 내놓으라는 이들의 외침이 밤하늘에 가득 들어찼다.

"아이고! 귀태야. 야, 이눔아!"

순자는 귀태가 잡혀갔다는 소식을 전해 듣고 맨발로 주재소로 뛰어온 길이었다. 바닥을 치며 대성통곡을 하는 그녀의 옆으로 많은 아낙이 주저앉아 가족의 이름을 목 놓아 불렀다. 마당으로 나온 겐지스는 허리에 차고 있던 권총을 꺼내 들어 하늘을 향해 발포했다. 총구멍에서 튀는 불꽃과 서너 발의 총성으로 인해 시끄러웠던 마당에는 한동안 정적이 흘렀다. 그가 계단에 서자 주위로 수십의 순사들이 에워쌌다. 주변을 잠시 둘러보는가 싶더니 곧 순사들을 향해 명령을 내렸다. 명령이 떨어지자 순사들은 모여 있는 사람들을 강제로 끌어냈다. 그사이 군용수송 차량이 주재소 앞문에 주차했다. 수송 차량에서 내린 헌병대는 젠지스에게 가볍게 인사를 건네고 주재소 안으로 들어갔다. 얼마 뒤, 포승줄에 묶인 이들을 주재소 밖으로 나왔다.

"귀, 귀… 귀태야!"

그의 모습에 순자가 일어섰다. 그러나 순사들이 그녀의 앞을 막아섰다.

"어무이! 내 걱정 허덜 말고 퍼득 집에 가소!"

귀태는 옆으로 고개를 돌려 순자에게 고함을 내질렀다. 그녀를 바라보는 그의 눈동자가 촉촉이 젖었다. 순자는 고래고래 소리를 지르다 결국 바닥에 까무러쳤다. 그렇게 분이를 제외한 잡혀 온 자들 모두 헌병대 수송 차량에 올랐다. 끌려가는 내내 그는 분이 걱정밖에는 없었다.

몇몇 경비병들만 남기고 마당에 있던 이들은 모두 주재소 안으로 들어갔다. 주변이 어느 정도 정리가 되자 한 중년의 사내가 주재소 마당으로 들어섰다. 그러자 경비병들이 곧 그를 제지했다. 하지만 몇 마디 주고받는가 싶더니, 길을 터주었다. 안으로 들어선 사내는 지휘실의 문을 두드렸다. 사내는 다이스케라는 이름을 가진 일본인이었다. 그는 축항 인근에서 가장 큰 통조림 공장 운영하는 대부호였다. 엄청난 재물을 이용하여 힘깨나 있는 권력들과 끈끈한 관계를 유지했다. 제아무리 치안감이라 해도 그에게 굽신거려야 했다. 자리에 앉자마자 다이스케는 겐지스에게 종이 한 장을 들이밀었다. 겐지스는 건네받은 서류를 읽었다. 어깨너머로 서류를 확인한 사사야끼의 미간 사이가 좁아졌다. 그것은 바로 돈을 빌려주고 받은 차용증이었다. 큰돈이 필요했던 김팔복은 제때 이자와 원금을 갚지 못한 분이를 일본인인 다이스케에게 팔아넘긴 것이었다. 하여 그는 자신의 재산인 그녀를 내놓을 것을 요구했다. 사사야끼는 순간 머릿속은 복잡해졌다. 이대로 분이를 그에게 넘긴다면 상복과 독립운동가들을 잡아들인다는 꿈은 영영 물거품이 되고 만다. 더욱이 그간 독립운동가들을 잡기 위해 빚진 돈까지 많았다.

20. 단 하루라도

　산기슭에 무장한 사내들이 한 방향을 뚫어지게 쳐다보았다. 그곳에는 상복도 함께 있었다. 얼굴에는 초조와 긴장감이 흘렀다. 이번에야말로 딸을 꼭 만나리라. 그런 간절한 마음이 함께 할 이들을 끌어모았다. 그들 모두 비밀리에 독립활동하고 있는 지역 유지들이었다.

　"저기 불빛이 보인다!"

　망을 보던 자가 불빛이 비치는 곳을 가리켰다. 짙은 어둠이 내려앉은 길 위에 옅은 전조등 불빛이 보였다. 그 불빛은 바로 주재소에서 출발한 헌병대 호송 차량이었다.

　"퍼득 준비들 혀라!"

　대장으로 보이는 자가 뒤에 있던 이들을 향해 명령을 내렸다. 그러자 그들 중 일부는 돌덩어리를 모아둔 곳으로 날렵히 몸을 움직였다. 또 다른 무리는 긴 죽장을 들고 언덕 아래로 조심스레 내려갔다. 희미했던 불빛이 점점 더 또렷해지자 다들 몸을 더욱 낮추었다. 수송 차량의 앞

범퍼가 보이자 대장이 오른쪽 팔을 높게 치켜들었다.

"조금만… 조금만 더….."

대장은 미리 계획했던 곳까지 수송 차량이 들어오길 읊조렸다. 수송차가 어느 정도 사정거리 안에 들어오자 치켜들었던 팔을 아래로 내렸다.

"지금이다! 어서 돌을 굴려라!"

명령이 떨어지기 무섭게 수송 차량을 향해 돌덩어리를 굴렸다. 곧이어 부서지는 소리와 함께 차량이 뒤엉켰다. 요란한 굉음과 함께 트럭 범퍼에서 연기가 자욱하게 피어올랐다. 뒤늦게 정신을 차린 헌병들이 차에서 내리자 뒤에 있던 죽창 부대원들이 달려들었다. 그러자 이곳저곳에서 비명이 터져 나왔다. 방어조차 할 여력 없이 적들은 모두 맥없이 쓰러졌다. 그사이 수송차 안에 결박된 이들이 풀려났다.

'분, 분… 분이야!'

상복은 분이를 찾았다. 하지만 그 어디에도 보이지 않자 가슴이 철렁하고 내려앉았다. 들고 있던 죽창을 내팽개치고 주재소 쪽으로 미친 듯 달리기 시작했다.

사사야끼는 벌써 몇 시간째 고민에 빠져있었다. 더는 순사 짓을 하고 싶지 않았다. 열심히 공적을 쌓아도 조선인이라 하여 멸시와 무시를 받기 일쑤였다. 공을 쌓는다

손 치더라도, 그 수고로움은 고스란히 일본인 간부에게 넘어갈 것이 분명했다.

"천오수로 살 때도… 그리고 사사야끼로 사는 지금도 개무시라니… 시발!"

생각이 정리되자 자리를 박차고 일어섰다. 그리고는 제복에 붙어있던 계급장을 떼어 바닥에 내팽개쳤다. 권력은 이미 물 건너갔고, 그렇다면 재물이라도 건져야 했다. 하여 인신매매범에게 푼돈이나 받고 분이를 팔아넘길 작정이었다. 다음날이면 그녀의 소유권을 주장하고 나서는 다이스케나 아니면 미모에 혹한 겐지스의 손아귀에 넘어갈 것이 틀림없었다. 생각이 이쯤에 미치자 자연스레 걸음은 그녀가 갇혀있는 독방으로 향했다. 더러운 성질을 아는 탓에 그 누구도 막아서지 않았다. 그렇게 빛한 줄기 스며들지 않는 어둠 속에 분이는 널브러져 있었다. 사사야끼는 뒤로 돌아 손짓을 보냈다.

"정리해라!"

그의 말에 사내는 가볍게 고개를 끄덕이고는 분이를 마대 자루에 밀어 넣었다.

"인자 끝났심니다."

사사야끼는 마대자루에 눈길을 두는가 싶더니, 곧 눈짓을 보냈다. 그러자 사내는 마대자루를 어깨에 둘러멨다. 미리 손을 써놓은 탓에 그들은 무사히 뒤뜰로 나갔다.

"나리께서 시키는 일만 하믄 지를 풀어 준다고 캤으니깐. 그람, 지는 인자 갑니데이."

사내는 사사야끼에게 잡힐세라 냉큼 사라졌다. 주변을 훑어보던 그가 둔탁한 소리와 함께 꼬꾸라졌다. 정신을 잃지 않기 위해 눈을 부릅떴다. 누군가의 모습이 희미하게 보였다. 하지만 그것뿐이었다. 두 번째 날아온 둔기에 아예 정신을 잃었다. 상복은 들고 있던 둔기를 집어던졌다. 그리고는 권총을 꺼내던 그때, 분이를 애타게 찾는 목소리가 가까이 들려왔다. 하는 수없이 권총을 거두고 차문을 열었다. 뒷좌석에 있던 마대자루에서 가냘픈 여인의 신음이 새어 나왔다. 한참을 마대자루와 사사야끼를 번갈아 보았다.

"이 못난 애비를 절대로 용서치 말거라!"

상복은 마대자루를 고이 들어 바닥에 내려 한참을 어루만졌다. 그리고는 정신을 잃은 사사야끼를 뒷좌석에 거칠게 던져 넣어 꽁꽁 묶었다. 마대자루를 한동안 물끄러미 바라보던 그는 차를 출발시켰다. 뒤이어 달려온 귀태의 눈에 꿈틀거리는 마대자루가 보였다.

"분, 분이야! 분이야!"

정신을 잃은 그녀의 어깨를 흔들었다. 얼굴에 난 상

처에 귀태의 심장이 갈기갈기 찢겨나갔다. 사랑하는 여인 하나 지키지 못한 자신에게 화가 치밀었다. 그는 그녀를 업고 뛰었다. 뛰는 동안 처음으로 신에게 간절히 기도하였다.

주재소를 벗어나 큰길로 나온 지프는 축항으로 달렸다. 그렇게 얼마나 달렸을까? 인적이 드문 길 위에 멈춰 섰다. 차에서 내린 상복은 야트막한 길 위쪽을 올려다보았다. 낡은 창고 하나가 보였다. 차에서 내려 뒷좌석에 있던 사사야끼의 머리를 가볍게 툭툭 쳤다. 그는 두 다리를 제외한 나머지는 묶여있는 데다, 검은 안대와 재갈까지 물려 있었다.

사사야끼는 자신의 등에 바짝 들이댄 권총으로 인해 그 어떤 행동도 할 수 없었다. 그저 권총이 움직이는 방향대로 몸을 맡길 뿐. 앞이 전혀 보이지 않는 탓에 돌부리에 걸려 넘어졌다, 일어나기를 수십 차례. 창고 안으로 들어선 상복이 천장을 향해 총 한 발을 쏘았다. 한 발의 총성은 잠잠하게 흐르던 공기를 한순간 깨뜨렸다.

그로 인해 한껏 달구어진 권총을 그의 오른쪽 관자놀이에 가져다 댔다. 끈적끈적한 땀방울 하나가 뜨거워진 총구멍을 휘어 감았다. 그제야 자신의 두 눈을 가리고 있던 검은 천이 벗겨졌다. 꽤 오랫동안 눈이 가려져 있던 터라 여러 번 눈을 질끈 감았다, 떴다. 주변의 사물들이 분간되자 상복의 얼굴이 또렷하게 보였다.

"상… 김상복? 이 개새끼 살아있을 줄 알…."

그는 묘한 웃음을 띠며 느슨해진 끈에서 손을 빼냈다. 그리고는 재빨리 겨드랑이 아래로 손을 가져대 댔다. 상복은 그런 그의 옆구리를 힘껏 걷어찼다. 다행히도 겨드랑이에 있던 권총은 앞으로 튕겨 나갔다.

그때였다. 손 쓸 틈도 없이 그는 권총이 있는 곳으로 몸을 잽싸게 날렸다. 상복은 권총의 방아쇠를 잡아당겼다. 어느 틈에 권총을 집어 든 사사야끼 역시 방아쇠를 당겼다. 서로를 향해 날아가는 두 발의 총알이 스치듯이 비껴나갔다. 엄청난 굉음과 함께 두 사람은 거의 동시에 바닥으로 떨어졌다.

"미, 미… 미…."

그의 목소리가 떨리는 것을 알아챈, 상복이 감았던 눈을 떴다. 그 순간 또 한 발의 총성 함께 사사야끼의 이마에서 피가 솟구쳐 올랐다. 그렇게 그는 눈도 감지 못한 채, 비참한 최후를 맞았다. 상복은 등을 돌려 서 있는 그림자의 모습을 빤히 내다보았다. 어디서 본적이 있는 뒷모습에 가슴이 벅차올랐다.

"화… 화련? 아니 수옥씨! 참말로 수옥씨가 맞단 말인교?"

다친 그의 곁으로 화련이 다가왔다. 믿기지 않는 어떤 일과 마주하게 되면 그것이 현실인지 꿈인지 모를 때가 있는 법. 살아 숨 쉬는 동안, 단 한 순간도 잊은 적이 없었던 여인이었다. 죽지 않고 살아있다면 언젠가는 꼭 한 번 정도 스치듯이 만나리라 여겼다. 하지만 운명은 장난처럼 매번 그들을 스쳐 가게 만들었다.

"보고 싶었심더. 참말로 그리워 했심더."

떨리는 목소리로 겨우 말을 건넸다. 어떤 말이 더 필요하단 말인가? 숱한 낮과 밤을 한 여인을 향한 그리움으로 버텼다. 화련은 그의 말 한마디에 눈물이 차고 넘쳤다. 그녀 역시도 상복과 딸의 곁으로 돌아가기 위해 부단히 애를 썼다. 그러나 인제 와서 구태여 그런 변명이 무슨 소용이 있겠는가. 그녀가 그를 일으켜 세우려는 순간, 한 발의 총성이 울렸다. 상복이 맥없이 쓰러졌다.

"상복씨! 상복씨!"

그녀는 상복을 목놓아 불렀다. 하지만 이미 숨이 끊긴 채였다. 화련은 그를 껴안았다. 등에서 흘러 내리는 피는 바닥을 금세 적셨다. 그런 그녀의 곁으로 천천히 걸어오는 이는 다나까였다.

"총독부로 압송할 것이다. 어서 계집을 끌어내라!"

명령에 부하들은 화련의 양팔을 잡아끌었다. 다나까는 몇 발자국 옆으로 걸음을 옮겨 죽은 사사야끼를 내려다보았다. 깨진 두개골 사이로 검붉은 피가 뚝뚝 떨어졌다. 뭔가가 눈에 들어오자 허리를 굽혀 물건을 주워들었다. 그것은 아주 오래전 자신이 건넨 지포 라이터였다. 다나까는 주머니에 있던 담배 한 개비를 꺼내 불을 붙였다. 그가 걸음을 달리하려던 그때, 부하의 굵은 목소리가 텅 빈 창고를 쩌렁쩌렁 울렸다. 그녀의 목에서 피가 솟구쳤다. 손에는 단검이 들려 있었다. 갑작스러움에 그가 뛰어가 목을 지혈했지만, 이미 늦은 뒤였다. 화련의 두 눈동자는 점점 텅 비어져 갔다.

"이런 독한 년!"

그는 두 주먹을 불끈 쥐고는 부하의 정강이를 걷어찼다. 공들였던 탑이 무너지는 기분이었다. 피를 토해내는 화련의 얼굴에서 문득 분이의 얼굴이 떠올랐다. 꿩 대신 닭이라고. 생각이 이쯤에 이르자 서둘러 부하들과 함께 창고를 나갔다. 날이 밝기 전에 분이를 찾아야만 했다.

주위에 아무도 없자 그녀는 희미해져 가는 정신을 겨우 붙잡았다. 그리고는 온 힘을 다해 상복에게로 손을 뻗었다. 서로의 손끝이 닿을 듯 닿지 않자 눈물이 주르륵 흘렀다. 그의 이름을 마지막으로 불러보고 싶었지만, 목소리가 나오지 않았다.

'나 또한 당신이 미치도록 그리웠습니다. 단 하루를 살아도 당신 곁에서 살고 싶었습니다. 사랑해… 당, 당신과 내, 내 딸 해, 해국이 불쌍….'

이마에 굵은 핏발이 서더니, 곧 그녀의 손끝은 맥없이 툭 떨어졌다. 그렇게 아프고 고단했던 시대는 역사의 뒤안길로 저물어가고, 또 다른 슬픈 역사가 조금씩 다가서고 있었다.

분이는 꿈을 꾸고 있었다. 어린 시절로 돌아가 해국이 피어있는 들판에 홀로 서 있었다. 노란 나비를 잡기 위해 이리 뛰고 저리 뛰다, 누군가의 무릎에 이마를 콕 찧었다. 그곳에는 슬픈 눈을 가진 아름다운 여인이 서 있었다. 어린 분이는 돌아서는 여인의 치맛자락을 잡으려 두 팔을 뻗었으나, 짙은 안개가 그녀를 감쪽같이 삼켜버렸다.

"엄마! 엄마!"

비명에 놀란 귀태는 허우적대는 그녀의 팔을 꼭 잡았다.

"괜찮은 거야? 정신이 드는 거야?"

그가 몇 번이고 물었지만, 분이는 대답이 없었다. 뒤쪽 서랍장 위에 있던 물컵에 물을 따랐다. 때마침 함께 야학을 가르치는 장 선생이 병실로 들어섰다.

"귀태야!"

급히 뛰어오느라 숨을 몇 번이나 더 고른 후에야 말을 이었다.

"지금 이러고 있을 때가 아니다. 어서 몸부터 피해! 곧 순사들이 들이닥칠 것이야. 이유는 잘 모르겠지만… 분이를 찾고 있는 것 같아. 그럼 이만… 몸조심해!"

장 선생은 그의 어깨를 토닥이고는 급히 자리를 떴다. 귀태는 천천히 분이를 일으켜 세웠다. 이러다 또 순사에게 잡혀가면 어떤 일이 벌어질지도 몰랐다.

"오라버니!"

분이가 힘겹게 입술을 떼었다.

"나… 여기 두고 가! 따라나서지 않을 것이야!"

그녀는 귀태의 등을 밀어냈다.

"네가 가지 않는다면, 나도 가지 않을 것이다. 어차피 분이 네가 없으면 나는 살아있어도 살아있는 것이 아니니깐!"

그녀를 향해 다시 등을 내밀었다. 이러다 자신은 물론

이고 귀태까지 위험하다는 생각에 하는 수 없이 업혔다.

"분이야! 정신 차리고 있어야 해! 알았지?"

아픈 분이가 혹 정신을 놓지 않을까, 몇 번이고 말했다. 그녀는 겨우 고개를 끄덕였다. 그들이 의원 문을 나선 지 얼마 되지 않아, 웅성거리는 소리가 들렸다. 그림자 서넛이 민가의 대문을 거칠게 두드리고 있었다. 재빨리 몸을 돌리는 순간, 멈추라는 고함이 밤공기를 매섭게 갈랐다. 멈춰 있을 수도 뛸 수도 없었다. 소리를 듣고 모여든 순사들이 두 사람의 곁으로 점점 다가왔다.

"여기! 여기! 여기로!"

누군가가 골목 끝자락에서 귀태를 향해 손짓을 보냈다. 선택의 여지가 없었다. 서둘러 좁은 골목 안으로 뛰어들었다. 골목은 딱 한 사람 정도 겨우 지나다닐 만큼 아주 비좁았다. 자세히 보지 않으면 그곳에 골목이 있다는 것도 모를 만큼. 순식간에 어둠 속으로 사라진 그로 인해 순사들은 당황하여 권총을 꺼내 들었다. 곧이어 총성이 연달아 들렸다.

"분이야!"

다행히도 총탄은 그들을 아슬아슬하게 피해갔다. 순사들은 골목을 향해 계속해서 권총을 쏘아대자, 중절모 사내가 골목으로 달려와 분이를 어깨에 들쳐 멨다.

"어서 갑시다! 어서요!"

그는 그런 중절모 사내의 뒤를 바짝 따랐다. 골목을 빠져나온 사내는 미리 준비해 둔 지프 뒷좌석에 그녀를 조심스레 눕혔다.

"어서 타요!"

귀태를 향해 소리쳤다. 중절모 사내가 차에 올라타는 동시에 총알이 날아왔다. 사내는 가속 페달을 거칠게 밟았다. 요란한 굉음과 함께 쏜살같이 앞으로 내달렸다. 희뿌연 먼지가 하늘로 솟구쳤다.

"괜찮소? 총을 맞은 것 같은데⋯."

그의 왼쪽 어깨에 핏물이 배어났다.

"다행히 총알이 박히지 않았습니다. 도와주셔서 감사합니다."

중절모 사내는 귀태의 말에 피식 웃으며 뭔가를 내밀었다.

"이건?"

그가 건넨 봉투는 다름 아닌 경성으로 가는 기차표와 약간의 돈이었다. 귀태는 놀란 눈으로 중절모 사내를 쳐다보았다. 누군데 생면부지인 자신들을 이리도 도와주는 것인지 물으려는 찰나.

"분이 아가씨를 안전하게 모시라는 윗선의 지시요! 나

머지는 기밀이니 알려드릴 수 없소! 더는 그 어떤 것도 궁금해하지 마시오!"

중절모 사내는 뒤에 이어질 물음까지 고려해 딱 잘라 말했다.

"경성에 도착하면 곧장 동작진에 있는 〈국원제분〉 강회장을 찾아가시오! 아가씨의 거처를 마련해 줄 것이니."

이 말을 끝으로 그 어떤 말도 들을 수 없었다. 한참을 달리고 또 달려 정오가 다 되어서야 기차역에 도착했다. 차에서 내린 귀태는 분이를 업었다.

"감사합니다!"

그가 고개를 숙여 인사를 건네자, 중절모 사내는 쓰고 있던 모자를 잠시 들어 화답하고는 떠났다. 귀태는 분주히 움직이는 사람들을 한참이나 뚫어지게 바라보았다. 언제쯤이면 나라를 잃은 이 서러움을 토해낼 수 있을까? 언제쯤이면 무단으로 침략한 저들을 이 땅에서 몰아낼 수 있을까? 속에서 뜨거운 뭔가가 울컥 올라왔다.

21. 사랑하는 여인

꽃망울이던 산수유 꽃이 노랗게 활짝 피어 봄이 옴을 제대로 알렸다. 벌써 몇 시간째 귀태는 큰 대문이 있는 저택 앞을 서성였다. 대문 사이로 보이는 저택의 마당은 그야말로 각양각색의 봄꽃들로 만발했다.

"오라버니! 오래 기다렸지?"

분이었다. 그는 활짝 웃으며 고개를 내저었다. 그녀를 기다리는 시간은 단 한 번도 지루해 본 적이 없었다. 그렇다고 기다렸던 시간만큼 많은 시간이 주어지는 것은 또 아니었다. 저택 근처에서 아주 짧게 서로의 안부를 묻는 것 정도가 다였다. 분이는 밀가루 공장에 딸린 안채에서 식모살이를 시작했다.

우여곡절 끝에 경성으로 올라온 두 사람은 중절모 사내가 일러준 〈국원제분〉의 강 회장을 찾아갔다. 그의 도움으로 치료도 받게 되었고 지금의 일자리도 소개받았다. 귀태는 경성에서 고등교육을 마친 덕에 아는 이들이 많아 그들과 함께 은신처에서 숨어 지낼 수 있었다. 무엇보다 〈국원제분〉의 외아들인 강진욱과는 아주 잠깐이었지만, 서대문 형무소에서 함께 수감 되었던 적이 있는 인연이었다.

"어디 아픈 곳은 없어? 힘들지 않아?"

그의 물음에 분이는 고개를 내저었다.

"난 괜찮아. 헌데…."

그녀가 잠시 말을 멈추고 머뭇거렸다. 그는 물끄러미 바라보았다. 귀태와 눈이 마주치자 숨을 고르며 끊긴 말을 이었다.

"…이모가! 많이 위독하신 것 같아!"

분이에게 있어 이모는 귀태의 어미인 방순자였다. 경성으로 도망치듯 올라온 지도 벌써 일 년이 훌쩍 넘었다. 얼마 전, 점덕이 그녀에게 전보로 소식을 알려왔다. 하긴 귀한 외아들의 생사를 알 길이 없는 어미의 오장육부는 이미 타들어 가도 바짝 타들어 터. 그렇지 않아도 물질로 인해 아픈 몸뚱이에 화병까지 생긴 셈이었다. 어미가 위독하다는 소식에 그는 어금니를 꽉 깨물었다.

"하여 주인마님께 사정을 이야기하고 조만간 이모에게 가보려고 해!"

그녀의 말에 귀태는 버럭 소리를 내질렀다.

"안돼!"

무엇을 걱정하는지 분이는 잘 알고 있었다. 일 년이라는 시간과 상관없이 그들은 엄연한 도망자였다. 고향으로 돌아가자마자 잡힐 것은 불을 보듯 뻔했다.

"이모는 내게 있어 어미나 마찬가지야. 어미가 위독하다는데 내 목숨 하나 살자고 모른 척한다는 것은… 있을 수 없는 일이야. 설사 죽는다 해도 더는 피하지 않을 생각이야. 오라버니가 가든 안 가든 상관없어. 나는 사람으로서 해야 할 도리를 하고자 할 뿐이야. 허니 더는 말리지 않았으면 좋겠어! 부탁이야. 오라버니!"

거침없는 한마디 한마디가 모두 맞는 말이었다. 말린다 하여도 말려질 그녀가 아니었다. 귀태는 뭔가 결정을 내린 듯 빤히 쳐다보았다.

"내게 조금만 시간을 줄 수 없겠니? 내가 좀 더 알아볼 터이니 함께 내려 가자구나!"

간절한 그의 눈빛에 더는 고집을 피울 수가 없었다. 혹시 있을지도 모를 감시자의 협박과 회유로 점덕이 그런 전보를 보냈는지, 지금으로써는 알 길이 없었기에. 그녀는 고개를 끄덕이는 것으로 대답을 대신했다. 귀태와 헤어지고 분이는 저택 안으로 들어갔다. 저녁을 준비하기 위해서는 서둘러야만 했다. 계단을 오르는 그녀를 향해 누군가가 이름을 다정히 불렀다.

"분이씨!"

"도련님? 무슨 시키실 일이라도…."

그를 보자 분이는 손을 앞으로 모았다. 그러자 진욱은
한걸음 성큼 다가서서 자세를 낮추었다. 그의 숨결이 얼
굴에 닿자 화들짝 놀라 한 발짝 뒤로 물러났다.

"도련님이 뭡니까? 잊었어요! 우리 서로 이름 불러 주
기로 했잖아요. 아, 이거 진짜 섭섭한데요."

진욱은 더 가까이 다가서려 하자, 그녀의 몸이 뒤로 휘
청였다. 놀란 그가 서둘러 팔을 뻗어 허리를 감싸 안았다.

"이, 이… 이제는 괜찮은데…."

그는 분이의 팔을 잡아당겨 더욱 꼭 껴안았다.

"잠시만! 잠시만 있어요. 내가 얼마나 당신을 이렇게
안고 싶었는지 알긴 알아요?"

진욱은 그녀에게 속삭였다. 그는 분이를 보자마자 사
랑에 빠졌다. 그녀를 처음 본 날이 아직도 생생하기만 했
다. 하나의 밝은 빛이 마치 자신의 심장 속으로 스며들 듯
한 느낌. 그 마음을 지금껏 수백 번도 더 전했으나, 분이
의 마음은 좀체 열리지 않았다. 그녀 또한 진욱을 싫어하
는 것은 아니다. 더욱이 그에게는 집안에서 맺어준 약혼
녀가 따로 있었다. 사랑이라는 헛된 감정만으로 이 모든

것을 헤쳐나갈 용기가 없었다.

이런 마음을 알아차린 진욱은 때론 섬세하게 때론 듬직하게 노력을 기울였다. 그런 진심 덕에 분이의 마음에도 어느새 그가 조금씩 자리를 잡아갔다. 그렇게 세월이 흘러 서로의 마음을 확인하던 날, 진욱은 당장이라도 결혼 허락을 받을 것이라며 들떴다.

"누가 보기라도 하면 어찌하시려고 이러는 거예요. 어서 놓아주세요! 사모님께서 보시기라도 한다면 진욱씨가 곤란해질까 걱정이에요."

만에 하나 저택의 안주인인 윤 여사가 이 사실을 알기라도 한다면, 큰 사달이 나고도 남을 일이었다. 어느 어미가 금쪽같은 외아들을 부엌 일을 봐주는 식모와 사랑하게 놔둔단 말인가. 심지어 약혼녀도 있는 판국에 말이다.

"오늘 저녁에 아버지께 말씀드릴 생각입니다. 우리 결혼 허락해 달라고. 그러니 분이씨는 나만 믿고 있기예요. 내가 다 알아서 할게요. 걱정하지 마요. 알았죠?"

그의 눈동자는 그 어느 때보다 반짝였다. 분이는 그러지 말라고 몇 번이나 더 말렸지만, 마음은 확고했다. 진욱은 그녀가 더는 말을 꺼내지 못하도록 뜰을 가로질러 현관문까지 뛰어갔다. 그리고는 재빨리 몸을 돌렸다.

〈사. 랑. 해. 요!〉

그녀는 입술을 지그시 깨물었다. 분이 또한 태어나서 처음으로 함께 하고 싶은 사내였다. 그와 함께한다면 외롭지 않을 것만 같았다. 욕심을 부릴 수 있다면 부리고 싶을 만큼 간절히 원했다.

저녁이 되자 강 회장을 태운 자가용이 저택 앞에 멈췄다. 운전기사가 내려 뒷문을 열었다. 곧 강 회장이 내리고 뒤이어 젊고 아리따운 아가씨가 내렸다. 두 사람은 뜰을 지나 현관문에 다다를 즈음, 집사로 보이는 이가 나와 문을 열었다. 그는 뒤따르던 아가씨를 향해 먼저 들어갈 것을 권했다.

"어머머! 효주 아니니? 네가 이렇게 예뻐졌니? 몰라보겠다. 얘!"

냉큼 달려와 반갑게 맞아주는 윤 여사에게 효주는 방긋 웃었다.

"어머니께서도 그간 잘 지내셨죠?"

그녀의 인사에 윤 여사는 옆에 있던 강 회장을 쏘아보았다.

"효주가 미리 온다고 말해 줬어야죠. 그럼 저녁을 더 신경 써서 차렸을 거 아니에요. 당신도 참!"

"이 사람아! 언제까지 효주 양을 이리도 세워 둘 참이야! 진욱이는?"

강 회장이 목소리를 높이자 윤 여사는 효주의 손을 잡고 거실로 들어섰다. 두 사람의 모습은 흡사 모녀처럼 다정해 보였다. 마침 계단을 내려오던 진욱과 그녀의 눈이 마주쳤다.

"오빠!"

생각지도 못한 효주의 등장에 그의 낯빛이 어두워졌다. 그녀는 집안에서 맺어놓은 약혼녀였다. 어린 시절부터 이미 알고 지낸 사이라 딱히 여자로 느껴진 적은 없었다.

"넌 효주한테 인사 안 하니?"

멍하니 서 있는 진욱을 향해 윤 여사가 톡 쏘았다.

"어! 언제 온 거야?"

그의 떨떠름한 말투에 효주는 내심 섭섭한 표정이었다. 둘 사이에 어색한 공기가 흐르자, 그녀는 과장되게 웃었다.

"어머머! 쟤가 저렇게 무뚝뚝하다니깐. 우리 예쁜 효주가 이해해!"

윤 여사의 호들갑에 그녀는 애써 미소를 보였다. 소파에 앉은 진욱의 눈길은 어느새 주방을 향했다. 이런저런 이야기들과 웃음이 오고 갔지만, 신경은 온통 분이에게가 있었다.

"다들 식사하러 가지!"

강 회장의 말에 다들 일어났다. 저녁상은 상다리가 휘어지고도 남을 만큼 거하게 차려져 있었다. 모두 식탁에 앉자 분이는 그제야 따뜻하게 데워진 사골국을 내어왔다. 진욱은 그런 그녀를 애틋한 눈빛으로 바라보았다. 그의 시선을 느낀 분이는 허리를 숙이고는 서둘러 뒤로 물러났다.

"얼마 전에 사석에서 효주 양의 춘부장을 잠시 만난 뵈었다."

강 회장이 운을 떼었다. 효주의 할아버지와 아버지는 일본에서 큰 사업을 하는 사업가였다. 지금껏 무탈하게 사업을 키울 수 있었던 것도 그들의 도움이 있었기에 가능했다. 무엇보다 일본을 향한 미국의 움직임이 심상치 않았다. 사정이 이렇다 보니, 뭔가 단단하게 엮을 수 있는 끈 하나 정도는 마련해야 했다. 그것이 바로 두 사람의 결혼이었다. 그는 앞에 앉은 효주를 지그시 바라보았다.

"둘 다 나이도 있으니, 약혼식은 생략하고 바로 결혼식을 올렸으면 좋겠다고 말씀하시더구나. 내 생각도 마찬가지이다. 그리들 알고 준비하도록 해라!"

결혼이라는 말에 진욱은 심장이 쿵 하고 떨어졌다. 그러나 그녀의 얼굴은 화사하게 피었다. 그 얼마나 바라던 일인가! 어렸을 때부터 그와의 결혼을 꿈꿨다. 윤 여사는 효주를 바라보며 축하한다는 말을 건넸다. 그는 들고 있던 숟가락을 식탁에 내렸다.

"저는 효주와 결혼을 하지 않을 겁니다."

비장한 말 한마디에 따스한 공기는 일순간 차갑게 식었다.

"사랑하는 사람이 있습니다. 그 사람이 아니면 그 누구와도 결혼하지 않을 겁니다."

강 회장의 얼굴이 심하게 일그러졌다. 곧 시종일관 쉼 없이 재잘거리던 윤 여사마저도 말문이 막힌 지 오래였다.

"효주 양! 미안하네만 식사는 다음에 하기로 하지!"

그녀를 향했던 강 회장의 눈길은 곧 진욱을 노려보았다.

"넌 따라 들어오느라!"

그는 서재로 걸음을 옮겼다. 서재의 방문이 닫히자 그제야 윤 여사는 참고 있던 숨을 한꺼번에 몰아쉬었다.

"어머니 저는 이만 일어나 볼게요!"

마음의 진정된 효주는 윤 여사에게 차분하게 말을 건넸다. 자리에서 일어난 그녀는 주방을 나서기 전에 분이를 한참이나 쏘아보았다. 이미 오래전부터 눈치채고 있었다. 분이를 향해 있던 진욱의 마음을.

22. 간절한 염원

진욱이 서재 안으로 들어서자마자 액자 하나가 날아왔다. 그것은 바로 얼마전에 그린 분이의 초상화였다. 그는 바닥에 떨어진 액자를 집어 들었다.

"아버지께서 이, 이걸… 어떻게….”

강 회장은 독기 어린 눈으로 노려보았다.

"네놈이 사랑한다는 여자가 그 아인 것이냐?”

"네! 분이씨와 결혼하겠습니다. 허락해 주십시오!”

그의 대답에 강 회장은 주먹을 꽉 말아 쥐었다.

"허락할 수 없다!”

"아니요. 이번만큼은 저도 물러서지 않을 겁니다!”

두 눈동자에 거센 바람이 일었다. 이번만큼은 절대로 물러나지 않을 각오로 진욱은 강하게 밀어붙였다. 그간 자신이 하고자 하는 일에 있어 강 회장과 늘 팽팽하게 대립을 했다. 그림을 그리며 화가의 삶을 원했던 그와는 달리 강 회장은 회사를 이어받아야 한다는 명분을 앞세워 꿈을 가차 없이 짓밟아버렸다. 그 후부터 그는 강 회장의 바람과 달리 살기 시작됐다.

일제에 빌붙어 기생하는 아비처럼 살고 싶지 않았다. 하여 독립의 염원을 벽보로 만들어 붙이는 일을 했다. 이 일로 인해 공장은 막대한 손해를 입었다. 이만하면 자식이 아닌 원수라 하여도 과언이 아니었다. 쉬이 물러날 기미를 보이지 않자, 강 회장은 심호흡을 내뱉었다.

"그렇다면 할 수 없지!"

그는 수화기를 집어 들고는 우측 손잡이를 돌렸다. 그러자 곧 전화가 연결되었다. 강 회장은 신고할 것이 있다며 안경 너머로 앞을 쏘아보았다. 놀란 진욱은 달려들어 수화기를 빼앗았다.

"네 고집대로 한다면, 저 아이의 목을 조르는 것은 내가 아니라 결국 네 놈이 될 것이다! 더는 너와 말을 하지 않을 터이니, 여기서 나가거라!"

수화기를 잡고 있던 손이 부들부들 떨렸다. 강 회장은 의자를 돌려 벽에 걸린 그림으로 눈길을 두었다. 방문이 닫히는 소리를 나자 그제야 강 회장은 목을 조이고 있던 넥타이를 풀어헤쳤다.

'국원 어르신! 송구합니다. 허나 손녀분을 며느리로는…'

그의 눈시울이 붉어졌다. '국원'은 바로 독립운동가 권평중 대감의 호였다. 그림은 자신의 아비인 갑이와 권평중 대감이 함께 바라보던 산수화였다. 강 회장은 본디 권평중의 집안일을 도맡아 봐주던 집사 갑이의 아들이었다. 당시 비록 어린 나이였으나, 권평중의 인품을 흠모하였다. 나중에 자신도 그와 같은 사람이 되리라 굳게 마음을 먹었다. 후에 아비를 따라 만주로 갔으나, 얼마 있지 않아 아비는 일제에 의해 비참한 죽음을 맞이했다. 홀로 된 강 회장은 그 길로 일본으로 건너가 제분 공장에서 일을 하며 지금의 기업을 일구어냈다. 조선으로 돌아오자마자 가장 먼저 한 일은 권수옥을 찾는 일이었다. 하지만 증발이 된 것처럼 그녀를 찾을 수가 없었다.

그렇게 애꿎은 시간만 흐르던 어느 날, 그녀의 안타까운 소식과 함께 그녀의 딸인 분이가 이곳에 나타난 것이었다. 제 어미의 얼굴을 쏙 빼닮은 분이. 강 회장의 마음은 어느 때보다 복잡하고 번잡했다. 차라리 양딸로 들이라 하면 받아들일 수는 있으나, 며느리는 아니었다. 진욱과 효주의 결혼은 개인뿐만 아니라 〈국원 제분〉의 명운이 달린 중요한 일이었다.

"여보! 이, 이게 다 무슨 일이예요?"

서재로 들어선 윤 여사가 앙칼진 목소리로 물었다.

"효주 양은 갔나?"

그녀는 강 회장의 물음에 상관없이 아들이 사랑하고 있다는 여자에 대해 꼬치꼬치 캐물었다. 참다못한 그가 버럭 소리를 질렀다.

"나가! 좀 나가라고."

때아닌 역정에 윤 여사는 입을 삐죽 내밀며 뒤로 돌아섰다. 순간 바닥에 놓여 있던 액자가 눈에 들어왔다. 그녀는 무의식적으로 액자를 집어 들었다. 액자 속 인물과 마주하고 있는 윤 여사의 손이 가냘프게 떨렸다.

"이 망할 년이…."

그녀의 입에서 저도 모르게 거친 욕설이 튀어나왔다. 아들이 사랑한다는 여자가 바로 부엌에서 일하는 아이라는 사실에 분노가 치밀었다. 미처 말릴 틈도 없이 서재의 문을 박차고 나갔다.

"분이, 분이 어디 있어?"

부엌으로 달려간 윤 여사는 분이를 찾았다.

"사모님! 찾으셨…."

그녀의 말이 끝나기도 전에 윤 여사는 뺨을 올려붙였다. 맞은 얼굴은 금세 벌겋게 부풀어 올랐다.

"건방진 년! 어디를 감히 넘봐. 넘보길! 괘씸한 것 같으니라고!"

두 눈동자는 분노를 넘어 살기마저 느껴졌다. 분이는

무릎 꿇고 고개를 숙였다.

"죄송합니다."

복받쳐 오르는 눈물을 참기 위해 눈을 감았다. 급기야 윤 여사는 음식물 통을 집어 들었다. 그 모습에 곁에 있던 가정부들이 동시에 비명을 질렀다.

"사모님!"

분이의 머리 위로 음식물 찌꺼기가 얼굴을 타고 주르륵 흘러내렸다. 그것마저도 분에 풀리지 않았는지, 그녀는 식탁 위에 있던 사기그릇을 치켜들었다.

"어머니! 이게 대체 무슨 짓입니까?"

마침 주방으로 들어서던 진욱은 윤 여사의 팔을 꽉 잡았다. 그리고는 곧 분이의 손목을 낚아챘다.

"왜? 이러고 있어요. 분이씨가 뭘 잘못했다고!"

그는 분이를 일으켜 세워 현관문을 박차고 나갔다. 뜰로 나간 진욱은 손수건을 꺼내 그녀의 머리와 얼굴을 털어냈다.

"제가 할 테니깐. 진욱씨는 어서 들어가 보세요. 많이 놀라셨을 거예요."

부지런히 움직이는 진욱의 손등을 살포시 잡았다. 따스한 손길에 그는 밑도 끝도 없이 무너져 내렸다. 뜨거운 뭔가가 가슴 밑바닥에서부터 치받아 올랐다.

"미안해요! 미안합니다!"

그의 목소리에 물기가 배어났다. 고작 할 수 있는 일이 미안하다는 말밖에 없다는 것이 더욱 비참했다. 분이는 그런 마음을 알기라도 한 듯, 그의 볼에 흐르는 눈물을 조심스레 닦아주었다.

"진욱씨가 왜요? 내가 더 미안해요. 하필 나 같은 여자를 사랑하게 만들어서 내, 내가 더…."

담담했던 그녀의 목소리도 떨려왔다. 보잘것없는 사람을 마음에 품은 그 또한 얼마나 힘들었을까. 그때였다. 덩치가 큰 사내 서너 명이 마당으로 들어섰다.

"니들 뭐야?"

예기치 않는 그들의 등장에 놀란 진욱은 고함을 내질렀다. 덩치 중 선글라스를 낀 사내가 앞으로 나서며 가볍게 인사를 건넸다.

"도련님을 모시라는 회장님의 명이 있으셨습니다!"

선글라스 사내는 뒤쪽 덩치들에 눈짓을 보냈다. 눈짓에 덩치들은 진욱의 양팔을 나눠 꽉 붙들었다.

"놔! 이거 못 놔? 놔, 놓으란 말이다!"

고래고래 소리를 지르며 몸을 빼내려 그는 안간힘을 썼다. 아무리 남자라 하여도 덩치들의 힘을 이길 수는 없는 법. 급기야 진욱을 어깨에 들쳐맸다. 비참하게 끌려가는 모습을 마주하고 있노라니 분이의 심장이 새카맣게 타들어 갔다.

"분이씨! 분이씨! 나 이제 당신 없으면 죽어요. 기다려요. 기다려줘요."

진욱의 애절한 목소리는 메아리가 되어 그녀의 곁을 맴돌았다. 시끌시끌했던 것들이 고요해지자 하이힐의 굽소리가 들렸다. 효주의 표정으로 보아 모든 상황을 지켜본 모양이었다.

"여기 놔두고 그만 들어가 보세요!"

그녀는 뒤에서 머뭇거리며 서 있는 가정부를 쏘아보았다. 가정부는 들고 있던 보따리를 내려놓았다. 보따리라고 해봤자 보자기에 둘둘 만 옷 한 벌이 전부였다.

"사랑하는 여자가 식모라… 이런 상황이 좀 우습지 않나요?"

분이는 시선을 떨구었다. 본디 싸움이라는 것이 적어도 대등한 힘을 전제로 하는 법. 이건 애초부터 말도 안 되는 일이었다. 어쩌면 그녀의 말이 맞는 것인지도 모른다. 마음 약한 부잣집 도련님이 자신보다 못한 이를 가엾게 여기는 마음을 사랑이라고 착각했을지도. 효주와 마주하는 내내 진욱을 위해 떠나야 한다는 마음밖에는 들지 않았다.

"내 말 듣고는 있는 거죠? 그럼 이제부터 뭘 해야 할지도 알겠네요."

그녀는 발아래에 있던 보따리를 걷어찼다. 보따리는 계단을 따라 굴러 분이의 앞에 떨어졌다. 뒤로 돌아서던 효주가 다시 되돌아서서 봉투를 집어 던졌다.

"아! 이건 차비라도 해요."

그녀는 보따리를 들어 효주에게 인사를 건네고 걸음을 돌렸다.

"꼴에 자존심은 있네. 별 거지 같은 게!"

효주의 말에 뜨거운 덩어리 하나가 목구멍에 착하고 달라붙었다. 대문을 나서고 인적이 뜸해지자 그제야 참았던 울음이 한꺼번에 쏟아졌다. 언제부터인가 소리를 내어 우는 법을 잊어버렸다. 속에 있는 것을 모두 토해낸다면 속이라도 시원해질 텐데. 그녀는 두 눈에 흐르는 눈물을 훔치며 하늘을 올려다보았다. 어미인 막순의 얼굴이 떠올랐다. 할 수만 있다면 어미의 품에 안겨 실컷 울고 싶었다.

그 시각, 귀태는 순사들에게 체포되어 끌려가고 있었다. 죄목은 국가보안법 위반이었다. 한밤중 그가 머물고 있던 은신처로 사복을 입은 순사들이 들이닥쳤다. 야밤에 일어난 일이라 도망치거나 손쓸 틈도 없이 잡혔다. 끌려가는 내내 분이가 걱정되었다. 이렇게 갑작스레 급습을 당할 정도면 쉽게 풀려나기도 어려울 듯했다.

'분이야…'

주재소로 끌려온 사람들은 죄의 경중에 따라 이첩되거나 수감 되었다. 귀태에게는 선택의 여지가 없었다. 형무소로 넘어가기 전에 진욱과 연락을 닿아야 했다. 그는 순사들에게 전화 한 통만 사용할 수 있게 해달라고 부탁했지만, 번번이 거절당했다. 하지만 포기하지 않고 다음 날에도 또 그다음 날에도 계속해서 요구했다. 심지어 몇몇 순사들은 그를 개 패듯이 밟고 때리고 했으나, 멈추지 않았다.

잡혀 온 지 사흘 만에 정보 하나를 넘기는 대신 전화를 써도 좋다는 허락을 받아 냈다. 그는 몇 번의 실패 끝에 가까스로 전화가 연결되었다. 그러나 어찌 된 영문인지 진욱이도 강 회장도 연결이 되지 않았다.

"분명 분이에게 무슨 일이 생긴 게 틀림없어!"

불안한 생각에 그는 옆에 있던 순사를 걷어찼다. 머릿속에는 일단 이곳을 나가야겠다는 생각밖에는 없었다. 느닷없는 행동에 놀란 순사는 호각을 길게 불렀다. 그러자 주변에 있던 순사들이 제압 봉을 들고 달려들어 인정사정없이 두들겨 팼다. 얼굴은 금세 피범벅이 되고 부풀러 올랐다.

"이 새끼, 이제야 만나네. 반갑다. 오귀태!"

가죽점퍼를 입은 사내가 반갑게 웃으며 쓰러진 귀태의 머리를 지그시 밟았다. 다나까였다. 그는 바닥에 쪼그리고 앉아 머리채를 잡아 올렸다. 구룡포에서 귀태와 분이를 놓치고, 그들이 경성으로 올라갔다는 첩보로 입수했다. 하여 일 년이 넘는 기간 동안 두 사람의 뒤를 쫓고 있었다. 한데 예기치 않는 곳에서 검거되었다는 소식을 듣고 한달음에 달려온 길이었다.

23. 대한 독립 만세!

꽃망울이 터지는가 싶더니 곳곳에서 봄꽃들이 앞다투
어 제 모습을 뽐냈다. 봄이라는 계절은 나라를 잃은 조선
인들에게는 가장 모질고도 아픈 계절이었다. 그러나 계
절은 매년 어김없이 때맞춰 잘도 찾아왔다.

우여곡절 끝에 구룡포로 내려온 분이는 아픈 방순자부
터 살폈다. 순자는 그녀를 보고 하염없이 눈물만 흘렸다.
미리 말하지 못함에 원망할 법도 한데, 무사히 돌아옴에
그저 고맙다는 말만 되풀이했다.

"그 놈아, 순사들헌티 안 잽히고 자알 숨어 있으믄 그
걸로 내는 됐다카이."

그녀는 귀태가 잡히지 않고 잘 지내고 있다는 사실만
으로 힘이 나는지 병석에서 일어났다. 그간 순자가 졸였
을 마음을 생각하니, 분이의 마음도 편치 않았다.

"분이야! 여서 오래 있덜 말고 퍼득 떠나거래이! 여 있
다가 니 잽혀 간다카이. 쪼매 더 있다가 날이 어두워지믄

뒤도 돌아보지 말고 가거래이! 니, 내 말 알았나, 어이?"

순자는 신신당부를 잊지 않았다. 귀태와 함께 분이 또한 탈옥이라는 죄명으로 거액의 현상금이 붙어있던 터였다. 혹여 이곳에 오래 머물다가 밀고라도 들어가는 날에는, 생각만으로도 겁이 났다.

그녀는 순자의 말에 대답 대신 고개를 끄덕였다. 밖은 이미 어둑어둑해져 있었다. 떠날 때 떠나더라도 멀건 죽이라도 손수 끓여 주고 싶었다. 부엌으로 넘어온 분이는 가져온 약간의 찹쌀과 약초를 보따리에서 꺼냈다. 감사하게도 함께 일하던 가정부가 보따리에 몰래 돈을 넣어둔 덕에 이곳으로 무사히 올 수 있었다.

우선 바닥에 널려 있는 잔 나뭇가지와 마른 잎사귀를 긁어모아 아궁이에 넣었다. 그러자 사그라들던 불꽃이 피어올랐다. 피어오르는 불길을 이리저리 뒤적였다. 그녀는 무쇠솥에다 길러 온 물을 부었다. 곧 물이 끓기 시작하면서 굴뚝에 허연 연기가 피어올랐다. 그리고 잘 불은 찹쌀을 솥에다 넣었다. 미리 씻어두었던 약탕기에 가져온 약초와 물을 부어 화롯불 위에 내려놓았다.

"성님! 있수꽈? 분, 분… 이?"

마침 부엌으로 들어서던 이가 놀라 멈춰섰다. 그녀는 바로 점덕이 어미인 애월댁이었다. 애월댁은 분이를 보자마자 딸의 행방부터 물었다. 점덕이가 자신의 소식을 알아본다며 집을 나가 돌아오지 않았다는 것이 그녀의 말이었다. 본디 분이를 탐탁지 않게 생각하고 있던 터라 의심의 눈초리로 쏘아보았다. 제아무리 사실을 말한다 해도 애월댁은 도통 믿으려 들지 않았다. 분이 역시도 하나밖에 없는 친구인 점덕이가 걱정되었다. 무슨 생각에서인지 애월댁은 급히 사립문을 빠져나갔다.

"이모! 일어나서 죽이라도 좀 드세요."

방으로 들어선 그녀는 가져온 소반을 바닥에 내렸다.

"안즉도 안 갔나? 어이?"

그녀는 순자를 부축하여 일으켜 앉혔다. 신변이 위험함에도 따뜻한 죽 한 그릇, 손수 끓여주고자 하는 마음이 한없이 고맙고 어여뻤다. 순자는 죽 한 숟가락을 떠서 입 속으로 넣었다. 제아무리 부드럽게 쑨 죽이라 하여도 모래알을 씹는 것만 같았다.

"맛이 좀 없더라도 남기지 말고 다 드셔야 해요. 그래야 힘을 내어 일어나실 수 있어요."

숟가락 드는 것마저 힘들어 보이는 그녀를 보고 있노라니, 분이의 마음 한곳이 아렸다. 죽을 먹는 사이 마당으로 나가 약탕기에 잘 우려 난 한약을 가져왔다. 그렇게 밤이 점점 더 깊어지고 짙어질 무렵, 사립문 밖으로 횃불 서너 개가 일렁였다.

"있는가?"

걸걸한 목소리가 방문을 뒤흔들었다.

"김팔복이 아이가? 이 일을 우야노? 저놈의 양반이 우째 알고 여를 왔는고?"

"점덕이 어머니…."

무심결에 애월댁을 입에 담았다. 그녀는 자신이 잠든 사이에 애월댁이 다녀갔다는 이야기를 전해 듣자 화가 치밀어 올랐다.

"애월댁! 이 여편네가 참말로 죽고 잡아서 이카나?"

방문을 열기에 앞서 그녀는 뒤에 있던 분이를 쳐다보며 거듭 당부를 했다.

"니는 나오지 마래이. 워떤 일이 있어도 절대로 나오지 말거래이. 알겠나?"

하지만 방문을 열기도 전에 순사들이 안으로 들이닥쳤다. 그 바람에 방문 앞에 서 있던 순자는 뒤로 나자빠졌다.

"이모!"

소리를 내지르며 분이는 순자의 곁으로 다가갔다. 하지만 곧 순사들에 의해 결박이 된 채, 밖으로 끌려나갔다.

"안 된다! 안 된다카이. 이놈들아 차라리 내를 데리고 가거라. 어이! 이 왜놈들아…."

겨우 일어난 순자는 절규를 토해내다, 결국 쓰러졌다.
그녀는 모여 있던 이들에게 뒷일을 부탁하고 차에 올랐
다. 지프에 오르는 분이의 곁으로 팔복이 다가와 종이를
들이밀었다.

"요걸로다 네년의 아비가 내인데 빚진 돈은 다 갚았
다카이. 어데 내 돈 띠 먹고 도망 갈라꼬. 니 때문에 내가
일본놈들헌테 어떤 일을 당했는지, 니는 모린다카이. 에
이! 퉤!"

그는 가래를 끌어모아 바닥에 거칠게 내뱉었다. 아마
도 도망친 분이 때문에 다이스케에게 된통 당한 모양이
었다. 지프에 오른 그녀는 그제야 손에 들려 있던 종이를
펴보았다. 그것은 바로 상복의 이름으로 된 차용증이었
다. 아비의 필체를 마주하고 있으니, 눈동자에 눈물이 어
렸다. 때마침 지프는 바닷가를 지나고 있었다. 우연히 고
개를 돌려 밤바다를 내다보니, 어미인 막순이 왜? 바다로
달려들었는지 알 것도 같았다. 그렇게나 그리웠던 바다
였는데, 이런 식으로 마주하게 될 줄은.

주재소로 압송된 다음 날부터 분이는 강도 높은 조사

와 고문이 시작되었다. 늘어나는 건 상처와 고통뿐이었다. 매일 꼴 백번도 더 목숨을 끊는 꿈을 꾸었다. 고름 냄새가 점점 역겨워지던 그때 누군가가 그녀를 찾았다. 엉망이 된 모습을 마주하자 사내는 저도 모르게 얼굴을 구겼다. 백옥과도 같았던 얼굴은 검은 딱지로 뒤덮였고, 도톰하고 윤이 나던 입술은 마른 논바닥 갈라지듯 쩍쩍 갈라져 있었다.

"몰골이 아주 엉망이 됐군. 내가 누구인지 알아보겠나?"

사내는 지휘봉으로 분이의 머리를 두어 번 때리더니 곧 전구를 끌어당겼다. 전구가 몇 번 깜빡이다 불이 들어오자 사내의 얼굴이 서서히 드러났다. 사내는 바로 다나까였다.

"네년을 잡으러 다닌다고 내가 얼마나 개고생한 줄 아냐? 이리 잡힐 줄도 모르고 오귀태라는 놈을 반쯤 죽여 놨는데. 허참!"

그의 입에서 귀태의 이름이 나오자 그녀의 몸에 힘이 들어갔다.

"아직은 살아있지. 헌데 네년이 어떻게 대답하느냐에 따라 죽을 수도 있단 말이지. 내 말이 무슨 뜻인지 알겠지?"

그는 턱을 괴어 고개를 앞으로 쭉 내밀었다.

"경성에 있다는 네 어미의 은신처가 어디냐? 불지 않으면 오귀태는 죽는다."

묻는 말에 답이 늦어지자 다나까는 옆에 있던 지휘봉을 들어 분이의 얼굴을 들어 올렸다.

"내 어미는 오래전에 돌아가셨다."

그는 헛웃음을 터트렸다.

"널 키운 종년 말고, 네년의 진짜 어미인 화련 아… 아니지. 권수옥이 말이다!"

분이는 입을 굳게 닫았다. 그녀에게 있어 어미는 막순이 단 한 사람뿐이었다. 친어미의 존재는 미리부터 알고 있었으나, 어린 시절 스치듯 보았던 여인을 어미라고 인정하고 싶지 않았다.

"끝까지 불지 않겠다, 이 말이지."

미동조차 없는 그녀의 모습에 분노가 치밀어 올랐다. 그는 분이의 얼굴에다 얇은 종이를 올리고는 주전자에 담긴 물을 조금씩 부었다. 종이가 물이 스며들자, 얼굴에 떡 달라붙어 숨이 컥컥하고 넘어갔다. 이것을 시작으로 고문의 빈도와 수법이 더욱 악랄해졌다. 하루하루가 지옥이었다.

찬란히 피었던 봄꽃은 어느새 지고 푸르른 잎사귀는

뜨거운 햇살에 점점 무르익었다. 더운 날씨가 극에 치닫자 감방 곳곳에서 살이 썩어 문드러지는 역겨운 냄새가 진동했다. 며칠째 분이는 물 한 모금도 넘기지 않았다. 죽고자 마음먹었으나 달리 해볼 도리가 없어 물마저도 끊었다. 순사들이 들어와 억지로 입을 벌려 물을 들이부었다. 그때마다 그녀는 사력을 다해 고개를 내저었다.

"죽여라! 차라리 나를 죽여…."

그녀는 다나까의 바짓가랑이를 붙잡고 늘어졌다.

"이년이 실성했나!"

고약한 냄새 때문에 그는 손수건을 꺼내 코를 틀어막았다. 때마침 측근 하나가 복도를 가로질러 다급히 뛰어왔다. 얼굴에는 당황한 빛이 역력했다. 곧이어 하늘과 땅을 뒤흔드는 우렁찬 수천만 군중의 목소리가 하나가 되어 감옥 안을 뒤흔들었다.

"대한 독립 만세! 대한 독립 만세! 만세! 만세!"

놀란 다나까는 서둘러 측근을 따라 복도를 가로질렀다. 그 사이 만세 소리에 수감 되어있던 조선인들은 뜨거운 눈물을 흘리며, 만세를 목 놓아 불렀다. 실신한 분이의 귓가에도 만세 소리가 아련하게 파고들었다.

"대, 대한 독…."

그녀는 다시 깊은 잠에 빠졌다.

"분이야! 분이야! 정신 좀 차려봐."

꿈결처럼 귀태의 목소리가 들렸다. 자꾸만 멀어져 가는 정신 줄을 잡기 위해 온 힘을 다했다. 그는 쓰러져 있는 그녀를 안았다. 거리에서 독립을 외치던 사람들은 감옥으로 뛰어들어 잡혀 있던 이들 모두를 풀어주었다.

1945년 8월 15일, 일왕은 라디오를 통해 연합군에게 항복을 선언했다. 이로써 영원할 것만 같았던 일본이 드디어 폐망하는 역사적인 날이었다. 그 방송을 들은 조선의 백성들은 남녀노소 누구 할 것 없이 태극기를 들고나와 밤새 〈대한 독립 만세!〉를 외쳤다.

24. 다시 바다로

분이는 해국이 피어있는 들판에 앉아 바다를 바라보았
다. 간간이 불어오는 가을바람이 머릿결을 부드럽게 쓰
다듬었다. 긴 잠에서 깨어나 보니, 세상은 이미 바뀌어있
었다. 끝나지 않을 것만 같았던 세월도 이젠 꿈결처럼 아
득하기만 했다.

해방의 기쁨도 잠시뿐. 순자는 오매불망 기다리던 아
들 귀태를 만난 그날 밤, 결국 숨을 거두었다. 순자는 분
이에게 있어 부모였으며 스승이었다. 그녀가 곁에 없
었더라면 모질기만 했던 그 긴 세월을 견딜 수 없었을
것이다.

"무슨 생각에 그리 잠겨있어? 불러도 모르고. 몸은 좀
괜찮아?"

분이의 곁으로 귀태가 다가와 앉았다. 그는 점점 어두
워져 가는 수평선을 바라보았다.

보안법 위반으로 서대문 형무소로 이감되던 귀태를 구

해 준 이는 바로 진욱이었다. 아니 정확하게는 강 회장이었다. 그 후 강 회장으로부터 그간의 일들을 모두 전해 들었다. 두 사람의 마음까지도.

"오라버니는 괜찮은 거야?"

그녀의 눈길은 어느새 귀태를 향했다.

"응….".

짧은 대답과 함께 그는 잔잔한 미소를 머금었다. 귀태의 마음은 한없이 무너져 내렸다. 분이의 눈동자는 자신이 아닌 진욱을 그리워하고 있었다. 그 얼마나 품고 싶었던 여인이었던가. 모든 것을 걸어서라도 함께 하고 싶었던 여인이었다. 숨을 한껏 들이킨 그가 나지막하게 그녀를 불렀다.

"분이야! 나, 내일 이곳을 떠나! 평양으로 갈 생각이다."

고개를 돌린 귀태가 분이의 눈동자를 빤히 바라보았다.

"그래서 말인데… 나와 함께 떠나지 않을래?"

그녀의 얼굴빛이 어두워졌다.

"사랑해! 아주 많이 사랑한다!"

해국이 바람에 살랑였다. 그는 분이의 입술로 조심스레 다가갔다. 하지만 그녀는 이내 고개를 돌렸다. 그는 자리에서 벌떡 일어섰다.

"오… 오, 오라버…."

뒤돌아선 귀태의 눈에서는 뜨거운 눈물이 솟구쳤다. 이제는 모든 것이 끝났다고 생각하니, 더는 미련도 남지 않았다. 분이는 멀어져만 가는 그를 끝끝내 잡을 수 없었다. 그날 밤, 한마디 말도 없이 그는 그렇게 떠났다.

해국이 저물고 겨울이 왔다. 그 무렵부터 일본으로 잡혀갔던 사람들이 하나, 둘 돌아왔다. 갑자기 사라졌다는 점덕이도 구룡포로 다시 되돌아왔다. 가장 친한 벗이 무사히 돌아왔다는 안도감 잠시. 너무나 변해 버린 그녀의 모습에 슬프고 아팠다. 애월댁은 그런 딸을 위해 백방으로 유명한 의원을 모두 찾아다녔지만, 별다른 차도가 없었다. 풍문으로나마 점덕에게 일어난 일들을 조금 들을 수 있었다. 그녀는 낯선 이들에게 납치를 당해 중국 난징으로 끌려갔다고 했다. 낯선 곳으로 끌려간 점덕은 위안소라는 곳에 잡혀가 죽음보다 더한 끔찍한 고통 속에서 하루하루를 견디고 버티었다. 그녀가 겪었을 고통과 아픔 그리고 두려움이 분이의 심장을 갈기갈기 찢어 놓았다. 얼마나 무서웠을까? 얼마나 고향으로 돌아오고 싶었을까? 얼마나 부모, 형제 그리고 친구가 보고 싶었을까?

"점덕아… 괜찮아! 우리 잘못이 아니야. 그러니깐 괜찮아! 괜찮아!"

분이는 점덕을 꼭 껴안고 등을 쓸어내렸다. 텅 비어 있던 눈동자에 눈물이 차올랐다. 광복 이후 뭐든 빠르게만 바뀌어 갔으며 새로운 법 제도와 인물들이 부강한 나라를 만들기 위해 힘썼다. 그녀는 평범한 일상으로 돌아온 것에 대해 매일 감사하며 지냈다. 평온한 일상 속에 가끔 진욱의 얼굴이 떠올랐다. 분이는 잡스러운 생각을 떨쳐 버릴 요량으로 고개를 세차게 흔들었다.

흙먼지를 일으키며 군용 지프 한 대가 해안가에 멈춰 섰다. 곧 군복을 입은 두 사람이 차에서 내렸다. 대위 계급장을 단 사내가 바다를 지그시 내다봤다. 때마침 들려오는 해녀의 숨비소리가 반짝이는 물빛에 튕겨 나갔다.

"이 소위가 나와 함께 가고 싶다는 곳이 여긴가?"

"그러하지 말입니다. 강 대위님!"

강 대위의 물음에 그의 얼굴은 수줍음으로 물들었다.

"정호야! 네가 그렇게나 노래 부르던 곳이 여기냐?"

"예! 형님."

상명하복을 지켜야 하는 군인 신분이지만, 둘만 있을 때는 친형제처럼 살갑게 서로를 불렀다. 몇 달 전부터 그는 온종일 무슨 생각에 잠겼는지 넋을 놓고 있을 때가 많았다. 심지어 비번 날이면 아침부터 사라지기 일쑤였다. 더는 두고만 볼 수 없었기에 함께 나선 길이었다.

"이름도 모르는 여인을 좋아한다니…."

강 대위는 저도 모르게 피식 웃음이 터져 나왔다. 정호는 바다를 꼼꼼히 살피더니 곧 갯바위 위로 올라오는 한 여인에게 시선을 두었다.

"가봐! 오늘은 꼭 이름을 물어봐. 잘 안되면 그때 나한테 말해! 내가 다른 건 몰라도 이름까지는 알아봐 준다."

머뭇거리는 그의 등을 거칠게 밀었다. 얼떨결에 갯바위로 뛰어 내려간 정호는 돌아서서 강 대위를 쏘아보았다.

"힘내!"

응원차 두 주먹을 불끈 거머쥐어 보였다.

"저… 저, 저기… 그러니깐 말이지 말입니다…."

분이가 고개를 들어 그를 바라보았다. 물에 흠뻑 젖은 흰 해녀복에 그만 시선을 떨구었다.

'어휴! 저 바보 같은 놈.'

멀리서 담배를 피우며 지켜보던 강 대위는 그가 있는 곳으로 다가갔다. 걸음을 옮길 때마다 심장이 끝이 이상하리만큼 아려왔다.

'이게 대체 왜? 이러지.'

당혹스러움에 그는 가슴을 서너 번 두드렸다. 그렇게 멀뚱히 서 있는 정호의 곁으로 다가섰다. 그리고는 되돌아 앉아있는 그녀를 향해 인사를 건넸다.

"안녕하십니까? 저는….."

그는 더는 말을 잇지 못했다.

"진, 진… 진욱씨? 여긴 어떻게….."

분이의 눈동자에 바람이 일었다. 진욱은 그녀를 꽉 껴안았다. 뭍으로 올라오던 해녀들 또한 두 사람의 모습에 웅성댔다. 얼마나 그리웠던 여인인가? 두 번 다시는 만나지 못할 것이라 여겼던 여인이었다. 그런 소중한 사람이 지금 눈앞에 있다는 것만으로도 감격스러웠다.

"분이씨! 지금 내 앞에 있는 사람이 정말 분이씨가 맞죠? 나, 꿈꾸는 거 아니죠?"

진욱은 그녀의 얼굴을 어루만지며 눈물을 흘렸다.

"강 대위님! 흠. 흠."

그때까지도 잠자코 있던 정호가 헛기침해댔다. 그도 그럴 것이 갯바위 주변에 있던 많은 눈이 한곳을 향해 있었다. 그제야 주변의 시선이 느낀 그는 분이의 손목을 잡아끌었다.

"정호야! 미안하지만. 뒤를 좀 부탁한다. 늦지 않게 귀대할게. 나중에 다 이야기해 줄 테니까… 미안하다."

진욱은 그녀를 지프에 태웠다. 무작정 태워 나선 길이지만, 어떤 말부터 시작해야 할지 몰랐다. 하긴 하고 싶은 말이 너무 많으면 되레 침묵은 길어지는 법이다.

"춥죠?"

창밖을 바라보고 있던 분이가 고개를 내저었다. 그는 뒷자리에 있던 두꺼운 점퍼를 집어 들어 건넸다. 그렇게 한참을 더 달려 인적이 드문 곳에 차를 세웠다.

"미안해요! 모든 것이 다 미안합니다."

핸들을 잡은 진욱의 손에 힘이 들어갔다. 미안하다는 사과에 그녀는 미소를 지었다.

"진욱씨! 우리 서로 미안해하지 말아요."

그는 분이를 물끄러미 바라보았다. 그녀가 떠난 날부터 그야말로 폐인과 다름없이 지냈다. 사방팔방으로 그녀를 찾아다녔다. 심지어 출소하는 귀태를 붙들고 물어도 봤다. 하지만 끝끝내 말해주지 않았다. 잠시 둘 사이에 침묵이 찾아왔다. 침묵을 먼저 깬 이는 그였다.

"이거… 분이씨꺼 맞죠?"

진욱은 유리병을 분이에게 내밀었다. 얼굴도 기억나지 않는 친모가 건넨 물건. 쫓겨나다시피 나온 길에 잃어버렸을 것이라 여겼었는데.

"유리병이 저를 살렸어요. 이게 없었더라면 전 아마… 여기 없었을 겁니다."

눈가가 젖어 들었다. 그는 그날 이후부터 바다로 가면

언젠가는 꼭 분이를 만날 수 있을 것 같은 막연한 희망 같은 것이 생겼다고 했다. 하여 해군사관학교에 지원하게 된 것이라며 웃어 보였다.

"정말 고마워요! 제게는 참 소중한 물건이에요."

보잘것없는 물건을 소중히 간직해준 진욱이 고마웠다.

"서투른 감정으로 인해 당신을 힘들게 했습니다. 이제는 바보같이 당신을 떠나보내지 않을 겁니다. 반드시 목숨 걸고 당신을 지킬 겁니다."

그는 분이의 손을 잡았다. 그러나 그녀의 생각은 달랐다. 아무것도 아닌 자신으로 인해 포기해야 할 것들이 얼마나 많을지, 너무나 잘 알고 있었다. 사랑하지만, 사랑만으로 모든 것을 다 감당할 수는 없는 일이었다.

25. 두 사람

갯바위에서 일어난 일로 마을에서는 분이를 둘러싼 소문이 일파만파 퍼졌다. 심지어 곧 혼례를 한다는 둥, 애가 있다는 둥, 하나같이 민망스러운 이야기들뿐이었다. 원래 풍문이라는 것이 세월이 지나야 잠잠해지는 법. 그저 잠잠해지기를 묵묵히 기다렸다. 그러나 자신의 생각과는 달리 그는 매일같이 찾아왔다.

"분이씨!"

진욱이 활짝 웃으며 그녀를 향해 손을 흔들었다. 넓은 바다도 아름다운 수평선도 보이지 않았다. 보이는 것이라곤 오직 한 사람, 그녀밖에 없었다. 물 위로 나온 분이가 길게 숨을 빼내었다. 두 사람은 갯바위에 나란히 앉았다. 그는 가지고 온 가방에서 뭔가를 꺼내 내밀었다. 따뜻한 대추차였다.

"춥죠! 식기 전에 어서 마셔요."

분이는 건네받은 잔을 입술에 살짝 가져다 대고는 한

동안 말없이 먼 바다를 바라보았다.

"진욱씨! 더는 이곳에 오지 않았으면 좋겠어요. 정말
여기서 그만했으면…."

말끝이 흘리자 진욱은 그녀를 쳐다보았다.

"우리가 뭘 시작하기라도 한 것이 있긴 합니까?"

그의 말에 분이는 시선을 아래로 떨구었다. 은밀히 따
지면 백 번이고, 천 번이고 맞는 말이었다. 하지만 그녀는
이럴 때일수록 더욱더 차갑고 냉정해야 한다며 스스로를
다독였다.

"진욱씨와 저 이러면 이럴수록 더 서로에게 힘들어질
뿐이에요. 이런 말까지 안 하려 했는데… 저, 진욱씨 보는
거 힘들어요! 더는 찾아오지 마세요!"

자리에서 일어난 분이는 매몰차게 자리를 떠났다. 충
격에 빠진 진욱은 서둘러 자리에서 일어나 앞서가는 그
녀의 손목을 낚아챘다.

"알았어요. 알았으니깐, 나… 밀어내지만 말아요. 제
발! 당신 없이는 이제 단 하루도 살 수 없어요. 그러니깐
나… 밀어내지만 말아요."

진욱은 끝끝내 고개를 떨구었다. 그런 모습에 분이 역
시도 밑도 끝도 없이 무너져 내렸다. 지금이라도 못 이긴
척 그의 품에 안기고 싶었다. 하지만 그럴 수는 없었다.

그녀는 자신을 잡은 진욱의 손을 내렸다. 걸어가는 내내 그의 애타는 목소리가 귓가에 맴돌았다. 작은 바람이 있다면, 그가 평범하게 살아온 여인을 만나 행복한 가정을 이루길.

"진욱씨! 미안해요. 정말 미안해요."

마음에 울음이 차오르자 뺨 위로 눈물이 흘러내렸다. 어째서 마음에 품은 사내 하나조차 함께 할 수 없는 것일까. 꾹꾹 눌러왔던 울음이 치받아 오르자 쉽게 진정이 되질 않았다. 세상에서 가장 힘든 일은 심장 가득 새겨 두었던 사랑을 지워내는 일일 것이다. 그는 벌써 몇 시간째 수평선만 뚫어지게 노려보았다. 주변은 벌써 어둠이 내려앉았건만, 도통 일어날 생각이 없어 보였다.

"왜? 왜? 왜?"

진욱은 주먹으로 갯바위를 내리쳤다. 뭉개지고 까진 주먹은 곧 피범벅이 되었으나, 멈추지 않았다. 평생을 기다려왔던 여인이었다. 그 여인을 위해서라면 그 어떤 것도 해주고 싶었다. 설사 그것이 목숨 내놓는 일이라 하여도.

"강 대위님!"

손전등의 불빛이 갯바위를 이곳저곳 비추었다. 부대 복귀 시각이 훨씬 넘었음에도 돌아오지 않는 그가 걱정되어 찾아 나선 길이었다. 정호는 갯바위에 홀로 앉아 있는 진욱의 상태가 심상치 않음을 느끼고는 부하들을 먼저 부대로 돌려보냈다.

"형님! 괜찮으십니까?"

정호의 눈에 피범벅이 된 그의 손이 보였다. 그간 보아 온 진욱은 쉽게 흔들리거나 감정을 드러내지 않았다. 그런 사람이 사랑 앞에 무너져 내리는 모습에 덩달아 마음이 아팠다.

"이게 필요하실 것 같아… 혹시나 해서 가져와 봤습니다."

그가 내민 것은 군용 수통이었다. 바람결에 알코올 향이 코끝을 스쳤다. 군인의 신분으로 근무 중에 소지하고 있으면 안 되는 물건 중에 하나지만, 가끔은 필요할 때가 있었다. 진욱은 옅은 미소를 보였다.

"고맙다."

수통을 건네받은 그는 한 모금 들이켰다. 목구멍이 타들어 갔다. 알코올이 내려가자 격분했던 마음도 조금 진정이 되었다.

"형님이 어찌 생각할지는 모르겠지만. 저… 또한 아직도 분이씨를 마음에 두고 있습니다."

그의 말에 진욱은 보드카만 연거푸 홀짝였다. 잠시 뜸

을 들이다 천천히 뒷말을 마저 이었다.

"그런데 왜? 포기한 줄 아십니까. 아이처럼 행복해하
시는 형님의 얼굴이었습니다. 단 한 번도 볼 수 없었던 그
얼굴. 아! 저 사람도 감정이 있는 사람이었구나, 싶었습니
다. 허니 포기하지 마십시오. 어떠한 일이 있더라도, 심장
에 깊게 새겨진 그 여인만큼은 절대로 포기하지 말라는
말입니다."

정호의 진심어린 말에 그는 어금니를 꽉 깨물었다. 그
리고는 보드카를 한 모금 더 들이키는가 싶더니, 자리를
박차고 일어섰다.

"날이 밝는 대로 서울에 좀 다녀와야겠다."

진욱은 환한 웃음을 지었다.

"그리고 인마! 그 사람… 이 심장 속에 오랫동안 품고
있었던 사람이야. 포기? 그딴 거 더는 안 한다."

정호의 어깨를 가볍게 두드리는 것으로 그는 고마운
마음을 전했다. 서울에 가게 되면 분이와의 결혼 문제에
대해 아예 담판을 짓고 내려올 작정이었다. 부모와의 인
연을 끊어내야 한다면 그렇게 하리라. 그녀와 함께할 수
만 있다면 그 무엇도 두렵지 않았다.

그 일이 있고 난 뒤, 진욱의 모습은 한동안 보이지 않았다. 원래 떠난 사람보다 남아 있는 사람이 더 외로운 법이다. 텅 빈 마음에 바람 한 줄기가 시리게 스쳤다.

"분이야!"

애월댁이 다급히 분이를 불러 세웠다. 그녀의 표정에서 심상치 않은 일이 벌어지고 있음이 느껴졌다. 애월댁은 점덕이가 없어졌다며 울음을 터트렸다. 분이는 가슴 철렁 내려앉았다. 그도 그럴 것이 며칠 전, 점덕이가 어렵사리 꺼낸 이야기가 있었다. 점점 정신이 돌아오면서 잃어버렸던 기억들도 함께 돌아왔다. 그 잃어버린 기억 속에는 위안부에서 출산했다는 아이에 관한 것이었다.

"제가 점덕이 찾아볼 터이니… 아주머니께선 우선 집으로 가보셔요. 집에 돌아와 있을 수도 있으니 말이에요."

그녀는 퍼질러 앉아 울음을 토하는 애월댁을 다독이고는 점덕을 찾아 나섰다. 시간이 점점 지나갈수록 분이의 마음도 조급해졌다. 정말 무슨 일이라도 생기기라도 했으면 어쩌나 하는 두려움이 파도처럼 밀려왔다. 그간 진욱과의 문제 때문에 점덕에게 좀 더 신경을 못 써준 것 같아 미안했다. 해가 점점 기울자 애월댁은 급한 마음에 동네 사내들을 죄다 불러 모았다.

'점덕아! 대체 어디 간 거니?'

분이는 잠시 고개를 들어 서산 너머로 지는 노을을 바라보았다.

"작… 곡… 재?"

그 순간, 벌겋게 달아오른 작곡재가 보였다. 작곡재는 얕은 산등성인데 그곳에 올라가면 오른쪽으로는 푸른 바다가 보이고 왼쪽으로는 눌태리 들판이 훤히 보였다. 하여 작곡재는 몇 해 전까지만 해도 〈들 구경〉이라는 작은 행사까지 있었다.

추석이 되면 이 동네 저 동네 할 것 없이 모두 작곡재에 올라 함께 음식을 나눠 먹고 정답게 이야기를 나누었다. 작곡재는 점덕이나 분이에게 행복한 기억이 있는 소중한 곳이었다. 왠지 모르게 작곡재에 올랐을 것 같다는 직감이 들었다. 사람이라면 누구나 감당치 못한 아픔이 있을 때, 위로되는 장소가 하나쯤은 있는 법. 작곡재에 오르는 내내 그녀의 무사함을 빌고 또 빌었다.

"점덕이니? 점덕아!"

그림자가 점덕이임을 확인한 분이는 큰 소리로 불렀다. 자칫 잘못 내디디기라도 한다면 낭떠러지로 떨어질 수도 있는 절체절명의 순간이었다.

"분이야! 미안테이. 내… 내는 말이야. 힘들어가 인자 더는 몬하겠다. 참말로 니인데는 내가 미안테이…."

그녀가 두 눈을 슬며시 감는 순간 분이가 앞으로 내달렸다.

"안, 안… 점덕아! 점덕아!"

점덕의 손을 잡기 위해 팔을 뻗었다. 그녀의 치맛단이 분이의 손끝에 살짝 스쳤다. 뒤늦게 작곡재로 달려온 애월댁은 정신을 잃고 쓰러졌다. 이름을 목 놓아 부르며 분이는 낭떠러지 끝으로 기어갔다. 넓적한 바윗돌 위에 목이 꺾인 점덕의 모습이 보였다.

"점덕아!"

분이는 팔을 아래로 쭉 뻗었다. 그 모습에 놀란 노인 하나가 급히 뛰어와 뒤로 잡아당겼다.

"이카다, 니꺼즉 죽는다카이!"

서너 명의 사내들이 더 달려들어 그녀를 끌어당겼다. 손에는 작은 고무신 한 짝이 들려 있었다.

"어, 어… 어떻게… 불쌍해서…."

울음이 복받쳐 올라오자 더는 말을 잇지 못했다. 죽는 그 순간까지 점덕이가 품었을 아이의 신발. 태어나자마자 생이별을 했던 아이의 얼굴이 얼마나 그립고 또 그리웠을까. 지옥 같았던 숱한 시간이 비수가 되어 분이의 심장을 파고들었다. 조금만 더 일찍 작곡재를 올라왔더라면 그녀의 죽음을 막을 수 있었을까. 왜? 진작 점덕의 마음을 알아차리지 못했을까. 자신을 아무리 자책하고 후회해도 이젠 그녀의 웃는 모습을 더는 볼 수 없었다.

점덕이의 시신은 이튿날 한 줌의 재가 되어 어린 시절부터 뛰어놀던 바다로 돌아갔다. 애월댁은 딸의 마지막을 갯바위에서 물끄러미 내다보았다. 배 위에 올라앉은 분이는 조심스레 나무상자의 뚜껑을 열어, 한 줌의 재가 된 그녀를 바닷바람에 날렸다.

"점덕아, 잘 가! 좋은 곳에 가서 더는 마음 아파하지 마. 바람 따라 파도 따라서 가고 싶은 곳으로 훨훨 날아가렴! 우리 다시 꼭 만나자. 내 소중한 친구야. 점덕아!"

두 볼 위로 눈물이 주르륵 흘러내렸다. 이미 말라도 말라버렸을 것이라 여겼던 눈물이 또 솟구쳐 올랐다. 흰 나비 한 마리가 바다를 빙빙 돌아 수평선 쪽으로 날아갔다. 그녀는 아주 오랫동안 수평선 너머로 사라져 가는 흰나비의 날갯짓을 바라보았다.

26. 정인의 딸

　점덕이가 허망하게 삶을 끈을 놓은 그 날부터 굵은 장대비가 쏟아졌다. 가을에 내리는 비치고는 많은 양이었다. 미처 토해내지 못한 울음은 천둥소리가 되어 하늘을 울렸다. 분이는 천천히 일어나 마당으로 내려섰다. 굵은 빗방울에 몸이 금세 젖어들었다. 퍼붓는 비에 서글픈 울음도 함께 섞여 내렸다. 그런 모습을 노신사가 애잔한 눈길로 한참을 쳐다보았다. 그때였다. 비를 하염없이 맞던 그녀가 옆으로 스르르 넘어갔다.

　"이봐요! 이봐요!"

　쓰러지는 것을 겨우 받아 낸 노신사가 분이의 어깨를 흔들었다. 그는 하는 수없이 옆에서 우산을 받치고 있던 여비서에게 중절모를 건넸다.

　"회장님! 제가 하겠습니다."

　여비서가 앞으로 나섰다. 하지만 노신사는 여비서를 향해 잠시 손을 들고는 분이를 안았다. 그녀를 방안으로 옮긴 노신사는 여비서에게 뭔가를 지시하고 잠시 방 밖으로 나갔다. 여비서는 분이의 젖은 옷을 갈아입히고 따뜻하게 이불을 덮어주었다.

"이제 들어가셔도 됩니다."

방에서 나온 여비서가 노신사를 향해 예를 갖추었다. 그가 안으로 들어가자 여비서는 곧장 부엌에 들어가 아궁이에 불을 붙였다. 불씨가 어느 정도 옮겨붙자 굴뚝을 타고 연기가 피어올랐다. 밖으로 잠시 고개를 내민 여비서는 눈길을 돌려 방 쪽을 바라보았다.

오랜 세월 노신사의 곁에서 비서 일을 해왔다. 하여 그에 대해 모르는 게 없다고 여겼건만, 처음으로 흔들리는 눈동자를 보았다. 더욱이 이런 시골에 수행원 하나 대동하지 않은 채, 젊은 여인을 보기 위해 걸음을 했다는 사실이 선뜻 이해가 되지 않았다.

노신사는 잠들어있는 분이를 물끄러미 내려다보았다. 그녀의 얼굴 위로, 한 여인의 얼굴이 겹쳤다. 겹친 여인의 얼굴이 더욱 선명해지자 눈시울을 붉혔다. 지금까지도 마음에서 결코 떠나보내지 못하는 단 한 사람. 바로 화련, 권수옥이었다.

"수옥이 너를 참으로 많이도 닮았구나!"

두 눈동자에 차오르던 눈물은 끝끝내 볼을 타고 흘렀

다. 그는 바로 야마모토 센카이, 윤주혁이었다. 만주로 몸을 피하기 전, 명월관에서 잠시 마주한 화련의 모습이 마지막이 될 줄은 꿈에도 몰랐다.

만주로 가는 길에 반드시 없애야 했던 사사야끼를 놓치는 큰 실수를 범했다. 이 일로 인해 주혁은 다시 경성으로 되돌아가려고 했으나, 측근들이 목숨을 걸고 막아서는 바람에 걸음을 멈출 수밖에 없었다. 경성으로 오고 가는 편으로 간간이 들려오는 소식은 그야말로 절망적이었다. 몇 날 며칠 고심한 끝에 그녀의 곁으로 돌아갈 것을 결심했다. 숱한 죽음의 고비를 넘겨 가며, 겨우 도착한 경성에서 그는 화련의 죽음을 마주했다. 시신이라도 찾기 위해 백방으로 노력했지만, 모두 헛수고였다.

그러던 어느 날, 죽었으리라 여겼던 화련을 한적한 평양 거리에서 우연히 보게 되었다. 그는 그녀를 뒤를 따랐지만, 이미 어디론가 사라진 뒤였다. 그 후 평양을 들쑤시고 다녔지만, 흔적은 찾을 수가 없었다. 만약 그때 그녀의 손을 잡았더라면, 지금 함께했을까? 주혁은 때늦은 후회가 밀려왔다. 뒤늦게 그녀의 행방을 알고 급히 찾았지만, 죽음을 맞이한 시신을 맞닥뜨려야 했다.

그 충격에 그는 미국으로 망명을 했다. 두 번 다시는 오지 않으리라 마음을 먹었다. 그러나 최근에 받은 편지

한 통에 다시 조국으로 돌아왔다. 화련과 자신이 함께 찍힌 사진과 그녀에게 딸이 있다는 소식이었다.

"회장님! 잠시 들어가겠습니다."

여비서의 목소리가 들려오자, 주혁은 서둘러 눈가를 쓸어내렸다. 안으로 들어선 여비서는 그녀의 곁에 앉아, 따뜻한 물에 적신 천으로 얼굴과 손을 닦아냈다. 그제야 불안정했던 숨소리가 고르게 퍼지며 분이가 천천히 눈을 떴다. 여비서는 자리에서 일어나기 전에 등잔에 불을 붙였다.

"저는 이만 나가보겠습니다."

여비서는 그를 향해 가볍게 고개를 숙이고는 밖으로 나갔다. 그 사이 그녀는 자리에서 일어나 앉기 위해 애를 썼다.

"괜찮으니까, 누워있게나!"

그는 온 힘을 다해 일어나려는 분이가 안쓰러웠다.

"아, 아녜요. 하온데 어르신께서는 누구신….'"

주혁은 자신을 바라보는 그녀의 모습에서 화련과 처음 만났을 때가 떠올랐다. 고운 연분홍색 한복을 입고 활짝 웃는 모습이 얼마나 아름다웠던가. 그러다 마주친 눈동자에 얼굴을 붉혔던 옛 시절이 떠올랐다. 비록 아리따웠던 그 여인은 이 세상에는 없지만, 그 여인을 쏙 빼닮은 여인이 있다는 사실만으로도 심장이 오랜만에 날뛰었다.

"분이 양을 낳아준 어머니를 잘 알고 있는 사람이라고 해두지."

"낳아준 분이라…."

마음에 씁쓸함이 밀려왔다. 시간이 생각보다 지체되자 밖에서 대기 중이던 여비서가 돌아갈 것을 청했다.

"내가 분이 양과 나눠야 할 이야기가 아주 많다네. 분이 양의 부모님의 이야기도… 실례가 되지 않는다면 내일 이곳으로 와 줄 수 있겠나?"

그는 양복 주머니에서 명함과 펜을 꺼냈다. 그리고는 명함 뒷면에다 뭔가를 적어 분이에게 내밀었다.

"입구에서 로버트 윤을 찾게나."

주혁은 중절모를 들고 일어섰다. 그녀가 일어나려 하자 잠시 손을 들고는 밖으로 나갔다. 서둘러 마당으로 따라 나가자 이미 그들은 그곳에 없었다. 도저히 그칠 것 같지 않았던 장대비는 어느새 그쳤다. 비에 씻겨 내려간 말간 별들이 머리 위로 쏟아져 내렸다. 한참을 사립문에 기대서서 그들이 떠났을 길을 한동안 바라보았다. 다시 방 안으로 돌아온 그녀는 바닥에 놓인 명함을 등잔 아래로 가져갔다.

〈정오 장안리 대동강 요릿집, (구) 오이시〉

대동강 요릿집은 분이가 물질하여 잡은 해산물을 납품하는 곳이라 잘 알고 있었다. 시간이 흐를수록 멍했던 정신이 맑아지자 되려 머릿속이 더 복잡해졌다. 갑자기 나타난 낯선 노신사, 그리고 낳아준 어미, 잘 알지 못한 이야기까지. 의문의 꼬리는 쉽게 끊길 생각을 하지 않고 또다른 생각의 꼬리를 무는 통에 쉽게 잠을 이루지 못했다.

약속 장소에 조금 일찍 도착한 주혁은 자리에 앉아 사진 한 장을 꺼냈다. 누렇게 변해 군데군데 벗겨진 오래된 사진. 앳된 얼굴을 한 그와 화련이 정면을 응시하고 있었다. 아무리 오랜 세월이 지나도 결코 잊을 수 없는 날이었다. 처음으로 서로에게 마음의 빗장을 열던 날이기도 했다. 비록 집안끼리 맺어진 인연이라 하여도 그는 그녀가 전부였다. 코스모스가 흐드러지게 피던 종로 거리에서 함께 걷다 찍은 사진. 이 사진이 아니었다면 분이의 존재조차 모르고 지냈을 것이다. 그녀의 딸이면 자신에게도 딸이나 마찬가지였다. 옛 생각에 눈가가 촉촉하게 젖어 들었다.

'결국… 안 오려는 겐가?'

이미 만나기로 한 시간이 훌쩍 넘은 상태였다. 노크 소리가 들리자 자리에서 일어났다. 들어선 이가 여비서임을 알자 그는 다시 자리에 앉았다.

"아가씨께서는 오시지 않을 모양입니다. 제가 가서 모셔 오도록…."

여비서의 말이 채 끝나기도 전에 주혁은 손을 들어 막았다.

"됐어. 됐다네. 인제 와서 이 늙은이가 부담을 줘서 어디 될 말인가!"

씁쓸한 미소와 함께 천천히 의자에서 일어났다. 말은 그렇게 했지만, 그의 숨소리에서 슬픔이 느껴졌다. 그때였다.

"조금 늦었습니다. 죄송합니다."

주혁은 고개를 들었다.

"아니네. 아니야. 와 준 것만으로 고맙네. 이리로 와서 편하게 앉으시게."

그는 손수 의자를 빼주었다. 분이와 마주하고 있는 이 시간이 마치 시공을 뛰어넘어 화련을 처음 만났을 때로 되돌아간 것만 같아, 심장이 요동쳤다. 곧 종업원이 들어와 식탁 위에 미리 주문해 놓았던 음식을 내려놓았다.

"제게 하실 말씀이라는 것이…."

"자! 우선은 음식이 식기 전에 좀 드시게나. 이야기는 천천히 나누면 아니 되겠는가?"

그녀가 잠시 머뭇거리는가 싶더니, 고개를 끄덕였다. 약속 장소까지 와서도 몇 번이나 들어서길 망설이고 망설였다. 초조한 자신의 마음과 다르게 그는 말없이 식사에만 열중했다. 빈 그릇이 치워지고 뒤이어 홍차 두 잔이 나왔다. 마침 안으로 들어선 여비서는 검은색 서류 가방을 식탁 위로 내려놓았다.

"그럼 전 이만 나가 보겠습니다!"

여비서가 밖으로 나가자 주혁은 그제야 그녀를 지그시 바라보았다.

"이건 수옥이… 아, 아니지. 분이 양을 낳아주신 분에게 내가 빌린 돈이라네. 지금이라도 이리 갚을 수 있어 참 다행이야!"

두 눈동자에 잔잔한 바람이 일었다. 그 잔잔한 물결 속에는 한 여인의 모습이 서렸다가 금세 흩어졌다.

"받을 수는 없습니다!"

단호한 말투에 그의 눈길이 그녀를 향했다.

"저는 지금껏 평생 보살펴준 어머니가 제 어미인 줄 알고 살았습니다. 낳아주신 분에 대해 알게 된 것은 얼마 되지 않았습니다. 하온데 지금 와서 그분의 딸이라 하여 이렇게 큰돈을 받는 것은 있을 수 없는 일입니다. 또한, 이

자리는 제 기억 속에는 존재하지 않는 부모님에 대해 말씀하여 주신다고 하여 나온 자리입니다. 더 하실 말씀이 없으면 저는 이만 일어나 보겠습니다."

분이는 자리에서 일어나 인사를 건넸다.

"수옥이 딸이 맞구먼! 맞아! 어찌 저리도 품성까지 쏙 빼닮았는지…."

떨리는 그의 음성 때문에 걸음을 옮기려던 분이는 제자리에 멈출 수밖에 없었다. 눈시울이 붉어진 주혁은 손수건을 꺼내 눈가에 맺힌 눈물을 훔쳤다.

"늙은이가 주책없이 미안하네. 예전에 자네하고 모든 것이 똑같았던 여인이 있었다네. 나는 지금껏 그 여인 하나만을 가슴에 품고 살았지. 잠시였지만, 그 여인을 다시 만난 것 같아 행복했다네. 이제 그 다음 이야기는 내가 아닌 저 젊은이에게 듣게나!"

그의 시선을 따라 분이 또한 고개를 돌렸다.

"진, 진… 진욱씨? 여긴 어, 어떻…."

진욱은 그녀를 향해 환하게 웃었다. 그제야 주혁은 자리에서 일어섰다.

"나는 먼저 일어나겠네. 이제 두 사람이 천천히 이야기를 나누게나."

그는 진욱의 어깨를 가볍게 서너 번 두드리고는 곧장

분이를 바라보았다.

"오랜만에 이 늙은이의 심장이 분이양 덕분에 아주 힘차게 뛰었다네. 고맙네. 고마워! 수옥이 딸이면 자넨 내게도 딸이나 마찬가지야. 더 묻고 싶은 것이 있음, 이리로 연락하고."

주혁은 쪽지 하나를 더 건네고는 중절모를 썼다. 분이는 뭐가 어찌 돌아가는지 현기증이 날 정도였다. 밖으로 나선 그가 뒤로 돌아 잠시 머무는가 싶더니, 곧 복도를 따라 나갔다. 진욱은 꼿꼿하게 서 있는 그녀의 곁으로 다가서서 힘껏 껴안았다.

27. 소금 창고

이 모든 상황이 대체 무엇이냐고 분이는 따지듯 물었다. 그녀의 물음에 진욱은 어느새 망각의 강을 건너 보름 전으로 돌아가 있었다. 일방적인 이별 통보에 모든 것이 일시에 와르르 무너져 내렸다. 기적처럼 만난 여인을 또 떠나보내는 실수를 저지르지 않으리라, 마음을 다잡았다. 하여 고심 끝에 이번만큼은 아버지인 강 회장과 담판을 지으리라 결심하고 서울로 올라갔다. 여의치 않다면 부모와 의절이라도 할 작정이었다.

그는 강 회장의 서재에서 우연히 사진 한 장을 보게 되었다. 책 사이를 비집고 나온 사진에 깜짝 놀랐다. 사진에는 젊은 시절의 윤주혁과 분이가 있었다. 아니 정확하게 말하면 쌍둥이라 해도 될 만큼 똑같이 생긴 여인이었다.

어린 시절 몇 번 마주한 그는 주혁의 얼굴을 또렷이 기억하고 있던 터였다. 바뀐 것이 있다면 깊게 패인 주름과 흰머리 정도였다. 어째서 이 사진이 아버지의 서재에 있는 건지. 그녀와 닮은 여인은 대체 누구인지. 의문은 또 다른 의문을 불러들였다. 서재로 들어서는 강 회장을 향해 사진에 관해 물었다. 하지만 어쩐 일인지 침묵으로 일관했다. 그때부터 미국으로 망명한 주혁과 연락을 취하기 위해 갖은 노력을 기울였다.

부대로 복귀한 진욱은 매일같이 그녀가 있는 곳을 찾아갔다. 그러나 선뜻 나서지 못했다. 그저 할 수 있는 일이라곤 멀찍이서 지켜보는 일이 전부였다. 가장 친한 친구를 잃었다는 소식에 그의 마음도 함께 무너져 내렸다. 살아가면서 가장 고통스러운 일은 사랑하는 사람을 위해 그 무엇도 해줄 수 없을 때였다. 흐느끼는 그녀의 어깨조차 감싸지 못하는 현실이 안쓰러웠다. 생각에 깊이 잠긴 진욱을 그녀가 불렀다.

"진욱씨! 진욱씨! 괜찮아요?"

"아! 뭐 좀 생각하느라… 괜찮아요. 어디까지 이야기했죠?"

그는 찻잔을 들어 입안을 적시고는 잠시 끊겼던 이야기를 다시 시작했다.

"분이씨의 어머님이신 권수옥 여사님과 윤 회장님께서는 약혼한 사이이셨대요. 비록 집안끼리 한 약속이었지만, 윤 회장님께서는 처음 만났던 그때부터 지금껏 한 분만 마음에 품고 사셨다고⋯."

뭔가가 울컥하고 치받자 저도 모르게 말끝을 흐렸다. 처음 마주쳤을 때부터, 지금껏 한 여인만을 품었다는 말이 심장에 박혔다. 감정을 추스른 그는 이야기를 계속했다. 일제에 의해 두 명문가 집안은 박살이나 어쩔 수 없이 헤어졌다는 것이 이야기의 끝이었다.

그후에 행적이 궁금하여 몇 차례나 물었지만, 주혁은 말을 아꼈다고 했다. 분이는 갈증이 풀리기는커녕 되레 답답해져 옴을 느꼈다. 그렇다면 자신을 낳아준 권수옥이라는 여인과 길러준 어미인 막순의 관계. 또 어째서 집안이 정해준 정인을 놔두고 다른 사내의 아이를 낳게 된건지. 무엇보다 그간 왜? 평범하게 살았던 아비가 일제에 의해 쫓기고, 그 일로 인해 어미인 막순이 모진 고문을 받았는지 알고 싶었다. 그가 미국으로 돌아가기 전에 꼭 다시 만나야만 했다.

"분이씨! 제 이야기 듣고 있는 거 맞죠? 아버지가 우리 결혼을 허락⋯."

그녀가 진욱을 내려다보았다.

"언제 미국으로 다시 들어가신대요?"

다급한 물음에 그는 잠시 생각하더니 대답했다.

"내일 아침 일찍 서울로⋯."

그의 말이 떨어지기 무섭게 분이는 식탁에 놓여 있던 검은 가방을 낚아채서는 밖으로 뛰쳐나갔다. 뒤늦게 진욱이 따라나섰지만, 그녀는 이미 없었다. 흙길 위에 선명하게 남아 있는 인력거의 바퀴 자국만이 남아 있을 뿐.

인력거로 갈 수 있는 데까지 간 곳에서부터는 주구장창 걸었다. 삼십 리도 족히 되는 길을 무거운 가방을 가슴에 품고 걷고 또 걸었다. 낡은 고무신의 밑창이 떨어져 나가 살갗이 터져 피가 흘렀지만, 그 어떤 아픔도 느껴지지 않았다.

주위가 아주 어두워져서야 기차역 근처에 다다랐다. 그나마 초저녁이라 그런지, 광장에는 오가는 사람들이 제법 많았다. 때마침 자신의 앞에 지나가는 사내를 불러 세웠다. 그는 분이가 내민 종이를 뚫어지게 보더니, 남쪽을 가리키며 최대한 자세히 일러주었다. 그 후 몇 번이나 더 물어물어 화려한 서양식 건물 앞에 멈춰 섰다. 건물 꼭대기에 매달려 있는 간판에는 종이에 적혀있는 것과 같은 글씨가 반짝였다.

"어떻게 오셨습니까?"

말끔한 정장 차림으로 보아 종업원쯤으로 보였다.

"여기 계신다고… 로버트 윤 선생님…."

그에게 쪽지를 내밀었다.

"여기서 조그만 기다려 주십시오. 객실에 연락해보겠습니다."

종업원은 건물 안으로 들어갔다. 그사이 건물에서 나오는 이들은 성별에 상관없이 하나같이 세련된 복장이었다. 그 모습에 그녀는 몸을 돌려 흐트러진 머리카락과 옷자락을 매만졌다.

"분이씨?"

밖으로 나온 이는 그의 여비서였다. 분이는 여비서를 향해 가볍게 인사를 건넸다.

"이리로!"

여비서를 따라 그녀는 건물 안으로 들어갔다. 낯선 이름만큼이나 건물 안의 모습 또한 낯설었다. 넓은 로비는 흰 대리석으로 인해 눈이 부셨다. 보석을 닮은 수백 개의 장식에 빛에 반사되어 반짝였다.

"괜찮으세요?"

잠시 멈춰선 그녀의 곁으로 여비서가 천천히 다가섰다. 분이는 대답 대신 미소를 보였다. 두 사람은 로비를 가로질러 오른쪽 끝에 있는 식당으로 갔다. 그곳은 하얀 대리석이 깔린 로비와 다르게 붉은 카펫이 깔려 있었다. 마침 저녁 시간이라 그런지, 식사를 즐기며 담소를 나누는 사람들로 북적였다.

"따라오시지요."

여비서는 서너 발자국 앞서 걸었다.

"회장님! 아가씨를 모셔왔습니다."

밖을 바라보던 주혁이 여비서의 부름에 고개를 돌렸다.

"어서 오게나."

여비서는 그녀가 쉽게 앉을 수 있도록 의자를 빼내어 주고 다시 돌아갔다.

"이리 찾아올지는 생각 못 했네. 미리 알았더라면 고생 시키지 않았을 터인데 말이야."

그는 앞에 놓여 있던 빈 찻잔에 뜨거운 물을 따랐다. 그러자, 말라 있던 노란 국화꽃이 금세 부풀러 올라 활짝 피어났다. 핀 국화꽃에서는 은은한 향이 올라왔다. 긴장 감과 두려움으로 불안했던 마음도 차차 편해졌다.

"들지!"

그리고는 맞은편에 앉은 분이를 빤히 바라보았다.

"그래! 이곳까지 온 연유가 뭔지 물어봐도 되겠는가?"

찻잔에 향해 있던 그녀의 눈길이 곧 앞을 향했다. 이곳에 오기 전까지는 분명 물어볼 것이 많았다. 그러나 막상 마주하고 있으니 머릿속이 백지장이 되어 버린 것만 같았다. 처음 만났을 때와 다르게 주혁에게서는 감히 범접

할 수 없는 어떤 기운마저 느껴졌다.

"참! 이걸 돌려 드리려… 도저히 받을 수가 없습니다."

그때까지도 꼭 품고 있던 가방을 식탁에 조심스레 내려놓았다. 그냥 들기에도 꽤 무거웠을 텐데, 그것도 모자라 먼 길을 걸어왔을 분이 생각에 괜스레 미안했다.

"그리도 부담스럽다고 하니, 어쩔 수가 없구먼. 내 자네 뜻은 충분히 알았다네."

그는 쓸쓸한 웃음을 내비쳤다.

"그리고… 여기 온 것은 이것 때문만은 아닙니다!"

"궁금한 것이 많았던 모양이군. 그래 뭔가?"

그녀가 아랫입술을 살짝 깨물었다. 주혁은 쉽게 이야기를 꺼낼 수 있게 잠시 창밖으로 시선을 두었다.

"생모와 제 부모에 관한 것이라면 그 어떤 것도 좋으니, 말씀해 주셨으면 합니다. 어린 시절 기억을 끄집어내면, 부모님은 늘 뭔가에 쫓기듯 불안해했지요. 왜? 그리 살아야만 했었는지…."

분이는 불현듯 올라오는 그리움에 어금니를 꽉 깨물었다. 그는 식탁 위에 놓인 티슈 한 장을 뽑아 건넸다. 생모인 권순옥과의 첫 만남부터 독립운동을 했던 이야기까지 모두 풀어냈다. 명문가의 집안의 딸이던 친모가 나라를 위해 기녀가 될 수밖에 없었던 안타까운 사연에서 참았던 눈물이 끝끝내 터졌다. 길러준 어미인 정막순의 만남, 그리고 자신의 아비인 김상복과 친모의 극적인 재회까지. 만행에 가까운 일제의 잔인한 고문 속에서도 뱃속에 있는 생명을 지키기 위해 견뎌야 했던 시간이 고스란히 분이의 마음을 적셨다. 젖 한번 제대로 물려 보지 못한 채로 떠나보내야 했던 그 마음은 오죽하였을까.

"전, 전… 저는 그런 줄도….."

살점이 찢겨나간다고 한들 어찌 이것보다 더 아프겠는가? 그녀는 가슴팍을 쥐어뜯었다. 숨이 쉬어지지 않았다. 이마에는 핏발이 서고 얼굴은 붉어졌다. 마치 이곳에 두 사람만 있는 것만 같았다.

"혹시 침몰 사고 이후에 생부의 소식은 들은 것이 있는가?"

그는 조심스레 물음을 던졌다. 괜한 이야기를 꺼내는 것은 아닐까 하는 후회가 잠시 밀려왔지만, 다른 건 몰라도 이것만은 꼭 알려줘야 할 것 같았다.

"아버지는 혹… 살아 계시는가요?"

분이의 두 눈동자가 갈 길을 잃었다.

"김 선생님께서는 광복을 며칠 앞두고 안타깝게도 돌아가셨다네."

가까스로 맺혀있던 눈물은 결국 볼을 타고 흘러내렸

다. 잠시 숨을 고른 주혁은 남은 이야기들을 마저 했다.

"김 선생은 홀로 남은 분이 양에게 돌아가고자 했으나, 일제의 감시 때문에 어쩔 수 없이 발걸음을 돌렸다고 하더군. 후에 몇 번이나 자네를 만나기 위해 이곳에 내려왔다고 전해 들었지. 목숨을 잃던 그 날도…."

지금껏 담담하기만 하던 그의 목소리에 물기가 배어났다. 이제까지와는 또 다른 안타까움이었다. 복받쳐 올라오는 뭔가를 애써 억누를 요량으로 물잔을 들어 단숨에 들이켰다.

"언덕 위에 있던 낡은 소금 창고에 불길이 치솟던 날을 기억하는가?"

주혁의 또 다른 물음에 텅 비어 있던 그녀의 눈동자에 빛이 스며들었다. 빛은 점점 기억 저편으로 데려다 놓았다. 자신의 이름을 부르는 목소리와 손길. 비록 정신을 잃은 상태였지만, 분명 아비인 김상복이었다.

"하아… 아, 아버지!"

심장이 옥죄어 왔다. 꿈에서 마저 그리웠던 아비였건만. 어떻게 알아보지 못했을까. 한참 말없이 그녀를 지켜보던 그는 차마 떨어지지 않는 입술을 겨우 떼었다.

"소금 창고는 사사야끼 그리고 김 선생… 또 수옥이도 함께 있었다고 하더군. 내 짧은 생각에는 두 사람 모두 자네의 곁으로 돌아가고자 노력했던 것 같아. 음… 여기까지가 내가 아는 전부일세. 이런 큰 슬픔을 줘서 정말 미안하군."

그의 눈가에도 어느새 눈물이 맺혀있었다. 불이 활 활 치솟던 소금 창고에 세상에서 가장 그리워했던 아비 그리고 그리워할 수조차도 없었던 생모. 분이의 심장은 천 갈래 만 갈래 찢겨나갔다. 아니 찢겨나간다 하여도 이것보다는 아프지 않을 것이라 여겼다. 머리가 깨어질 듯 아팠다. 그저 수천 마리의 벌떼들의 날갯짓 소리만 들릴 뿐. 위로의 말을 건네고 싶었지만, 그 어떤 것도 지금은 그녀에게 소용이 없었다. 그렇게 시간은 속절없이 흘렀다. 창밖 너머 먼 곳을 바라보는 주혁의 곁으로 여비서가 다가왔다.

"회장님!"

여비서의 부름에 고개를 돌렸다. 여비서의 옆에 진욱이 서 있었다. 그는 주혁에게 인사를 건넸다.

"차를 가져오느라 조금 늦었습니다. 회장님!"

진욱의 인사에 여비서와 주혁이 자리를 비켰다. 그제야 그는 분이의 곁으로 다가가 어깨를 감싸 안았다. 살아가면서 느꼈을 그녀의 두려움과 아픔이 고스란히 전해져 왔다.

28. 내게 오직 단 한 사람

　군용 지프는 달리는 것이 아니라 어둠 속으로 그저 빨려들었다. 분이는 말없이 어두운 창밖을 내다보았다. 유리창에 비친 눈동자에 눈물이 차오르는 것이 보였다. 한때 자신의 마음을 몰라주는 그녀가 미웠던 적도 있었다. 얼마나 바보 같았단 말인가. 세상 물정 모르는 부잣집 도령의 투정쯤으로 보였을 것이라는 생각에 뒤늦은 부끄러움이 밀려왔다. 진욱은 올라오는 한숨을 겨우 집어삼켰다. 그렇게 한참을 더 달린 끝에 지프는 그녀의 집 근처에 멈춰 섰다.

　"분이씨. 괜찮아요?"

　어찌 괜찮을 리가 있는가. 질문을 던져도 꼭! 그는 조금 전, 눌러두었던 한숨을 토했다.

　"그만 가볼게요. 여기서 헤어져요."

　집까지 바래다주길 원했으나, 그 마음을 미리 눈치챈 분이는 가볍게 인사를 건네고 돌아섰다. 되돌아선 그녀의 어깨 쪽으로 진욱이 손을 뻗었으나, 그뿐이었다.

"참! 진욱씨."

조심스레 뒤따르던 그가 멈춰섰다.

"제 마음은 변함없이 똑같아요. 진욱씨와의 인연은 여기까지입니다. 미안해요!"

분이의 한마디가 그의 심장에 날아와 박혔다. 억장이 무너져 말문이 막혔다. 점점 멀어져 가는 그녀를 붙잡을 수가 없었다. 진욱의 걸음은 결국 분이의 집 앞에서 멈췄다. 방 안은 이미 불이 꺼져 있었다. 불 꺼진 방을 뚫어지게 바라보다, 마루에 걸터앉았다. 하늘을 빼곡히 수놓은 별들이 유난히도 슬프고 외로워 보였다. 군복 안쪽 주머니에서 상자를 꺼내 열었다. 별 모양을 닮은 반지가 빛을 받아 영롱하게 반짝였다. 반지 위로 눈물 한 방울이 떨어졌다.

방문에 비친 진욱의 그림자를 향해 그녀가 손을 뻗었다. 얼마나 그리워했던 사람이었던가? 함께 있어도 그립고 곁에 있어도 보고 싶은 사람이었다. 올라오는 울음을 두 손으로 간신히 틀어막았다.

'미, 미… 미안해요. 진욱씨 아프게 해서 정말 미안해요.'

영혼이 모두 빠져나가는 것 같은 고통이 밀려왔다. 새벽이 되어서야 분이는 조심스레 방문을 열었다. 그가 앉은 자리에는 찬바람만이 남아 있을 뿐. 잠시 후, 작은 상자가 보였다. 상자의 뚜껑을 열었다. 눈이 부시고도 남을 만큼 아름다운 반지였다.

조금 전까지 그가 올려보았을 하늘을 바라보았다. 유난히도 반짝이는 별 하나가 마음속으로 들어왔다. 많은 일이 한꺼번에 그것도 동시에 일어났다. 지금껏 일어났던 모든 일이 마냥 꿈처럼 느껴졌다. 그 견고했던 시간이 무너져 내리자 무기력이 찾아왔다.

그렇게 하얗게 밤을 지새운 분이는 정오가 되어서야 그가 근무 중인 부대 앞으로 갔다. 반지를 되돌려주기 위함이었다. 서성이는 그녀의 앞으로 헌병이 뛰어왔다.

"어떻게 오셨습니까?"

헌병은 날카로운 눈빛으로 경계했다.

"저… 그, 그게… 그러니깐…."

헌병과 이야기를 나누는 사이 그들의 곁으로 정호가 다가왔다.

"형수님! 여기 어쩐 일로 오셨습니까?"

뒤에서 클랙슨 소리가 들리자 그는 손짓을 보냈다. 그제야 지프는 먼지를 폴폴 날리며 부대 안으로 들어갔다.

"형님을 보러 오셨습니까?"

그녀가 고개를 끄덕였다. 그는 곧 옆에 있던 헌병을 쏘아보았다.

"지금 강 대위님 어디 계시냐?"

"강진욱 대위님 말이지 말입니까?"

그때였다. 숨을 헐떡이며 사병 하나가 급히 뛰어왔다.

"분 대장님! 분 대장님!"

"뭐야? 왜 그래?"

"그, 그… 그것이 말이지 말입니다. 강 대위님께서 들어가신 갱, 갱… 도가 무너졌다고… 사상자가 많습니다."

정호는 무의식적으로 뒤에 있던 분이를 바라보았다. 그녀의 몸이 휘청였다.

"형수님! 형수님! 정신 좀 차려 보십시오! 형수님!"

그의 목소리가 분이는 그저 아득하게만 들렸다. 헌병과 함께 그녀를 부축했다. 그러나 자신을 붙잡은 그들의 손을 뿌리쳤다.

"그럼… 형수님! 먼저 가보겠습니다. 사병이 안내해 줄 겁니다."

사병에게 뭔가를 지시한 그는 마당을 가로질러 내달렸다. 분이는 군인들의 부축을 받아 겨우 일어섰으나 걸음이 떼어지지 않았다. 두 발이 마치 바닥에 뿌리를 내린 것처럼 도통 움직일 생각을 하지 않았다. 온 힘을 다해 겨우 몇 걸음 떼다, 그만 자리에 주저앉았다. 믿을 수조차 없는 현실 앞에서 무너졌다. 어젯밤 마지막으로 보았던 진욱의 슬픈 얼굴이 자꾸만 떠올랐다. 결국, 사병은 지나가던 군용 지프를 한 대를 세웠다.

지프는 의료 마크가 그려진 천막 앞에 멈춰 섰다. 사병은 재빨리 내려 문을 열었다. 그녀는 천막 안으로 들어섰다. 일렬로 나열해 있는 침대에는 방금 다친듯한 군인들의 비명으로 아수라장이었다. 조금 더 안으로 들어서던 눈길이 한 침대 위를 향했다. 바다가 들어있는 작은 유리병, 그것은 분명 자신의 것이었다. 심장이 바닥으로 뚝 떨어졌다.

"진, 진… 진욱씨…."

침대에는 그의 이름이 선명하게 새겨진 피 묻은 군복이 놓여 있었다. 분이는 그만 군복에 얼굴을 파묻은 채 오열했다. 그의 손을 매몰차게 뿌리치던 기억, 그를 향해 차갑게 내뱉었던 숱한 말들, 그리고 두 눈동자에 맺힌 그의 눈물. 이 모든 것이 한꺼번에 뇌를 스치자 오장육부가 모두 녹아내렸다.

"어, 어떻게… 어떻게… 내가 잘, 잘못…."

"분이씨?"

얼굴을 파묻은 채 울던 그녀가 고개를 들었다.

"분이씨가 여기 어떻게… 괜찮아요?"

그는 울먹이는 분이를 안았다. 그제야 안도의 숨을 터트렸다.

"미안해요! 정말 미안해요."

"왜? 그런 위험 곳에 들어가요? 진욱씨가 잘못되면 내가 살 수 있을 것 같아요…."

진욱은 분이의 얼굴을 끌어당겨 입술을 포개었다. 짭짤한 눈물이 입속으로 찬찬히 스며들었다. 그렇게 오랫동안 서로가 서로의 온기를 느꼈다.

그녀와 나란히 걷고 있다는 사실 하나만으로도 그는 가슴이 벅차올랐다. 얼마나 바라고 바라던 일이었던가. 이것이 꿈이라면 제발 깨지 않았으면 좋겠다는 생각마저 들었다.

"이제 곧 해국이 피겠는걸요."

진욱이 환히 웃으며 그녀를 지그시 바라보았다. 그제야 분이도 주변을 둘러보았다. 딴 곳에 정신이 빼앗긴 채, 걷는 통에 자신이 가장 좋아하는 들판까지 온 줄도 몰랐다. 이제 막 피기 시작한 해국들이 보랏빛 바람에 일렁이자 마음도 덩달아 설레었다. 그때였다. 그가 한쪽 무릎을 꿇었다.

"지금껏 살아오면서 나는 단 한 사람만을 사랑했습니다. 지금도 여전히 나는 단 한 사람만을 사랑합니다. 그리고 앞으로도 나는 단 한 사람만을 사랑할 겁니다. 백 번이고 천 번이고 다시 태어난다 하여도 내게 단 한 사람은… 바로 당신입니다. 진심으로 사랑합니다. 많이 부족한 나지만, 이런 나라도 받아주시겠습니까?"

고백하는 그의 두 눈동자에 노을이 가득 들어찼다. 진욱은 반지를 꺼냈다.

"제가 어떻게 해야…."

애매한 대답에 그가 자리에서 일어섰다.

"미소… 분이씨의 미소 하나면 됩니다. 그걸로 충분합니다!"

그리고는 그녀의 두 눈을 빤히 바라보았다. 더는 밀어낼 수 없었다. 아니 밀어내고 싶지 않았다. 분이는 천천히 고개를 끄덕였다. 그때까지도 숨을 죽이고 있던 진욱의 얼굴에 웃음꽃이 활짝 피었다. 세상을 다 얻은 듯한 표정이었다. 그는 그녀의 오른쪽 약지에 조심스레 반지를 끼웠다. 반지는 점점 저물어가는 노을빛에 반짝였다. 때맞춰 두 사람의 곁으로는 많은 것들이 스쳐 지났다. 빗나갔던 서로의 인연, 그리워했던 세월, 사랑했기에 밀어내야만 했던 아픈 시간, 그 애타는 시간이 돌아, 돌아와 드디어 하나의 사랑으로 만났다. 두 사람은 아주 오랫동안 서로를 보듬었다.

그런 그들의 모습을 멀찍이서 슬픈 눈으로 내려다보는 사내가 있었다. 그 사내는 안주머니에 있던 담배를 꺼내 입에 물고는 저물어가는 노을 속으로 쓸쓸히 사라졌다.

29. 마지막으로 너를

그리워했던 시간에 비하면 재회의 시간은 턱없이 짧았다. 그러나 앞으로 함께 할 나날들이 더욱 많기에 서운해하지 않았다. 그간 숱한 일들을 겪은 터라 피곤할 법도 한데 두 사람은 그 어느 때보다 행복했다. 발끝에 쓸리는 모래 소리 하며 적당히 쌀쌀한 초가을 날씨와 부엉이의 간헐적인 울음소리마저도 아름다운 밤이었다. 하긴 지금 그들에게 아름답지 않은 것이 무엇이 있겠는가.

"벌써 다 왔네요. 부대 일만 아니면 밤새워 이야기를 나누면 좋겠는데. 돌아가기 정말 싫은데…."

분이는 그를 사랑스레 바라보았다. 실로 오랜만에 제대로 마주하는 눈 맞춤이었다.

"진욱씨… 나랑 약속 하나 해줄 수 있어요?"

진욱은 고개를 끄덕였다.

"내 곁을 떠나지 말아요. 그거 하나면 돼요. 그거 하나면… 정말 그거 하나면 돼요."

그녀의 간절함에 진욱의 마음도 덩달아 뜨거워졌다.

"떠나지 않을 겁니다. 당신이 싫다고 밀어내도 나는 내 목숨이 다하는 그 날까지 분이씨 곁에 꼭 붙어있을 겁니다. 사랑합니다. 마음을 다해 사랑합니다."

분이는 더욱더 그의 품을 파고들었다. 이대로 모든 시간이 멈추길 바라고 또 바랐다. 두 사람은 진한 입맞춤을 끝으로 아쉬운 작별을 했다. 그는 걸어왔던 길을 되돌아가는 내내 뒤로 돌아 손을 흔들었다.

시간이 얼마나 흘렀을까? 진욱의 모습이 더는 보이지 않자, 그녀는 그제야 사립문 안으로 들어갔다. 오늘 밤은 유난히도 길 것만 같았다. 살아가면서 인연이 아니라 여겼다. 생살을 떼어내는 고통을 감내하며 잊으려고 노력했던 사람이었다. 어린 시절 막순이가 건넸던 말 한마디가 시공을 뛰어넘어 전해졌다. 꼭 만나야 할 사람은 어떻게든 만나게 된다는 말. 마당에 선 채, 오랫동안 별을 바라보았다.

"그간 잘 지냈어?"

갑작스러운 인기척에 앞을 내다보았다. 어두운 탓에 미간을 살짝 구겼다.

"귀태… 오라버니?"

귀태의 얼굴은 그녀가 마지막으로 보았던 그때보다 많

이 야위고 말라 있었다. 단 하나 바뀌지 않은 것이 있다면, 머쓱할 때 나오는 웃음 정도였다.

"너무 갑작스레 찾아와서 놀랐지? 놀라게 했다면 미안해!"

"오라버니! 일단은 방에 들어가서 기다려. 경찰들이 어딘가 있을지도 모르니 말이야. 얼른!"

분이는 사립문 밖으로 나가 이리저리 살폈다. 안으로 들어선 귀태는 자리에 앉기 전에 쭉 둘러보았다. 지금껏 느낄 수 없었던 편안함과 아늑함이 느껴졌다. 그 아늑함에서 그는 어미인 방순자를 떠올렸다. 못난 아들 때문에 고생만 하다가 화병으로 돌아가신 어머니. 괜스레 콧날이 시큰해졌다.

"저녁 안 먹었지?"

한참 지나서야 그녀가 방안으로 들어섰다. 손에는 작은 소반이 들려 있었다. 앉아 있던 그는 벌떡 일어나 소반을 받아 바닥에 내려놓았다. 소반에는 고봉으로 담은 밥 한 그릇과 기름기가 번지르르하게 잘 구워진 청어 한 토막이 올라와 있었다.

"찬이 없지! 미안해."

몇 년 만에 고향에 돌아온 그에게 빈약한 밥상을 건네는 것이 못내 미안했다.

"아니야. 고맙다. 잘 먹을게."

허겁지겁 밥을 퍼먹는 모습에 마음 한 곳이 저렸다. 귀태를 물끄러미 바라보던 그녀가 조심스레 말문을 열었다.

"그나저나 오라버니, 아예 여기 온 거야? 평양은? 어째서 경찰들이 오라버니를 찾아다녀. 대체 무슨 일 있는 거야? 그간 어디서 어떻게 지냈던 거야?"

바삐 움직이던 숟가락이 그녀의 물음에 느려졌다. 더 묻고 싶은 말이 많았으나, 일단은 말할 때까지 잠시 기다기로 했다. 소반 위, 음식들을 남김없이 비운 귀태는 물을 벌컥벌컥 들이켰다.

"분이야! 나 여기 오래 못 있어. 곧 떠나야 해! 그렇지 않아도 점덕이 이야기는 전해 들었다. 어떻게 그런 일이… 그간 네가 많이 힘들었겠구나."

그는 그동안 힘든 일을 혼자 감내해야 했을 그녀가 안쓰러웠다.

"오라버니! 어떻게 된 거야?"

"나 떠나면 두 번 다시는 돌아오지 않을 거야. 더는 자세히 말할 수가 없어. 미안하다. 그래서 말인데…."

귀태는 잠시 숨을 들이마셨다.

"함께 떠나자. 마지막으로… 네게 이 말 하러 여기 온 거야."

그의 말에 놀란 분이가 두 눈을 동그랗게 치켜뜨며 반지로 손을 가져다 댔다. 왼쪽 약지에 반짝이는 반지에 시선을 둔 채, 귀태는 자리에서 일어섰다.

"대답이 없구나. 그럼 거절의 뜻으로 알고 나는 이만 가련다. 그래도 마지막으로 널 보고 갈 수 있어서 참 좋구나. 건강하게 잘 지내야 한다. 알았지?"

"오, 오라버니!"

분이는 그를 불러 세웠다. 사립문을 나서기 전 귀태는 활짝 웃으며 그녀를 바라보았다.

"…그리고 그 녀석한테도 안부 전해주고. 두 사람 결혼 진심으로 축하해!"

되돌아선 그의 눈가가 촉촉하게 젖어 들었다.

"미안해… 정말 미안해! 오라버니. 어디에 있든 오라버니가 행복하길 그리고 무탈하길 천지신명께 빌고 또 빌게…."

귀태가 다녀간, 다음 날 아침 경찰들이 찾아와 죄인을 숨겨준 죄목으로 분이를 체포했다. 다행히 진욱의 도움으로 그녀는 무사히 빠져나올 수 있었다. 후에 전해 들은 말에 의하면 그는 남로당의 핵심당원으로 많은 민간인이 희생된 여순 사건에 휘말려 쫓기고 있다고 하였다. 이 혼란스러운 시기에 무사하길 그저 바라고 또 바랐다.

분이에게는 하루하루가 평온하고 행복했다. 곧 진욱과의 결혼 생각에 설레기도 하고 두렵기도 한 나날들이 이어졌다. 그는 제대와 동시에 식을 올리면 곧장 서울로 갈 작정이었다. 그리고 함께 유학길에 올라 못다 한 그림 공부를 마저 할 나름의 계획도 가지고 있었다. 두 사람은 별다른 일이 없는 날이면 한시도 떨어지지 않고 꼭 붙어다녔다.

"분이야! 분이야!"

물속에 있던 그녀는 다급한 누군가의 목소리에 물 밖으로 얼굴을 내밀었다. 함께 작업하는 해녀들이었다. 갯바위에 올라오자 서너 명의 아낙들이 서로 앞다투어 고자질하느라 유난을 떨었다.

"그카지말고, 퍼뜩 집에 가보라카이. 여시 겉이 생긴 여편네들이 와가꼬 니 살림을 엉망키로 해 놨다, 아이가. 참말로 이기 다 뭔 일이고. 어이!"

웅성대는 이들을 뒤로하고 서둘러 집으로 향했다. 그렇게 도착한 집은 이미 난장판이었다. 살림살이 대부분이 마당에 이리저리 나뒹굴고 뭔가 깨어지는 소리가 들렸다.

"대체 남의 집에서 이게 무슨 짓이에요?"

분이의 목소리에 두 여인이 밖으로 나왔다. 그중 먼저 나온 중년의 여인과 눈이 마주쳤다.

"어, 어… 어머님…."

윤 여사의 눈꼬리가 하늘 높은 줄 모르고 올라갔다.

"어머님? 어머머… 얘, 얘, 얘! 너, 지금 누구더러 감히 어머님이라고 입에 올리는 거니? 나 원 참! 기가 차서."

호들갑을 떠는 윤 여사의 뒤에서 분이를 쏘아보는 효주의 얼굴이 점점 일그러졌다. 같은 여자로서 그 마음은 충분히 이해했다. 그녀 또한 아주 오랫동안 진욱을 마음에 담아 두었다는 것을 잘 알고 있었다. 약혼자인 정인을 다른 여인에게 뺏기는 기분을 어찌 말로써 모두 표현할 수 있겠는가.

"우선은 안으로 들어가셔서 말씀을…."

그녀의 말이 채 맺기도 전에 이마에서 피가 흘러내렸다. 효주가 사기 대접을 던진 것이었다. 그 모습에 모여 있던 동네 사람들이 웅성거렸다.

"가세요! 가시라고요. 어디 구경들 났어요."

윤 여사의 고함에 운전기사로 보이는 사내가 모여 있던 동네 사람들을 밖으로 밀어냈다.

"야! 너, 너는 좀 그래도 돼! 근본도 모르는 천박한 것이 감히 금쪽같은 우리 아들을 꼬드겨 내서 말이야…."

그녀는 말을 하다 말았다. 분을 이기지 못한 효주가 마당으로 뛰어 내려가 분이의 머리채를 잡아 인정사정없이 쥐어흔들었다. 밖에서 주변을 정리하던 운전기사가 놀라 마당으로 급히 뛰어들었다.

"네년이 뭔데! 네깟 것이 대체 뭔데! 구질구질한 년을 사람대접해주니, 어디 세상이 그리 우습디? 너 죽고, 나 죽는 거야!"

악에 받칠 대로 받친 그녀는 고래고래 소리를 내질렀다. 반면 분이는 눈을 꼭 감고 그저 몸을 맡겼다. 운전기사는 그런 효주를 떼어내기 위해 안간힘을 썼다.

"놔! 놓으라고. 어디 감히 천한 놈 주제에… 내 몸에 손을 대는 거야?"

효주는 그의 뺨을 올려붙였다. 뺨을 맞은 얼굴이 붉게 달아올랐다. 더는 말릴 수 없었다. 그녀는 있는 힘을 다 끌어모아 바닥에 주저앉아 있던 분이에게 달려들었다.

"이게 대체 무슨 짓이야!"

"오, 오빠?"

진욱은 그녀를 옆으로 밀쳤다. 바닥에 내동댕이쳐진 효주를 잠시 노려보는가 싶더니, 곧 분이의 곁으로 다가갔다. 손수건을 꺼내 찢어진 이마를 지그시 눌렀다.

"분이씨! 괜찮아요. 늦어서 미안해요!"

분이는 고개를 내저었다. 그제야 윤 여사가 마당으로 뛰어 내려왔다.

"아들! 우리 아들… 난 그냥 효주 쟤가…"

그는 그런 윤 여사를 쳐다보지도 않은 채, 그녀를 부축해 마루에 앉혔다.

"금방 올게요. 알았죠? 조금만 기다려줘요!"

그리고는 곧 진욱은 윤 여사를 향해 고함을 내질렀다.

"따라 나오지 않고 뭐하시는 겁니까? 어서 나오시라고요!"

분노에 찬, 진욱의 목소리가 쩌렁쩌렁 울렸다. 그가 분노하는 모습에 윤 여사는 잔뜩 주눅이 든 채 따라나섰다. 모두가 떠나고 마당이 조용해지자, 밖에서 잠자코 있던 동네 아낙들이 들어왔다.

한 사내를 사랑하는 일이 이토록 힘든 일인 줄 알았더라면, 사랑이라는 것을 애초부터 하지 말 것을. 그에게 다가서지 말 것을. 무엇보다 한 여인을 사랑한 죄로 가족과 등을 지게 만든 것만 같아 한없이 미안한 마음뿐이었다.

30. 해국이 피다

　해국이 활짝 폈다. 넓디넓은 들판에 온통 보랏빛이 바람에 일렁였다. 낮게 핀 해국은 서로를 톡톡 건드리며 간드러지게 웃음을 보였다. 아름다운 들판에는 두 사람이 마주 보고 서 있었다. 말끔하게 하게 차려입은 진욱과 분이었다. 그녀의 머리 위에는 해국으로 엮어 만든 화관이 바람에 살랑살랑 흔들렸다. 그는 노을에 점점 물들어가는 그녀의 손을 꼭 감쌌다.

　"결혼만큼은 분이 씨에게 가장 아름다운 날로 기억되길 바랐는데. 정말 미안해요."

　분이는 옅은 웃음을 보였다.

　"내 눈동자에 분이 씨가 있고, 분이 씨의 눈동자에 나, 강진욱이 있어요. 우리 평생 이러고 함께 마주 보며 살아요."

　그녀가 진욱의 두 눈을 가만히 바라보았다. 말처럼 그의 두 눈동자에 자신이 고스란히 들어있었다. 한 걸음 앞으로 다가선 그는 분이를 꼭 껴안아 등을 토닥였다. 그렇게 두 사람은 숱한 시간을 건너 부부의 연을 맺게 되었다.

신혼 내내 행복했다. 이렇게 마냥 행복하기만 해도 되는 건지 싶을 만큼. 잠에서 깨면 모든 것이 사라지는 꿈이 아닐까 하여, 잠을 못 이루는 날도 더러 있었다. 그럴 때면 진욱은 더욱 살갑게 그녀를 보듬었다. 계절의 끝자락, 이들 부부에게도 드디어 새 생명이 찾아왔다. 두 사람은 새 생명과 함께 아름다운 봄을 지냈다.

"요 녀석 어서어서 나왔으면 좋겠네. 엄마 힘든데….

잠자리에 들기 전, 진욱은 봉긋하게 올라온 그녀의 배에 귀를 가져다 댔다. 해국이 피어나는 가을쯤에 태어날 아이라, 부부에게는 더없이 좋았다.

"다음 달에 나 제대하면 분이 씨한테 보여 줄 거 있어요. 그때까지는 아무 말 안 할 거니깐. 묻지 말아요!"

그는 바느질하는 그녀의 모습을 빤히 바라보며 잇몸을 드러내 환히 웃었다.

"앞으로 힘든 일 하지 말아요. 내가 다 할 테니. 분이 씨는 가만히 있어요. 알았죠?"

분이는 진욱의 머릿결을 부드럽게 쓸어 넘겼다. 그는 저도 모르게 스르르 잠에 빠져들었다. 그렇게 잠든 진욱의 얼굴을 찬찬히 아주 오랫동안 쓰다듬었다.

계절은 어느새 여름으로 향하고 있었다. 화려한 꽃들로 채워졌던 자리에 작은 열매들이 올망졸망 달렸다. 빛과 바람과 그리고 사랑을 받으면서 푸른빛이었던 열매는 곧 붉은빛을 띠게 될 테지. 지금껏 살아오면서 때마다 계절이 바뀌고 또 바뀌는 것을 겪었다. 매번 겪는 일이지만 분이는 참으로 신기하고 용하다 여겼다. 진욱은 다음날에 있을 제대에 앞서 일찍 집으로 귀가를 했다. 제대하고 나면 서울에 있는 부모님께 정식으로 인사를 갈 참이었다.

하여 먼 길을 떠남에 앞서 혼자 짐을 꾸리고 있을 그녀가 걱정되어 부대 송별회까지 박차고 나왔다. 그는 뭐든 분이와 함께 하고 싶었다. 떠날 준비를 마친 두 사람은 평상에 앉아 저녁을 먹고, 또 함께 별을 바라보며 두런두런 이야기를 나누었다. 그녀는 진욱과 함께 하는 이 모든 시간이 너무나 아까워 일 분, 일 초도 허투루 보내고 싶지 않았다.

"형님! 형님! 진욱 형님!"

잠결에 다급한 누군가의 목소리에 잠에서 깼다. 방문에 들어오는 빛은 아직 어두웠다. 혹여라도 분이가 잠에서 깨어날까, 그는 조심스레 일어났다. 마당에는 초조한 얼굴빛을 한 정호와 사병들이 서 있었다. 그들은 하나같이 모두 무장한 채였다. 군용 트럭과 지프도 미리 대기하고 있는 것을 보니, 보통 일은 아닌 듯했다.

"이 새벽에 부대에 무슨 일이라도⋯."

"부대로 즉시 복귀하시라는 상부의 명이 떨어졌습니다."

아직 잠에서 덜 깬, 진욱을 향해 정호는 힘주어 다시 말했다.

"전쟁입니다. 전쟁이 났습니다."

"전쟁이라니. 그게 무슨 말이야!"

그도 그럴 것이 이틀 전부터 비상경계령마저 해제된 상태에서 전쟁이라는 건 있을 수 없는 일이었다. 한마디로 병력 대다수가 부대를 비웠다는 말과도 같았다. 이런 상황에서 적군이 내려왔다면 이건 보통 심각한 문제가 아니었다. 머릿속이 하얗게 변하자 그는 무심결에 뒤로 돌아 방문을 바라보았다.

"군복 갈아입고 나올 터이니, 조금만 내게 시간을 다오!"

정호는 가볍게 고개를 끄덕이고는 마당에 있던 부대원들을 사립문 밖으로 내보냈다. 진욱은 숨을 서너 번 나눠

쉬고는 안으로 들어갔다.

"무슨 일이 생긴 거죠?"

분이는 방안으로 들어서는 그를 걱정스레 올려다보았다. 진욱은 자리에 앉아 초에 불을 붙였다.

"우선은 부대로 가봐야 자세한 것은 알 것 같아요. 별일 아니니깐, 걱정하지 말고 있어요! 알았죠? 금방 다녀올게요."

그는 분이의 어깨를 천천히 쓸어내렸다. 처음 보는 어두운 표정에서 덜컥 두려움이 밀려왔다. 군복을 다 챙겨입은 진욱이 방을 나서려다 말고 그녀를 꽉 껴안았다.

"바람에 찬 기운이 섞여 있어요. 그러니 밖에 나오지 말아요! 분이씨, 내가 많이… 아주 많이 사랑합니다."

어느새 목소리에는 물기가 서려 있었다. 심장이 도려내는 것처럼 아팠다. 진욱이 나가고 분이 또한 따라나섰다. 군용 트럭과 지프는 점점 멀어져갔다. 그녀는 서둘러 부엌으로 들어가 음식을 챙겼다. 날이 밝으면 곧장 군부대로 가볼 참이 있었다. 도저히 가만히 앉아 불안해하며 기다리기 싫었다. 무슨 일인지는 모르나 그의 무사한 얼굴을 보고 오는 편이 오히려 안심될 것 같았다. 해가 어느 정도 올라오자 그녀는 서둘러 미리 챙겨두었던 짐을 들고 사립문을 나섰다.

"분이야! 분이야!"

춘천댁이 아이를 업은 채 급히 마당으로 들어섰다. 그녀의 남편도 진욱과 같은 부대에서 근무하는 터라, 두 사람은 윗집과 아랫집에 살면서 친구처럼 지냈다.

"대위님도 부대로 복귀하셨지? 우리 신랑도… 그나저나 지금 큰일이 났대. 전쟁이 터졌다고… 오늘 새벽에 인민군이 남침했다고 지금 라디오에서 계속 나오고 있어!"

춘천댁의 말에 그녀는 무슨 생각에서인지 밖으로 내달렸다.

"어디가! 어디 가냐구?"

그녀는 목청을 높여 분이를 불렀으나 이미 멀어진 뒤였다. 잰걸음으로 걷던 걸음을 잠시 멈춰섰다.

'아가야! 미안해. 미안하다.'

당겨오는 아랫배를 부드럽게 쓰다듬었다. 고통이 차차 잦아들자 분이는 다시 일어나 조심스레 한 걸음씩 내디뎠다. 그렇게 반나절을 꼬박 걸어 부대 앞에 도착했다. 부대는 이미 전쟁터를 방불케 할 만큼 난리였다.

부대 앞을 지키고 있는 헌병에게 진욱의 소속과 계급을 말했지만, 돌아가라는 짧은 말 밖에는 더는 들을 수 없었다. 그녀는 몇 날 며칠 부대 앞을 떠나지 않았다. 날이 새면 무조건 나가 밤이 늦도록 부대 앞을 서성였다. 군용 트럭과 지프들이 하루에도 수십 번도 더 지나갔다.

"저, 저… 저기 말입니다."

헌병 하나가 분이의 곁으로 뛰어와 말을 건넸다. 그는 부대 정문을 지키며 꽤 오랫동안 그녀를 지켜보다, 안쓰러운 마음에 진욱의 행방을 찾아보았다고 했다.

"강 대위님께선 여기 계시지 않습니다. 낙동강 동부 방어선으로 전출을 가셨습니다."

헌병은 더는 부대 앞에 찾아오지 말라는 당부도 잊지 않고 덧붙였다. 갑작스러운 현기증에 눈앞이 깜깜했다. 그가 전출 갔다는 동부 방어선이 어디인지? 어찌어찌하여 낙동강에 우여곡절 끝에 갔다손 치더라도, 그 넓디넓은 강에서 어떻게 찾아야 할지 그저 막막했다. 그 사이 탱크를 앞세운 적들에게 서울이 수복되었다는 안타까운 소식이 연일 들려왔다.

이미 마을에서도 짐을 꾸려 아래로 더 아래로 피난을 떠나는 사람들이 늘어났다. 분이를 포함한 몇몇 가구만이 마을을 지키고 있을 뿐. 마을 사람들이 그녀도 피난길에 함께 오를 것을 권했으나, 진욱을 만나기 전까지는 한 발자국도 떠나지 않을 생각이었다.

지친 걸음으로 그녀는 새벽녘이 되어서야 집으로 돌아왔다. 겨우 힘을 내어 평상에 걸터앉아 사진 한 장을 꺼냈다. 사진에는 〈결혼기념〉이라는 글씨가 쓰여 있었다. 군복을 입은 진욱과 한복을 곱게 차려입은 분이. 가장 행복한 모습으로 두 사람은 카메라를 향해 웃었다. 사진을 천천히 어루만졌다.

"진욱씨… 대체 어디 있는 거예요. 금방 온다고 그리 말해 놓고, 당신 어디…."

당장이라도 그가 있는 곳으로 찾아 나서고 싶었지만, 혹여 서로 엇갈릴까 그것이 염려되었다. 일단은 날이 밝는 대로 후배인 정호라도 수소문을 해볼 참이었다. 생각이 이쯤에 이르자 그저 가만히 있을 수가 없었다. 하여 다시 힘을 내어 사립문 밖으로 나섰다. 마을 어귀에 다다를 즈음, 군용 지프 한 대가 요란한 먼지 바람과 함께 멈췄다. 곧 헤드라이트 앞에 그림자가 어른거렸다.

"분이씨! 분이씨!"

분명 진욱의 목소리였다. 지프가 뒤로 물러나자 그의 얼굴이 더욱 또렷하게 보였다. 진욱은 미친 듯이 달려 내려가 그녀를 와락 껴안았다.

31. 고된 피난길

집으로 돌아가자는 그녀의 말에 진욱은 고개를 저었다. 물품을 받아 오겠다며 겨우 설득해서 오는 길이라고 했다. 곧 다시 복귀해야 한다는 말을 건넬 때는 목소리가 심하게 떨렸다.

"분이 씨! 내 말 잘 들어야 해요. 여기도 안전하지 못해요. 지금 적군들이 이곳으로 오고 있어요. 부모님 모두 부산으로 피난길에 오르셨다고 해요. 아버지 말로는 부산에서 윤 회장님의 비서를 만나기로 되어있대요. 허니 분이 씨도 그곳으로 가야 해요. 알았죠?"

때마침 지프가 불을 두어 번 번쩍였다. 사방이 잠시 환해졌다 다시 어둠 속으로 사라졌다. 그는 주머니에서 쪽지를 꺼내 분이의 손에 쥐여 주었다.

"아버지랑 만나기로 한 주소랑 날짜예요. 꼭 가야 해요…."

그녀는 울먹이며 진욱의 옷소매를 붙잡았다.

"전 여기서 아기랑 진욱씨 기다릴 거예요. 어디도 안 갈 거예요."

지금이라도 당장 분이의 손을 잡고 아주 멀리 도망이라도 가고 싶었다. 어떻게 만난 사람인데, 돌고 돌아 다시 만난 인연인데. 그는 분이의 두 손을 꽉 잡았다.

"제, 제발… 제발 분이씨! 약속할게요. 반드시 살아서 당신에게로 갈게요. 그러니 제발 이번 한 번만 더 믿어 줘요!"

그녀는 아랫입술을 꼭 깨물었다. 한동안 굳게 닫혔던 입술이 열렸다.

"그 약속 꼭 지켜야 해요. 꼭! 지켜줄 거죠?"

분이의 볼은 이미 눈물로 흥건했다. 그는 그녀의 뺨을 매만지며 고개를 끄덕였다. 시간이 점점 지체되자 군인 하나가 차에서 내려 큰 소리로 불렀다.

"대위님! 강 대위님! 이제는 그만 가셔야 합니다."

군인은 다시 지프에 올라 시동을 걸었다. 요란한 엔진 소리가 고요한 밤공기를 산산 조각냈다. 가슴 깊은 곳에서 올라오는 뜨거운 불덩어리가 목구멍에 착하고 달라붙었다. 그 흔한 이별의 말도 건넬 수 없었다. 그는 떨어지지 않는 발걸음을 한걸음 또 한 걸음 앞으로 내디뎠다.

"진욱씨!"

그녀는 마지막으로 온 힘을 다해 소리치며 달려가 진욱의 품에 안겼다.

"이거… 이거 가져가요. 진욱씨가 내게로 다시 올 때까지 기다릴게요. 그러니깐 당신 꼭 돌아와야 해요. 사랑해요. 사랑해요."

분이가 건넨 것은 두 사람의 결혼사진이었다. 누가 먼저라 할 것도 없이 서로의 입술을 찾았다. 진욱은 한 차례 더 그녀를 껴안고는 언덕 위로 내달렸다.

"꼭 살아야 해요. 살아서 내 곁으로 돌아와요."

그녀는 지프가 보이지 않을 때까지 우두커니 서 있었다. 그와 헤어지고 대충 짐을 꾸려 피난길에 올랐다. 진욱을 만난 것은 마치 꿈을 꾼 것처럼 아득하게만 느껴졌다. 들리는 말이라고는 인민군이 서울을 지나 계속 남하하고 있다는 절망적인 소식뿐이었다. 그런 소식이 들리자 가슴이 옥죄어 왔다. 매일같이 손이 발 될 정도로 그의 무사함을 빌고 또 빌었다.

얼마나 더 죄 없는 사람들이 죽어야 이 전쟁이 끝이 난단 말인가. 먼 곳에서 온 듯 보이는 피난민들은 다들 사람의 몰골이 아니었다. 그들의 입에서는 듣고도 믿을 수 없는 이야기가 쏟아졌다. 피난길에 폭탄이 떨어져 피난민들이 목숨을 잃었다는 말에 분이는 그의 부모가 걱정되었다. 혹여 오는 길에 무슨 변이라도 당하지 않았을까 싶어 애간장은 타들어 갔다.

하루하루가 지옥 같은 나날이었다. 그러다 옆으로 스쳐 가는 군인들을 마주하게 되는 날이면 그녀는 밑도 끝도 없이 무너져 내렸다. 분이는 하루가 다르게 배가 점점 불러왔다. 임신한 몸으로 고된 길을 가는 것 자체가 힘겨움의 연속이었다. 먹을 것도 점점 떨어져 가고 무엇보다 피난 행렬 속에서도 남의 물건을 훔쳐가는 이들이 부쩍 늘어났다. 다행히 그녀는 피난길에서 춘천댁을 만나 서로 의지했다.

구룡포를 출발한 지 보름 지나 드디어 목적지인 부산에 도착할 수 있었다. 부산은 이미 피난민으로 북새통을 이루었다. 춘천댁은 친척 언니네로 간다고 하였다. 혹여 일이 틀어져 잘못되면 〈부전시장〉 재첩국 가게로 오라며 그녀에게 단단히 일렀다. 춘천댁과 헤어지고 곧장 쪽지에 적혀있는 장소로 갔다. 처음 가는 길이라 묻고 또 물어서 가느라 어느새 날은 어둑어둑해져 있었다.

분이는 며칠째 제대로 된 음식을 먹지 못해 서 있을 기운도 없었다. 더욱이 당장 밤이슬을 피해야 할 곳도 없었다. 때마침 어느 허름한 판잣집에서 새어 나오는 고등어 굽는 냄새가 뱃속을 더욱 자극했다. 홀몸이면 어찌어찌

참아도 보겠는데, 그녀는 봉긋한 배를 쓸어내렸다. 그때였다. 곁으로 그림자 하나가 다가서더니 보따리를 낚아채서는 쏜살같이 달아났다. 겨우 일어난 그녀가 따라나섰지만, 몇 발자국 못 가서 쓰러졌다.

"우야꼬! 새댁아, 정신 좀 차리 바래이. 아따 참말로 우야꼬 이래가."

자신을 향한 다급한 목소리가 간간이 들려왔다.

"야야! 거거… 저거 뭐시고 김칫물이라도 퍼득 가와 봐라카이."

분이는 잠시 눈을 뜨는가 싶더니 이내 눈을 감았다. 노파는 멀거니 서 있던 아들 부부를 향해 그녀를 부축하려고 했다. 그들은 꺼림칙한 표정을 지으며 노파의 방으로 데려갔다. 노파는 여름임에도 며느리에게 방에 불을 넣으라고 했다. 노파는 그녀가 홑몸이 아닌 터라 도무지 길 위에 내버려 둘 수가 없었다. 불꽃이 오르고 방 안이 따뜻해져 오자 긴장이 한꺼번에 풀린 탓에 깊은 잠에 빠져들었다. 꿈속에서 진욱을 만났다. 만났다는 기쁨도 잠시, 그는 곧 짙은 안개 속으로 사라졌다.

"인자 일났나! 좀 괜안나? 뭔 꿈을 그처리 사납게도 꾸는 기고?"

놀란 그녀가 일어나려 하자 나물을 다듬던 노파가 손

을 내둘렀다.

"안즉 쪼매 더 누버 있거라. 킬 날 뻔했다 카이. 뒷간 간다고 나왔기에 망정이지. 홀몸도 아인데. 우짜다가. 어데서 왔노? 피난민 맞제? 가족들은 우짜다 헤어졌노? 에휴! 이노무 지랄 맞은 세상 겉으니라고. 인자 좀 사나 싶었더만, 또 전쟁이 터지고 지랄이다. 아이가."

"도와주셔서 감사합니다."

자리에서 일어난 분이는 옆에 있던 짐을 챙겨 들었다.

"하마 밤이 짚었다가 아이가. 그칸께 여서 자고 낼 아직에나 가거라. 그카고 배도 마이 고플 낀데 좀 묵어라. 새댁이 묵어야 뱃속에 알라도 개안타 아이가. 어여 앉아가 한 술이라도 뜨라! 그카지 말고."

노파에 따뜻한 말 한마디에 그녀는 눈물이 왈칵 쏟아냈다. 노파는 숟가락을 들어 내밀었다.

"감사합니다… 정말로 감사합니다. 이 은혜는 평생 잊지 않겠습니다."

그녀가 울먹이자 노파도 눈가를 훔쳐냈다. 다음 날 아침, 감사의 인사를 건네고 강 회장 부부와 만나기로 한 장소로 갔다. 몇 번이나 숨을 더 고르고는 호텔 안으로 들어섰다. 그리고는 호텔직원에게 〈국원제분〉의 명함을 건넸다.

'무슨 일이 생긴 건 아니겠지… 아닐 거야.'

시간이 가면 갈수록 마음은 불안해졌다. 그녀는 하는 수 없이 호텔 밖으로 나갔다. 약간의 폐물과 돈이 들어있던 짐을 잃어버린 탓에 수중에 한 푼도 없었다. 나머지 짐에는 그간 군부대에서 집으로 가져온 군용 식량과 담배 몇 갑이 전부였다. 호텔에서 조금 떨어진 곳에서 짐을 펼쳤다. 그리고 팔 수 있는 물건들은 모두 쏟아부었다.

"여서 누가 장사하라 카도! 이 아줌씨가 어데 간이 배 밖에 쳐나왔나!"

건달로 보이는 사내 셋이 분이의 주변을 에워싸서 물건을 걷어찼다.

"왜… 왜, 왜 이러세요!"

"아따! 아줌씨 상판이 반반하이. 생겨 뿌랬네."

손등에 문신을 한 건달이 주저앉아 분이의 얼굴로 손을 가져다 댔다.

"아줌씨! 여거서 장사 할라카믄 자릿세 내야 된다카이. 몰랐는 갑네."

그녀는 널브러져 있던 물건을 주섬주섬 챙겼다. 주변에 사람들이 많았지만, 선뜻 나서서 도와주는 이는 아무도 없었다.

"어데 갈라꼬?"

건달은 분이의 손목을 덥석 잡았다.

"죄, 죄송해요. 그만 보내주세요. 제발!"

"보내 달라꼬? 그럴 수는 없다 아이가. 돈이 없다카믄, 몸뚱이라도 워데 팔아 야제."

그는 가래를 거칠게 내뱉으며 그녀의 팔목을 잡아끌었다. 분이는 무의식적으로 건달의 손등을 꽉 깨물었다.

"아! 이게 미쳤나…."

거친 욕설과 함께 건달은 그녀의 뺨을 갈겼다. 그는 손등에 물린 자국을 보더니, 더욱 흥분하여 발을 들었다. 분이는 두 팔로 불룩한 배를 감쌌다. 그때였다. 건달이 그녀를 향해 치켜들었던 발을 다소곳하게 내렸다.

"와… 와이 카십니까?"

건달의 목소리가 떨렸다. 그도 그럴 것이 뒤쪽에 있던 일행들 모두 두 손을 머리에 얹힌 채로 우두커니 서 있었다. 그곳에는 권총을 든 두 명의 사내도 함께 있었다.

"하하하. 선상님! 요거 쪼매 치우고 말 하입시더."

"조용히 이곳을 떠날 텐가? 아니면 네놈 대갈통에 총구멍을 하나 멋있게 만들어 줄까? 난 참을성이 꽤나 부족한 편이라…."

사내는 권총을 들어 그의 관자놀이에 정확하게 가져다 댔다. 건달은 천천히 일어서서 허리를 굽혀 넙죽 인사를 하는 동시에 죽기 살기로 내달렸다. 그런 모습에 일행들도 냅다 도망쳤다. 그제야 사내는 들고 있던 권총을 외투 속으로 넣고는 쓰러져 있던 그녀의 곁으로 다가갔다.

"감사합니다!"

분이는 진심으로 감사의 마음을 건넸다.

"괜찮은 거지? 어디 다친 데는 없는 거지? 어떻게 여기까지 온 거야?"

귀에 익은 목소리에 그녀는 그제야 사내를 올려다보았다. 그를 쳐다보던 분이의 눈동자가 미세하게 흔들렸다.

"귀, 귀… 귀태 오, 오라버니? 오라버니가 어, 어떻게….."

그녀는 마치 허깨비라도 마주한 것처럼 넋을 놓고 뚫어지게 바라보았다.

"우선은 안으로 좀 들어 가자구나."

그는 조심스레 분이를 일으켜 세웠다. 그 사이 부하로 보이는 자가 귀태의 곁으로 다가와 조용히 말을 건넸다.

"대장님! 저는 미리 가 있겠습니다."

부하의 말에 가볍게 고개를 끄덕였다. 그리고 두 사람은 호텔 안으로 다시 들어갔다. 어느새 주변은 어두워졌고, 그들은 말없이 찻잔만 어루만졌다. 그녀는 귀태에 물어보고 싶은 말이 많았다. 하지만 묻는다 하여도 말하지 않을 것을 잘 알기에 굳이 묻지 않았다. 그 역시도 만삭의 몸으로 홀로 부산까지 내려왔을 그녀의 사정은 묻지 않았다. 분이는 이곳에서 강 회장과 만나기로 되어있다는 말만 되풀이할 뿐.

"강 회장님의 행방은 내가 알아볼 터이니, 오늘은 호텔에서 편히 쉬어. 몸이 많이 안 좋아 보인다. 오라비 말 들어. 알았지? 내일 이 시간에 다시 만나."

그는 자리에서 일어섰다. 분이는 그럴 수 없다고 말했지만, 이미 며칠 묵을 돈을 이미 다 지불해 놓고 떠났다.

32. 반드시 살아서

호텔에서 다시 만나기로 한 귀태는 이틀째, 소식이 없
었다. 분명 무슨 일이 생긴 것이 틀림없었다. 그녀는 소용
돌이치듯 몰려드는 두려움에 도저히 가만히 있을 수 없었
다. 그를 찾아볼 작정으로 호텔 밖으로 나갔다. 저녁 시간
이라 그런지 거리는 많은 인파로 붐볐다. 부산을 제외한
곳은 전쟁의 공포에 휩쓸려 수많은 사람이 생과 사의 갈
림길에 있는데, 이곳만큼은 동떨어진 다른 세상처럼 보이
기까지 했다. 분이가 막 골목으로 들어가려는 그 순간, 경
찰로 보이는 한 무리가 호각을 부르며 앞다투어 뛰었다.

'무슨 일이 생긴 건가?'

왠지 모를 불안감에 되돌아섰다. 그 순간, 건물과 건물
사이 좁은 틈에서 손이 불쑥 나오더니 분이의 손목을 낚
아챘다.

"오라버니?"

그녀는 그가 귀태라는 사실에 다행이라는 마음과 더불

어 두려운 생각이 들었다. 그 사이 골목 끝으로 달렸던 경찰들이 다시 안쪽으로 속속 모여들었다. 그중 대장으로 보이는 이가 부하들을 향해 목청을 높였다.

"오귀태, 그 개새끼 아직 여기 어디 있을 것이다! 간첩 새끼. 반드시 잡아야 한다. 알겠나? 여의치 않으면 사살해도 좋다!"

대장의 명령에 부하들은 제각기 흩어졌다. 한참 후에 골목 안이 조용해지자 귀태는 참고 있던 숨이 한꺼번에 터트렸다. 땀과 거친 숨에서 그의 고단함이 느껴졌다.

"간첩이라니? 오라버니, 그게 무슨 말이야. 간첩… 대체 어떻게 된 일이야?"

다그치듯 귀태에 물었다. 숨이 어느 정도 안정되자 그는 자세를 바로잡았다.

"강 회장 부부는 피난길에서 폭격을 맞아 생사를 알 수가 없다고 하더군. 분이 네가, 많이 기다렸을 텐데 이런 소식을 전하게 되어 미안하다."

그는 물음에 대한 대답 대신 강 회장 소식을 전했다. 그녀는 강 회장의 생사를 알 수 없다는 말에 입을 틀어막았다.

"더는 기다리지 말고… 그리고 나도 오늘 밤 안으로 이곳을 떠나! 널 다시 만나게 되어 반가웠다. 분이야! 반드시 살아남아야 한다."

귀태의 옷소매를 붙잡았다. 그는 분이의 손을 꼭 잡고는 곧 모자를 깊게 눌러 섰다. 몇 발의 총탄 소리가 연이어 들렸다. 그제야 그녀는 그가 건넨 것을 내다 보았다. 지폐 뭉치였다. 공허한 두 눈에는 눈물이 차올랐다.

세월이라는 것이 풀어놓으면 정신없이 흐르는 것이라 했던가? 귀태와 헤어진 분이는 춘천댁이 머무는 친척 언니네로 갔다. 아무래도 춘천댁의 남편도 진욱과 같은 부대에 있다 보니, 여러모로 소식을 좀 더 빨리 들을 수 있다는 판단에서였다. 무엇보다 아는 이 하나도 없는 부산에서 그나마 춘천댁이 있다는 것만으로 큰 힘이 되었다. 그녀는 춘천댁과 함께 친척 언니 식당에서 일손을 도우며 근근이 먹고 지냈다. 그리고 매일같이 강 회장의 소식을 듣기 위해 만삭인 몸으로 십 리가 훨씬 넘는 길을 걸었다.

하지만 강 회장의 소식은 그 어떤 것도 들을 수 없었다. 그런 분이가 안쓰러운 춘천댁이 여러 번 말렸지만, 소용이 없었다. 근래 들어 아랫배가 살살 댕기는 것이 예정일과 상관없이 며칠 내로 아이가 나올 것만 같았다.

"분이야! 편지 왔어."

춘천댁의 손에는 군사우편이 들려 있었다. 어두웠던 분이에 얼굴에 화색이 돌았다. 한동안 뜸했던 진욱의 편지였다. 그가 걱정되어 마음을 졸이고 있던 참에 편지가 도착했으니. 그것만으로도 감사하고 행복했다.

"너 시간 될 때, 내 것도 좀 읽어줘!"

춘천댁이 분이를 향해 수줍게 미소 지었다. 까막눈이라 남편이 편지를 보내와도 읽지 못했다. 그래서 글을 아는 그녀에게 종종 대신 읽어 달라고 청했다.

"이리 줘 봐!"

남편에게서 온 편지를 분이에게 건넸다. 두 사람은 마루에 걸터앉았다. 늦여름과 초가을이 뒤섞인 바람이 두 여인의 머릿결을 부드럽게 매만졌다. 그녀는 건네받은 편지를 찬찬히 읽어 내려갔다.

"에고, 이 인간! 지 먹고 싶은 거랑 아들 타령만 잔뜩 써서 보냈네. 내 걱정은 하나도 안 되나 봐! 그럼 그렇지. 기대한 내가 바보천치지."

골이 날 대로 난 춘천댁이 마루에서 벌떡 일어섰다. 그러자 등에 업혀 있던 아이가 잠시 몸을 뒤척였다. 그녀가 밖으로 나가자 그제야 분이는 편지를 조심스레 뜯었다.

"이건… 해국?"

봉투에서 말린 해국이 떨어졌다. 두꺼운 편지에는 온통 그녀의 걱정뿐이었다. 어제 경주에서 왔다는 피난민에게 들은 이야기 때문에 불안했다. 남하하던 인민군이

낙동강 전선을 무력화시키고 곧장 포항으로 전진하여, 형산강을 사이에 두고 대치 중이라는 소식이었다. 하지만 편지는 이와 같은 불안한 감정이나 어려움은 전혀 들어있지 않았다. 그것이 더욱 마음을 아프게만 했다.

"진욱씨! 무사해야 해요. 반드시 저와의 약속을 꼭 지켜야 해요."

이런 마음을 편지라도 써서 띄워 보냈다. 하지만 그에게 제대로 전해지지 않았다. 마음 같아서는 전쟁터라 하여도 찾아가고 싶었다. 무사하다는 다음 편지까지 또 얼마나 애간장을 졸이며 기다려야 하는 걸까? 그날 새벽 극심한 통증이 분이를 찾아왔다. 옆에서 자던 춘천댁은 놀라 서둘러 친척 언니를 불렀다. 친척 언니는 부엌으로 가 물을 데우기 위해 아궁이에 불을 지폈다. 그리고는 곧장 아이를 받는 산파를 불렀다. 춘천댁은 깨끗한 이불 위로 그녀를 눕히고는 손을 꽉 잡았다. 그렇게 배를 쥐어틀었는지 서너 시간 지나 동이 틀 무렵, 그녀는 진욱을 쏙 빼닮은 건강한 아들을 낳았다. 하지만 아들을 낳았다는 기쁨보다는 쓸쓸함이 밀려왔다.

한편 같은 시각, 진욱은 작전을 수행하던 중 인민군이 쏜 적탄에 머리를 저격당했다. 부하들은 적진이라 그의 시신 대신 군번줄과 윗주머니에 있던 유품 몇 가지를 겨우 수거해 되돌아왔다. 이런 사실을 까마득히 알 리 없는 그녀는 아들의 볼을 쓰다듬으며 진욱의 무사함을 빌고 또 빌었다.

제대로 된 산후조리도 할 틈 없이 춘천댁에게 젖먹이를 맡겨놓고 강 회장의 소식을 듣기 위해 밖으로 나섰다. 불안스러운 마음이 분이는 편하게 누워있질 못하게 하였다. 더욱이 그에게 아들을 낳았다는 편지와 전보를 보낸 지가 일주일이 훌쩍 지났지만, 아무런 소식이 오질 않았다.

"김분이씨! 김분이씨 계십니까?"

마당에 들어선 집배원이 목청을 높였다. 그 소리에 신발도 제대로 신지 않은 채, 마당을 뛰어내렸다. 집배원은 편지를 건넸다. 건네받은 우편물을 바라보는 그녀의 얼굴이 점점 어두워졌다. 그것은 그토록 오매불망 기다리던 편지가 아닌 진욱의 전사 통지서였다.

"진, 진, 진… 욱…."

눈앞에 모든 것들이 어둠 속으로 한순간 빨려 들어갔다. 뒤이어 들려오는 춘천댁과 이웃들의 다급한 목소리가 한데 뒤섞였다. 꿈에서 그를 보았다. 평소와 같은 모습으로 달려와 자신을 꼭 껴안아 주었다. 분이는 무슨 말이든 하고 싶었지만, 목소리가 밖으로 새어 나오지 않았다. 사랑한다고 천 번이고 만 번이고 다시 태어난다 해도 당신만을 사랑한다고, 제발 혼자 두고 떠나지 말라고 간절한 마음으로 진욱을 꽉 붙잡았다. 그 순간, 형체는 온데간데 없고 수만 마리의 흰나비 떼가 하늘 높이 날아올랐다.

"진, 진욱씨! 진욱씨! 제발. 제, 제발….'

분이는 허공을 향해 팔을 내저었다. 옆에서 잠깐 졸던 춘천댁은 갓난쟁이의 울음소리에 놀라 깼다. 얼굴이 시퍼렇게 변해가는 모습에 기겁하여 그녀를 깨웠다.

"분이야! 분이야! 정신 좀 차려봐.'

갈피를 잡지 못하는 두 팔을 춘천댁이 꽉 부여잡았다. 춘천댁은 우편물이 남편의 전사 통지서라는 이웃들의 말에 자리에 주저앉았다. 자신도 이런데 분이가 받았을 충격은 오죽하겠는가. 젖먹이가 태어난 날이 아이의 아비가 전사한 날이라니. 도무지 믿기지 않았다. 그녀는 분이의 입속에다 찬물을 흘려내자 새파랗게 변했던 얼굴이 조금씩 나아졌다. 하지만 그 후로도 정신을 쉬이 차리지 못했다. 하는 수 없이 춘천댁은 이웃에 나가 젖을 얻어와 갓난쟁이에게 먹였다.

그녀가 잠시 자리를 비운 사이 정신을 차린 분이는 밖으로 나갔다. 곁에 있던 아이가 자지러지게 울었지만, 이미 그 어떤 소리도 들리지 않았다. 마치 귀신에 홀린 것처

럼 신발도 신지 않은 채, 사립문을 홀연히 빠져나갔다. 뒤
늦게 집으로 돌아온 춘천댁은 분이가 없어진 것을 알고
아연실색했다.

"어디 간 거야? 아이까지 놔두고."

순간 소름이 쫙 끼쳤다. 춘천댁은 분이의 아들과 자신
의 아들을 이웃 할머니에게 맡겼다. 아무래도 신발까지
신지 않고 나간 것이 분명 예삿일은 아닌 듯했다. 동네 아
낙들까지 나서 분이를 찾아 나섰으나 찾을 수가 없었다.
발만 동동 구르고 있던 그녀의 콧속으로 익숙한 냄새가
찾아들었다. 바다의 비릿한 냄새였다. 뭍에서 살다 바다
로 시집와 처음 맡았던 짠내.

'혹시?'

분명 분이도 바다에서 올라오는 냄새를 맡았을 것이다.
춘천댁은 바다 쪽으로 무작정 달렸다. 뒤에서 동네 아낙들
이 그녀를 불렀지만, 돌아볼 새도 없었다. 한참을 뛰어 도
착한 바닷가에는 보름달만이 내려앉아 있을 뿐, 인적이 끊
겨 한적했다. 그녀는 모래 언덕 위로 올라가 주위를 샅샅
이 둘러보았다. 텁텁한 바람 한 줄기가 머릿결을 스쳤다.
무심결에 바람이 불어오는 쪽으로 눈길을 돌렸다.

"분이야! 분이야!"

보름달이 어른거리는 바닷물에 그림자 하나가 보였다.

춘천댁은 모래사장 아래로 뛰어내렸다. 그리고는 젖 먹던 기운까지 보태 바닷물에 달려들었다.

"사람 살려! 누구든지 여기 좀 도와주세요!"

그녀는 무작정 고함을 내질렀다. 초가을 밤바다라 혹시나 있을 누군가를 향해 있는 힘껏 소리쳤다. 때마침 해변을 걷던 이들이 달려와 힘을 합쳐 분이를 밖으로 끌어냈다.

"놔! 놔! 죽게 놔두라고. 제발 나 죽게 놔두라고. 부탁이야. 제발…."

분이의 절규는 하늘과 땅을 쥐어흔들었다. 곁에 있던 춘천댁도 대성통곡을 하며 그녀를 껴안았다. 죽고 싶은 마음을 어찌 모르겠는가. 세상 전부라고 여겼던 사랑하는 사람의 죽음을 감당할 수 있는 자가 과연 몇이나 되겠는가. 그러나 살아야 한다. 아니 살아야만 했다. 진욱과 쏙 빼닮은 아이가 세상에 존재하는 한 반드시 살아남아야 했다. 심장을 쥐어뜯고 살을 물어뜯고 맨바닥에 머리를 찧어도 아무것도 그 어떤 것도 변하지 않았다.

"살아야지. 저 갓난쟁이 놔두고 대체 어디가? 아들 이름도 지어줘야지. 분이야!"

춘천댁은 그녀의 등을 두드리며 울음을 훔쳤다. 뒤늦게 모래사장에 도착한 아낙들이 모두 힘을 합쳐 집으로 데려갔다. 분이의 안타까운 사연에 십시일반 힘을 보탰다.

*

그날 이후, 분이는 계속하여 곡기를 끊었다. 속은 이미 탈이 나서 물 한 모금조차도 넘기지 못했다. 약도 짓고 의원도 불렀지만, 아무 소용이 없었다. 이미 그녀는 살아있어도 살아있는 사람이 아니었다. 아예 죽기로 작정한 사람처럼 잠만 잤다.

얼마나 깊은 잠에 빠져들었을까? 문득 가슴이 간질간질했다. 천천히 눈을 떴다. 두 눈동자에는 눈물이 차올랐다. 아이가 저고리 사이로 비집고 나온 빈 젖을 달게도 빨고 있었다. 먹은 것이 제대로 없어 젖이 나오지 않을 텐데 아이는 참 맛있게도 빨았다. 그녀는 아이의 머리를 부드럽게 쓰다듬었다. 지금껏 눈에 보이지도 않았던 제 새끼가 처음으로 보였다.

"미안해. 미안하다. 못난 어미를 용서해다오!"

분이는 아이를 바라보며 계속 미안하다는 말만 되풀이했다. 그 일이 있는 후에 그녀는 물 한 그릇이라도 꾸역꾸역 삼켰다. 춘천댁은 그런 모습을 보며 눈물을 글썽였다.

그제야 아들의 이름을 건우라고 지었다. 강진욱과 김분이의 아들 강건우.

모든 것들이 차츰 제자리를 찾자 그녀도 아들 건우를 위해 일을 시작했다. 춘천댁의 사촌 언니네 식당에서 부엌일을 거들었다. 혹시나 살아있을지도 모를 강 회장 부부를 찾는 일도 소홀히 하지 않았다.

"계십니까? 여기 혹시 김분이씨라고 계시는지요?"

가게 안으로 검은 정장 옷차림을 한 여인과 사내 하나가 들어섰다. 언뜻 보기에도 평범한 사람들로 보이지 않았다. 막 빈 테이블을 치우던 춘천댁은 그들을 한참이나 살폈다.

"누구세요?"

그녀의 물음에 의문의 여인은 아무 말 없이 주방 쪽에 시선을 두었다.

"분이야! 손님 오셨어!"

주방으로 달려간 춘천댁이 눈짓을 보냈다. 주저앉아 그릇을 닦고 있던 분이가 자리에서 일어났다. 그제야 여인은 쓰고 있던 선글라스를 벗으며 가볍게 인사를 건넸다.

"여, 여기는 어떻게…."

"또 뵙네요. 오랜만입니다. 윤 회장님께서 기다리고 계십니다."

그녀는 바로 윤주혁의 여비서였다. 그가 부산에 있다면 어쩌면 진욱의 부모도 쉽게 찾을 수 있을지 모른다는 생각이 들었다. 춘천댁에게 서둘러 건우를 맡기고 차에 올랐다. 날은 벌써 어두워졌건만, 분이가 오지 않자 춘천댁은 몇 번이나 더 밖으로 나갔다. 목 빠지게 기다리는 춘천댁의 눈에 옅은 불빛 한 줄기가 보였다. 불빛은 점점 또렷해지며 차가 멈춰 섰다. 곧 뒷문이 열리는가 싶더니, 그녀가 내렸다.

"거기, 분이니?"

"많이 늦었지. 미안해!"

긴장이 풀렸는지 분이가 마루에 털썩 주저앉았다. 한동안 말없이 두 사람은 앞을 내다보았다. 춘천댁은 몇 번이나 입을 달싹거리다가 결국 그만두었다. 그녀는 뒤로 돌아 잠시 건우를 바라보는가 싶더니, 곧 밤하늘을 올려다보았다.

"나… 멀리 떠날 것 같아."

그녀의 말에 춘천댁은 두 눈을 동그랗게 치켜떴다. 앞뒤 없이 대관절 멀리 떠난다는 뜬금없는 말을 어떻게 받아들여야 할지, 난감했다. 그나마 죽으러 간다는 말은 아니겠지 싶어 다행이라 여겼다.

"어디로? 온 나라가 전쟁터인데… 대체 어디로 간다는 거야? 알아듣게 설명을 좀 해봐!"

밤하늘을 바라보던 분이의 눈동자에 거센 물결이 일었다.

"여기만 아니면 어디든. 여기에 있음 진욱씨가 더 그리울 것 같아. 전쟁이 끝나도 돌아갈 곳도 없고…."

눈동자에 일었던 바람은 곧 비가 되어 그녀의 두 뺨을 촉촉이 적셨다. 하긴 사람이라면 응당 되돌아가야 할 곳이 있는 법. 되돌아간다고 한들 그곳에 사랑하는 이가 없다면, 그곳은 이미 낯선 땅이나 마찬가지이다. 괜한 그리움만 때때로 살아있는 이의 숨통을 옥죄어 올뿐이었다. 어쩌면 가보지 못한 세상이 그녀에게는 더 나을지도 모른다고 춘천댁은 생각했다. 하지만 막상 떠난다고 하니, 울음이 올라왔다. 새벽 별을 물끄러미 올려다보던 분이가 울먹이는 춘천댁의 손을 맞잡았다. 그렇게 그녀는 아들 건우와 함께 며칠 뒤 미국으로 떠났다. 영원히 돌아오지 않을 사람처럼. 두 사람이 미국으로 건너가고 얼마 후에 휴전협정이 체결됨과 동시에 기나긴 전쟁도 끝났다.

에필로그

어느 초가을.

옅은 보랏빛 한복을 고이 차려입은 한 여인이 있었다. 희끗희끗한 머리에 깊게 패인 주름이 그녀가 지금껏 살아온 세월의 흔적이었다. 아흔을 넘은 나이에 마주한 고향의 바다는 변함없이 아름다웠다.

"어머니! 춥지 않으세요? 안에서 기다리시지…."

건우는 도톰한 담요를 들고나와 분이 어깨 위로 둘렀다. 참으로 많은 것들이 바뀌어있었다. 그녀가 늘 다녔던 오솔길은 큰 도로로 바뀌었고, 해국이 곱게 피어있던 언덕에는 카페가 생겼다. 모든 것이 세월 따라 변해도 바다만큼은 예나 지금이나 똑같았다.

오래전, 그녀에게는 어떤 선택의 여지도 없었다. 진욱이 없는 이곳에 단 하루라도 머물고 싶지 않았다. 무엇보다 건우만큼은 무슨 수를 써서라도 꼭 지키고 싶었다. 하여 윤주혁의 양녀로 입양되어 함께 미국으로 떠난 것이었다.

"형수님!"

때마침 걸걸한 목소리 하나가 분이의 귓속으로 파고
들었다. 곁에 서 있던 건우가 그녀를 부축하였다. 그 사이
노신사는 달려와 손을 덥석 잡았다.

"접니다. 정호! 이정호 소위입니다. 형수님! 저를 알아
보시겠습니까?"

그제야 기억 속에 있던 앳된 얼굴의 그가 떠올랐다. 분
이의 눈가가 촉촉이 젖었다.

"정호⋯씨?"

정호의 눈에도 어느새 눈물이 맺혔다. 애써 잊었던 아
픈 기억들이 스멀스멀 되살아났다. 곁에 있던 건우를 보
니, 젊은 시절 강진욱과 똑같아 마음을 더욱 아리게 했다.
진욱을 지키지 못한 그 아픔으로 지금껏 죄인으로 살았다.

"형수님! 형님을 지켜드리지 못해 정말로 죄송합니다."

그는 결국 울음을 터트렸다. 분이는 그런 정호의 손등
을 찬찬히 쓸어내렸다. 진욱이 전사한 것은 그의 잘못이
아니었다. 그것은 나라를 지키기 위해 모두가 선택한 길
이었음을.

"아닙니다. 아니에요. 이리도 살아있어 주셔서 오히려
감사해요! 정말 고마워요."

그녀는 고개를 내저었다. 두 사람은 곧 카페로 자리를

옮겨 그간의 이야기를 이어갔다. 전쟁이 끝나고 그는 분이를 찾기 위해 백방으로 알아보고 다녔다고 했다. 때마침 부산으로 피난을 갔다가 남편인 최 상사와 함께 돌아오는 춘천댁에게 소식을 전해 듣고 대사관을 통해 여러 번 연락했다. 하지만 이름을 바꾼 탓에 찾을 수가 없었다고 전했다.

그러다 며칠 전, 잡지에 실린 칼럼을 읽다 강진욱과 똑같이 생긴 건우의 사진에 혹시나 하는 마음에 연락해본 것이라고 했다. 정호는 안주머니에서 뭔가를 꺼내 그녀의 앞으로 내밀었다. 흰 천에 꽁꽁 싸매져 있는 물건. 분이는 천천히 천을 풀었다.

"이건…?"

수첩이었다. 낡을 대로 낡아 부서질 것 같은 오래된 수첩 한 권. 그 수첩에는 〈대위, 강진욱〉이라는 빛바랜 글씨가 씌어 있었다. 이미 말라도 말랐으리라 믿었던 눈물샘이 터졌다.

"늦게 전해드려 죄송합니다!"

그녀는 수첩을 조심스레 열었다. 탁자 위로 뭔가가 떨어졌다. 들어 올리는 손끝이 파르르 떨렸다. 그것은 바로 그들의 결혼사진이었다. 사진 뒤에는 그녀를 향한 그리움과 앞으로 태어날 아이에 대한 사랑과 설렘이 빼곡히 메모 되어있었다. 죽음에 대해 두려움보다 약속을 지키지 못할 것에 대해 두려움이 더욱 크다는 글에서 그만 무너져 내렸다.

"형님께서 저에게 따로 메모를 남기셨습니다. 어쩌면 이것 때문에 지금껏 죽지 않고 살아있었나 봅니다. 함께 가보셔야 할 곳이 있습니다."

미리 차를 대기시킨 건우가 카페 안으로 들어섰다. 그들은 차를 타고 달려 야트막한 언덕 앞에 멈추었다. 두 사람의 도움으로 분이는 언덕 위로 올랐다. 조금 전보다 바다가 더 넓게 보였다. 바다를 바라보던 그녀는 그곳에 해국이 유난히도 많이 피어있음을 알아차렸다. 오랜만에 보는 해국. 그 해국에는 젊은 시절의 청춘과 사랑 그리고 아픔과 슬픔이 깃들어있었다.

"형수님! 여기입니다."

한참 해국을 내려다보던 분이를 정호가 불렀다. 그곳에는 잘 정리된 두 개의 봉분이 있었다. 진욱은 현충원에 모셔져 있어 미리 다녀온 터라, 봉분의 주인이 궁금했다.

"여기는 누구의 묘소인가요?"

그는 가져온 소주 한 병을 꺼내어 봉분 주변으로 이리저리 흩뿌렸다.

"형수님의 아버님과 그리고 낳아주신 어머님의 묘소

입니다. 형님께서 이곳을 제게 알려주셨습니다. 제대하면
꼭 놀래어 주려고 했다며… 해국이 지지 않게 해달라고
가끔 말씀하시곤 하셨지요."

그의 말에 생각 하나가 문득 분이의 뇌리를 스쳤다. 제
대하면 꼭 보여주고 싶은 것이 있다고 하던 진욱의 해맑
은 얼굴.

"바보 같은 사람… 당신은… 참! 바보 같은 사람…."

멀리서 해녀들의 숨비소리가 들렸다. 숨 트이는 숨비
소리에 그녀의 꽉 막혀있던 숨통이 비로소 트였다. 바다
에서 올라오는 바람에 수백 송이의 해국이 보랏빛으로
일렁였다. 지독하게 짜디짠 바닷바람과 거친 파도가 있
어야만 더욱 아름답게 피어나는 꽃. 그것이 바로 해국
이었다.

참고 문헌 및 자료

朝鮮獨立運動 1分冊(金正明 編, 原書房, 1967)

한국근대여성운동사연구(박용옥, 한국정신문화연구원, 1984)

연표로 보는 한국사사전(김한종 외 다수)

한국민족문화대백과

태왁, 망사리(해녀)

KBS 광복절 특집다큐 〈암호〉

제주도민요연구 – 여성노동요를 중심으로(김영돈, 조약돌, 1983)

제주도해녀의 출가(김영돈, 『석주선교수회갑기념민속학논총』, 1971)

해녀의 수익침해(김영돈, 『제주대학논문집』 12, 1970)

한 권으로 읽는 일제강점기록(박영규, 웅진지식하우스)

디지털 함양문화대전 – 일제강점기 야학

함양군사(함양군사편찬위원회, 2012)

'위안부', 정신대, 공창, 성노예(강정숙, 『역사용어 바로쓰기』, 역사비평사, 2006)

국경일·법정기념일의 연혁(1997)

독립기념관건립사(1988)

한·중·일 3국의 8·15기억(역사비평사, 2005)

한국근현대사사전(한국사사전편찬회, 가람기획, 2005. 9. 10.)

KBS 3·1운동 100주년 특집 〈그날이 오면〉

해국

박지영 지음

발 행 처 · 도서출판 청어
발 행 인 · 이영철
영   업 · 이동호
홍   보 · 천성래
기   획 · 남기환
편   집 · 방세화
디 자 인 · 이수빈 | 김영은
제작이사 · 공병한
인   쇄 · 두리터

등   록 · 1999년 5월 3일
(제321-3210000251001999000063호)

1판 1쇄 발행 · 2021년 12월 30일

주   소 · 서울특별시 서초구 남부순환로 364길 8-15 동일빌딩 2층
대표전화 · 02-586-0477
팩시밀리 · 0303-0942-0478

홈페이지 · www.chungeobook.com
E-mail · ppi20@hanmail.net
I S B N · 979-11-6855-004-9(03810)

이 책은 2021 🏛경북문화재단 **청년신진예술인 발굴육성지원사업으로
출간되었습니다.**